FRANKENSTEIN
DE MARY SHELLEY

(MARY SHELLEY'S FRANKENSTEIN)

Una novela de Leonore Fleischer.
Basada en el guión de Steph Lady y Frank Darabont.

Traducción de
Roser Berdagué

PLAZA & JANES EDITORES, S. A.

Título original: *Frankenstein*
Diseño de la portada: Método
Ilustración de la portada: cartel de la película cedido por
    Columbia TriStar Pictures
Una novela de Leonore Fleischer basada en un guión de Steph
    Lady y Frank Darabont.

Primera edición: enero, 1995

© 1994, TriStar Pictures, Inc. Todos los derechos reservados.
© de la traducción, Roser Berdagué
© 1994, Plaza & Janés Editores, S. A.
Enric Granados, 86-88. 08008 Barcelona

Printed in Spain – Impreso en España

ISBN: 84-01-32607-9
Depósito legal: B. 40.032 - 1994

Fotocomposición: Text-Film & Ass., S. L.

Impreso en Hurope, S. L.
Recared, 2-4. Barcelona

Prólogo

LA VIDA

Hacía más de mil millones de años que el último planeta creado giraba en el cosmos. Era un globo en estado de fusión rasgado una y otra vez por las explosiones que tenían lugar en su núcleo, y cuya superficie expulsaba y rezumaba fuego líquido. Primero se encendió, después ardió y finalmente no fue más que una brasa, aunque todavía estaba tan caliente que fundía las rocas y convertía el agua en vapor. Por fin, después de mil millones de años, acabó por enfriarse y la humedad helada y tóxica que formó su atmósfera se condensó en la superficie creando un océano inmenso que cubrió gran parte del planeta y del que sólo emergían, aquí y allá, algunas cadenas de volcanes todavía en erupción.

Aún deberían transcurrir otros quinientos millones de años en la historia del planeta Tierra, porque hasta su superficie sólo llegaba una luz del sol muy tenue que se abría paso a través de una espesa envoltura de nubes de dióxido de carbono, sulfuro de hidrógeno y metano. El oxígeno era escasísimo y no existía vida. ¿Cómo iba a surgir la vida en aquella pútrida ciénaga de ponzoñosos gases químicos?

Pero ¿no forma parte de la naturaleza esencial de la vida la función de existir, vivir, reproducirse y adaptarse, en suma, sobrevivir y prevalecer? Hay vida en la madre amorosa que amamanta a su hijo, pero la hay también en los minúsculos fragmentos de coral que se juntan bajo el mar hasta formar los grandes arrecifes. Hay vida en la mano ruda y encallecida del escultor que empuña el cincel, pero la hay también en el paramecio unicelular cuyos cilios aletean bajo el microscopio. En el esquema infinito de las cosas, artistas y bacterias son primos hermanos.

El milagro no reside en la increíble diversidad de las especies vivas de la Tierra —en las diferencias entre el retoño humano y los protozoos o el pájaro o el gato doméstico, ni entre el liquen y el dragón de Komodo, ni entre el canguro y la rata canguro, ni entre las algas y la ballena gibosa—, sino que está en aquel primer momento de la creación en que surgió algo a partir de la nada. Puesto que hace cerca de cinco mil millones de años, en el interminable océano de la Tierra flotaba un caldo primordial de sustancias que, aunque orgánicas, carecían de vida: carbono, nitrógeno, azufre, hidrógeno, sustancias químicas aisladas.

Y sin embargo el milagro se produjo. Algo tocó aquellos elementos dispares y se organizaron en sustancias compuestas: hidratos de carbono, aminoácidos, nucleótidos... los ladrillos de ese edificio que es la vida. De aquellos compuestos surgirían los primeros organismos unicelulares, seres microscópicos casi invisibles, capaces de comer, moverse un poco, excretar, dividirse para multiplicarse, seres que, por definición, podríamos calificar de vivos.

Y de aquellas primitivas bacterias unicelulares surgirían un día Alejandro Magno, Homero y Virgilio, Leonardo da Vinci, Mozart, Madame Curie, William Shakespeare, Lao Tse, Jane Austen, Amelia Earhart, Emily Dickinson, Martin Luther King, Isaac Bashevis Singer, un jugador de cricket llamado Grace y uno de béisbol llamado Willie Mays. Del mismo organismo protozoico simple nacería el pintor Paul Gauguin que, moribundo en Tahití, dejaría escritas en su última obra maestra preguntas importantísimas, todavía sin respuesta: «¿Qué somos? ¿De dónde venimos? ¿Adónde vamos?»

Preguntas sin respuesta, porque hace casi cinco mil millones de años hubo algo que tocó aquellos elementos dispersos que flotaban como microscópica pasta de sopa en el caldo primordial, y le infundió vida. Pero ¿cómo ocurrió? ¿De quién era la mano mágica que la tocó? ¿Qué fue lo que produjo aquel milagroso instante en el tiempo en que comenzó a existir la vida donde hasta un momento antes no existía?

Muchos dirían, plenamente convencidos, que fue la mano de Dios. Pero en opinión de otros –los científicos–, la respuesta más razonable es sencilla: fue una fuerza natural, crepitante de energía, muy probablemente la radiación o el rayo. Sí, el rayo normal y corriente. No hay más que imaginar los primeros filamentos de ADN formados al colisionar un poderoso campo de energía con un poco de oxígeno, violentas tempestades eléctricas bramando sobre la superficie del nuevo planeta, rayos hendiendo el océano y provocando reacciones químicas, creando la vida. Los primeros ingredientes de ésta ya estaban presentes en aquel inmenso océano, lo único que les faltaba era el toque mágico de la electricidad.

Sería mucho más cómodo que esta teoría pudiera demostrarse empíricamente, reproducirse en un laboratorio. Sin embargo, aunque a lo largo de los siglos muchos lo hayan intentado, hasta ahora no ha habido nadie capaz de crear vida en un tubo de ensayo.

Pero ¿y si alguien lo consiguiera?

Crear vida... seguramente la aspiración más alta del esfuerzo científico. ¿Hay otro bien superior para la raza humana que vencer a la muerte? El científico que conquista por vez primera la cumbre de este pináculo, que realice el milagro y logre burlar a la muerte, será el ser humano más glorioso de la historia. Su nombre será venerado y bendecido para siempre, será el más feliz de los hombres.

Sin embargo, ¿cuáles podrían ser las terribles consecuencias de un acto semejante, rayano en lo divino? ¿Serviría, quizá, ese toque mágico para hacer eterna la vida? ¿Debe ser eterna la vida? ¿No es la muerte el desenlace inevitable del ciclo de la naturaleza? ¿Quién se atrevería a interrumpir ese ciclo? ¿Qué podría seguir a una interrupción tal?

Los dioses no miran con buenos ojos a los mortales que les

usurpan estos poderes, ni siquiera cuando lo hacen en beneficio de la humanidad. ¿Y si, en lugar de ser objeto de honores, el creador de vida fuese castigado con tanta crueldad como lo fue un día el inmortal titán Prometeo?

Antes del inicio de la historia, el más grande de todos los dioses, el padre Zeus, ocultó a los primeros hombres el don precioso del fuego. Pero Prometeo, apiadado de la desnudez de las criaturas que porfiaban por existir sin calor ni luz, robó un poco de fuego a los dioses y lo dio a la humanidad. Aquel acto de benevolencia le valió el más horrible de los castigos: Zeus lo encadenó a una roca e hizo que un águila le devorara el hígado día tras día. Como su hígado era inmortal, se regeneraba durante la noche sólo para ser devorado el siguiente día, lo que convirtió el tormento de Prometeo en sentencia eterna.

¿Y qué decir del alma humana, la única parte inmortal del hombre? ¿Puede también crearse en el laboratorio? Y en caso de que fuera posible, ¿sería un alma redimida o un alma destinada, como la de Prometeo, a la condenación eterna?

Gran parte de lo que sigue a continuación procede de las páginas escritas por una mano ágil y eminente en *El diario de Víctor Frankenstein*.

¿Acaso te pedí, Hacedor, que de mi barro
Hombre me hicieses, o te solicité que de
la oscuridad me arrancases?

John Milton, *El paraíso perdido*

Capítulo 1

HIELO

Mar de Barents, 1794.

El gran barco de madera daba cabezadas, su casco crujía al embestir olas de diez metros, sus velas de lona porfiaban y ondeaban peligrosamente al hincharse con la fuerza del viento helado. Vestidos con relucientes impermeables, los marineros subían con gran dificultad a la cubierta superior en un intento inútil por mantener el barco bajo control, pero la inconcebible fuerza y violencia de la tormenta seguía levantando la nave por encima de las olas y hundiéndola de nuevo, igual que un animal embravecido que sujetara a su indefensa presa con dientes afilados como navajas. El gélido e inmisericorde vendaval aullaba alrededor del desventurado navío y azotaba el mar con un frenesí que se abatía sobre el casco una y otra vez.

Pese a que el barco de tres palos, el *Aleksandr Nevsky*, tenía un casco lo bastante fuerte como para hacer frente a los rigores de los mares árticos, a duras penas podía contrarrestar la súbita ferocidad de una tormenta como aquélla, y el peso de su estructura y del maderamen refrenaba con fuerza su capacidad de maniobra. Azotado por las olas y los vientos, el *Nevsky* gemía y se estremecía mientras surcaba las aguas.

La visibilidad era prácticamente nula, la noche ártica no sólo era oscura como boca de lobo sino que, además, una espesa niebla lo envolvía todo y desdibujaba las constelaciones convirtiendo la navegación en empresa rayana en lo imposible. La única luz provenía de los relámpagos que proyectaban un resplandor fantasmal y momentáneo sobre el barco y recortaban durante un instante la silueta de los aterrados marineros antes de volver a hundirlos en las profundidades de la noche. Avanzar a través de aquella aguas azotadas por la tempestad era prácticamente imposible; todo lo que podía hacer el *Nevsky* era mantenerse a flote lo que de por sí ya constituía un milagro.

La proa aparecía y desaparecía en el proceloso mar en medio de la oscuridad y el caos, tan pronto asomando a través de las aguas como hundiéndose en el valle abierto entre dos olas. El *Nevsky* seguía navegando a vela; se habían arriado los trapos del mástil y del palo de mesana, pero las vergas de las velas de cruz del trinquete seguían tensándose con la furia del viento, luchando en la arboladura mientras las ráfagas heladas del vendaval que soplaba del norte arreciaban sin piedad.

Las oscuras y vociferantes figuras de los tripulantes se atisbaban apenas mientras emergían de las aguas y volvían a sumergirse en ellas; los hombres se agarraban desesperadamente a las cuerdas, resbalaban y patinaban con movimientos torpes a causa de la galerna que azotaba sus rígidos impermeables: Sobre ellos se cernía el peligro que en el momento más impensado un golpe de mar pudiera arrastrarlos por la borda y hundirlos en las gélidas aguas.

Desde debajo de los puentes subían los aullidos de terror de los enormes perros de trineo, semejantes a lobos, que unían su clamor al de la tormenta. Aquellos animales, que odiaban el mar aún con el mejor de los tiempos, ladraban y gemían histéricos ante los violentos cabeceos y balanceos del barco. Su medio natural era la tundra abierta cubierta de purísima nieve, no el apestoso y nauseabundo encierro en la bodega de una nave durante una tormenta de invierno.

En su puesto situado en la proa del *Nevsky*, el joven Billy Jenkins, el vigía, oyó un fuerte crujido sobre su cabeza, sintió un ominoso temblor que estremecía la proa, atisbó a través de las aguas revueltas que caían encima de él y entrevió vagamente que el cabo de la gavia del trinquete se había roto. El viento había desgarrado la verga de lona y ahora ésta se agitaba, inservible.

—¡Capitán! —gritó, pero el fragor del vendaval se llevó la palabra y el mar la hizo inaudible.

Joseph, el segundo de a bordo, intentó desesperadamente asegurar la desgarrada vela antes de que cayera peligrosamente sobre la cubierta. Con una mano cogía la cuerda y trataba de atarla, mientras que con la otra tañía furiosamente la campana del barco, tratando de que su sonido se impusiera al fragor del vendaval.

—¡Todos a cubierta! —gritó—. ¡Todos a cubierta!

El segundo oficial, un ruso corpulento y barbudo llamado Grigori, saltó de los obenques, corrió a sujetar un cabo suelto y vociferó con voz ronca al vigía:

—¡Billy, di al capitán que la gavia está rota!

El muchacho asintió y cruzó corriendo el resbaladizo puente en dirección al timón, pero una ola enorme lo alcanzó y lo derribó. Se puso trabajosamente de pie y prosiguió su camino a través del puente, tratando de agarrarse al palo de mesana, donde el contramaestre, Mick, estaba aferrado a las cuerdas, y otro de los tripulantes, David, intentaba sujetar un pesado trineo que amenazaba con saltar por la borda y arrastrarlo a él al mismo tiempo:

Porfiando por mantenerse de pie, abofeteado por el viento y la lluvia, Billy Jenkins trató de alcanzar el puente. Frente a él distinguió la forma incierta de un hombre barbudo de ojos extraviados, agarrado desesperadamente al timón con los nudillos blancos por el esfuerzo, las piernas separadas para contrarrestar los martillazos con que lo golpeaban las olas y el viento. Era Robert Walton, el capitán inglés del *Aleksandr Nevsky*. Resbalaban sobre él regueros de agua salada, el hielo y la sal había teñido de blanco su barba y sus cejas negras, lo que venía a aumentar aquel aire de desesperada ferocidad que aparentaba mientras luchaba con todas sus fuerzas por impedir que el barco zozobrase.

El aterrado vigía se acercó a él corriendo; con el rostro desencajado por el terror y el frío increíble del agua que había empapado todo su cuerpo, dio la noticia al capitán:

—¡Capitán, hemos perdido la gavia!

Walton dejó escapar un alarido ronco y furioso y apartó al muchacho de un manotazo.

—¡Vuelve a tu puesto! —le gritó.

Entretanto el contramaestre, que había abandonado el timón y avanzaba hacia la proa con la cabeza baja y el cuerpo casi doblado por la fuerza del viento, le ordenó:

—¡Dale al timón!

Pero el pesado impermeable impedía que avanzase.

Grigori tiraba de un cabo del palo mayor, mientras Walton llegaba junto al segundo oficial a tiempo para oír un ruido espantoso suficientemente intenso para dominar el fragor de la galerna. La vela más alta se rasgó y el penol comenzó a desplomarse sobre el puente.

—¡Apártese, capitán! —gritó Grigori al tiempo que le daba un empujón a Walton.

A su alrededor los tripulantes se hicieron a un lado en busca de salvación mientras la pesada verga caía sobre cubierta. Pero Walton no fue lo bastante rápido y, tras recibir un fuerte golpe en la cabeza, cayó boca abajo sobre el puente. Con ruido de madera astillaba, el penol desapareció por el flanco llevado por otra ola enorme.

El segundo oficial acudió rápidamente en ayuda del capitán, pero éste lo apartó. La fulgurante grieta de un relámpago hendió los cielos y durante un brevísimo instante iluminó la expresión de dolor y rabia que apareció en el rostro de Walton. Un reguero de sangre que le brotaba de una herida del cráneo le resbalaba por la frente y se perdía en la barba. El agua salada que le bañaba el rostro hacía que la herida fuese doblemente dolorosa. Walton echó la cabeza hacia atrás para mirar la vela mayor, todavía intacta aunque debatiéndose contra la fuerza descontrolada del vendaval.

Un momento después los embates de la galerna contra las velas del trinquete ya fueron demasiado intensos para la madera. El cordaje no aguantaría. Se oyó un pavoroso crujido semejante a un trueno; pero no era un trueno. Los marineros elevaron los ojos y vieron que la parte más alta del mástil ya empezaba a ceder.

—¿Por qué no quiso hacerme caso? —bramó Grigori; las palabras salían a través de la película de hielo de sus labios agrietados—. ¡Ya le dije que no aguantaría!

Aquel inglés estaba completamente loco, parecía empeñado en destruirse, y en llevarse al infierno con él a toda la tripulación.

—¡Corte los malditos obenques! —gritó Walton con impaciencia.

El segundo oficial negó con la cabeza.

—¡Demasiado trapo arriba!

Sobre sus cabezas continuaban agitándose las velas que aún quedaban del trinquete —el juanete y la gavia superior—, golpeadas por el viento ártico.

—¡Cállese y obedezca —aulló el capitán—. Corte lo que queda de esos malditos obenques antes de que perdamos el mástil.

Pero sin esperar a que Grigori lo hiciera, cogió un cuchillo del cinto de éste y avanzó en dirección al mástil seguido por la tripulación. Sus dedos, ateridos por el frío, atacaron un obenque con desatada furia, intentando liberar las velas antes de que se derrumbaran sobre la cubierta arrastrando con ellas lo que quedaba del trinquete.

De pronto se oyó un alarido estremecedor que venía de proa. Era el vigía, que gritaba aterrado aunque sin abandonar su puesto.

—¡Capitán!

Walton y los demás se volvieron a mirar mientras la neblina se aclaraba un momento.

Lo que vieron los llenó de horror porque era la pesadilla de todo marinero que haya navegado por los mares árticos: el enorme monstruo blanco como la nieve, fantasmagórico y deslumbrante a pesar de la negrura de la noche y del temporal. Hielo, un iceberg, macizo e inesperado, que asomaba delante de la tronera como una montaña blanca y espectral. El *Aleksandr Nevsky* se dirigía inevitablemente hacia él y hacia la banquisa de hielo que, más atrás, se acercaba rápidamente. Era el iceberg, despiadado destructor de barcos, asesino irracional de marineros. Los hombres, petrificados de horror, apenas si podían respirar.

—¡Dificultades a estribor, capitán! —gritó el vigía.

Tenían el iceberg casi encima y todos los tripulantes sabían que, por grande que fuera la masa que asomaba fuera del agua, mucho mayor era la montaña de hielo que se ocultaba debajo de las olas, dispuesta a acometer como un mamut contra el casco de madera del *Nevsky*, reducirlo a astillas y enviar barco y tripulantes al fondo del mar.

—¡Va a embestirnos! —vociferó Grigori con voz ronca.

—¡No se atreverá! —gruñó Walton, furioso, irracional.

Se lo tomaba como algo personal: la tormenta, el iceberg, el mástil roto y las velas rasgadas. Para Robert Walton no eran más que ataques deliberados a sus ambiciones, furiosas y malévolas embestidas de una naturaleza despiadada contra el esquema que él se había formado de la vida. La naturaleza era su enemiga, pero no se sentía vencido por ella, no permitiría que nunca lo venciera.

—¡Dificultades a estribor! —gritó al timonel.

Mick, el contramaestre, y Joseph, el segundo de a bordo, se abrieron paso a través del viento en dirección al timón, pero ya era demasiado tarde.

Con un pavoroso estampido, el *Nevsky* se inclinó violentamente hacia el lado de babor al golpear con el iceberg. Los marineros salieron despedidos por el puente hacia el lado de babor, barridos como insignificantes hojas arrastradas por el viento de otoño. Al levantarse, temblorosos, magullados, heridos y sobresaltados, el iceberg se irguió ante ellos como una inmensa muralla blanca. El barco, a la deriva, sin nadie que empuñara el timón, iba adentrándose en el hielo.

De pronto volvió a ladearse, esta vez hacia estribor, y todos los hombres salieron despedidos de nuevo hacia el otro lado, resbalando, dando tumbos, lanzando alaridos. Aún no habían tenido tiempo de ponerse de pie cuando la proa del *Nevsky* chocó con la banquisa de hielo que tenía enfrente. Todos salieron proyectados hacia adelante, como peleles de trapo que un niño caprichoso zarandeara al azar.

Walton y Grigori fueron despedidos hacia la proa, pero con

grandes esfuerzos los dos hombres se agarraron fuertemente a las cuerdas y pudieron mantenerse de pie. Sin embargo, un fuerte ruido los sobresaltó y, al volverse, todavía tuvieron tiempo suficiente para ver que el mástil se partía con un chasquido, igual que una cerilla, y empezaba a tambalearse.

–¡Mirad! –gritó Walton con voz ronca, de cara al viento–. ¡Mirad abajo!

El mástil se derrumbó sobre el puente con el fragor de un trueno, arrastrando en su caída a un marinero que cayó al mar por la borda de estribor. El hombre lanzó un grito de terror antes de desaparecer bajo las heladas aguas. Walton y el segundo oficial se precipitaron a la baranda de estribor y escudriñaron la negra superficie en busca del marinero. Con horror, contemplaron cómo el desgraciado moría aplastado por el hielo, que se cerró en torno a él y después sobre su cuerpo machacado igual que silenciosa tumba.

Luego observaron, con temor creciente, cómo un enorme témpano se apretujaba contra el *Nevsky*, que muy pronto se vio atrapado en una red de hielo. Con un crujido espantoso, el hielo golpeó el lado de estribor, aunque no se detuvo allí sino que alcanzó también la popa. El *Nevsky* ya no podía hacer otra cosa que detenerse: estaba totalmente bloqueado por el hielo.

Los marineros estaban aterrorizados, sus rostros se habían transformado en una máscara de pánico mortal. Aquello significaba su muerte y lo que contemplaban era su implacable mirada. Iban a perecer todos, pronto serían cadáveres congelados envueltos en el abrazo de un ataúd de hielo.

Un loco los había conducido a aquella situación, empujado por su obsesión de correr riesgos cada vez mayores, sin importarle la seguridad de nadie, ni siquiera la de él mismo. Walton, el capitán, que incluso ahora se sentía más frustrado que temeroso, era un hombre obsesionado por una ambición imposible. A pesar de que la muerte parecía inevitable, era evidente que estaba más preocupado por el barco y por sus planes malditos por Dios que por su tripulación. Comparadas con lo que esperaba conseguir, las vidas de los tripulantes no tenían para él la menor importancia.

Grigori se volvió con desprecio y se unió al resto de los tripulantes, dejando solo al demente capitán para que mirase a su alrededor y se convenciera de que su barco había caído en una trampa. Con los puños cerrados con rabia y el corazón prisionero del odio, Walton maldijo a su vieja enemiga, la naturaleza.

La furia del temporal fue amainando a primeras horas de la madrugada hasta que acabó por extinguirse dejando el *Nevsky*, intacto, a excepción de la mitad de su arboladura, atrapado en el blanquísimo hielo. Al cabo de un día, la tripulación comenzó a luchar desesperadamente con hachas y zapapicos para liberar el barco de su gélida trampa. Habían luchado largas horas en medio de un frío atroz, sin comer ni descansar, y ahora estaban agotados, al borde de la extenuación. Además, con la proximidad de la noche, volvía a levantarse la niebla.

Junto a la nave, las jaurías de huskies y malamutes de Alaska, libres ya de la prisión de la bodega, se agazapaban en la nieve y sus salvajes ojos azules, tan extraños en los perros, reflejaban como diáfanos espejos el sombrío atardecer. Robert Walton se agachó para observar su estado, porque sabía que aquellos perros de trineo eran imprescindibles para el éxito de la fase terrestre de su misión. Los perros gruñían; sin embargo, aunque estaban hambrientos y nerviosos, la terrible tempestad de la noche anterior no parecía haberlos afectado demasiado.

Contento de que los animales no hubieran padecido ningún daño, Walton pasó a comprobar el estado de la tripulación, acompañado de Grigori.

–¡Adelante, hombres! Hay que hacer frente a la adversidad. ¡Adelante!

–Capitán, todo es inútil –dijo Grigori–. El hielo se extiende hasta el horizonte.

El segundo oficial había gastado casi todas sus reservas de fortaleza y estaba a punto de derrumbarse de fatiga. La tripulación llevaba varias horas dando hachazos al hielo sin conseguir liberar el *Nevsky*, cuyo casco seguía atrapado por todos lados. Los hombres estaban hambrientos y ateridos. Casi todos se sentían desalentados por la dura prueba sufrida y por la muerte cruel del compañero, y deseaban más que nada en el mundo regresar a Arcángel por el camino que fuera, aunque supusiera un viaje por tierra en trineo a través de centenares de kilómetros de nieve y hielo.

Pero Walton se limitó a decir con decisión:

—No he venido hasta aquí para renunciar a mis propósitos. ¿Qué sugerís vosotros? ¿Que nos rindamos, que nos tumbemos y nos dejemos morir?

—Los hombres no pueden continuar, señor. Están agotados.

Walton sacudió la cabeza con aire cansado y entre sus espesas cejas su ceño fruncido era como un grieta.

—Sabíais qué riesgos corríais cuando os comprometisteis a venir. Si es preciso nos abriremos camino a hachazos hasta el Polo Norte.

Y para dar mayor fuerza a sus palabras, blandió su zapapico.

—Entonces corre el riesgo de que la tripulación se amotine —porfió, tozudo, Grigori.

Con el zapapico a media altura, Walton se volvió y se encaró con su segundo oficial.

—¿Ha hablado de motín? —preguntó.

Sabía el peso que tenía aquella palabra pero, porfiado, Grigori clavó sus ojos en los del capitán.

—Sí, señor.

Walton dirigió a su segundo oficial una mirada llena de desprecio.

—Continuaremos hacia el norte tal como habíamos planeado —dijo escuetamente; después dio media vuelta y se alejó.

—¿Al precio de cuántas vidas? —preguntó Grigori, siguiendo sus pasos.

Aunque era oficial, sus simpatías se inclinaban hacia sus compañeros, los marineros.

Walton se paró, dio media vuelta y miró fijamente al fornido ruso.

—Al precio de las que haga falta.

Grigori se limitó a bajar los ojos y a asentir con la cabeza, aunque la expresión de su rostro indicaba que desaprobaba la decisión de su capitán. Sabía lo cerca que estaban los hombres de rebelarse. Se sentían extenuados hasta el límite de sus fuerzas. Para que estallase el motín sólo hacía falta que la cerilla encendida se acercara a la pólvora.

Cuando se volvía para dirigirse de nuevo a Walton, su gesto quedó en suspenso. A distancia, como surgido de la neblina, se oyó un aullido desgarrador. No era un sonido humano, ni siquiera animal. Si un alma humana estuviera en el infierno y tuviera voz para quejarse de sus sufrimientos, aquel aullido habría podido ser su voz. No se parecía a nada que oído humano alguno hubiese percibido jamás, pero era lo bastante terrible para helar la sangre en las venas de quien lo escuchase.

Inmediatamente, el husky que encabezaba la jauría se puso en pie de un salto con los pelos del lomo erizados, y comenzó a gruñir y a gañir como si percibiera algún peligro invisible pero inminente. Los demás perros se movían inquietos, gruñían también y hacían rechinar sus afilados dientes. Mantenían la cabeza levantada como los lobos y olfateaban el aire, que parecía llevar un misterioso mensaje hasta su sensible olfato.

—Aquí hay algo —dijo Grigori bajando la voz.

Aquellas brumas que se elevaban del agua giraban vertiginosamente alrededor de ellos imposibilitando la visión. No sabía de qué se trataba, pero aquello no le gustaba. Pese a su larga experiencia en el mar, nunca se había encontrado con algo parecido y no podía por menos de pensar que en aquel viaje había muchas cosas que no eran naturales ni normales. Como ocurre con los campesinos rusos, Grigori parecía impasible, pero su alma estaba poblada de supersticiones y en contacto con lo místico e inexplicable, y lo que más temía era lo que sus manos no podían tocar ni sus ojos ver.

Los marineros, empuñando todo lo que encontraron a mano —cuchillos, palos, escopetas y alguna que otra pistola—, se acercaron a su capitán. El misterioso aullido volvió a dejarse oír, esta vez más próximo.

—¿Se puede saber qué demonios es esto? —exclamó Walton con los ojos desorbitados.

Los hombres escudriñaban la espesa niebla, no conseguían ver nada. Pero si no podían ver nada, al menos el silencio helado les permitía oír. Algo se acercaba al *Nevsky*, un ruido profundo y lento que iba arrastrándose en el aire y que avanzaba a marcha regular, cada vez más y más cerca.

De pronto lo vieron. De entre la niebla surgió una figura

fantasmagórica que dejó helada la sangre en las venas de los marineros. Apresuradamente, Grigori se persignó a la manera rusa, de derecha a izquierda, mientras los demás marineros se encomendaban a Dios con invocaciones o empuñaban con más fuerza las armas que tenían en la mano.

Lo que vieron fue una criatura totalmente cubierta de pelo, que se acercaba al barco con paso vacilante a través de la banquisa de hielo y que arrastraba una extraña clase de trineo que nadie había visto en su vida. No estaba tirado por perros, sino por aquella criatura, que llevaba las riendas alrededor del cuello. Un paso lento y un tirón, otro paso lento y otro tirón, poco a poco iba acercándose al *Aleksandr Nevsky*.

Durante unos instantes que parecieron una eternidad, la tripulación contempló fascinada y con el corazón en un puño aquella aparición. De pronto uno de los hombres, un muchacho, no pudo contenerse más e, incapaz de soportar tanta incertidumbre, se llevó el fusil al hombro, apuntó y gritó con voz histérica:

—¡Es un demonio!

Sin embargo, antes de que tuviera tiempo de disparar, la extraña figura se enderezó y se echó para atrás la capucha de la larga prenda de piel de lobo con que se cubría. Entonces apareció un rostro, un rostro humano, con una espesa barba. Por increíble que pudiese parecer, la figura correspondía a la de un ser humano que arrastraba el peso de un trineo a través de los helados páramos. Pero ¡qué extraño vehículo! Era tan diferente de los trineos corrientes como aquel desconocido podía serlo de los demás humanos.

En la parte trasera del trineo había dos palos, sobre los cuales ondeaba un enorme abrigo a manera de vela. Aquella prenda hacía que el trineo, surgido de la niebla, tuviera todo el aspecto de un gigantesco y siniestro murciélago. No era extraño que semejante visión, aparecida de pronto, dejase congelada la sangre en las venas de los marineros.

Cuando el trineo estuvo más cerca del barco, Walton observó que, sujetos también a los palos y bamboleándose a merced del viento colgaban, cual lívida carroña, unos perros muertos. Seguramente constituían la despensa del viajero, ya que era muy posible que se hubiera alimentado de carne de perro para sobrevivir. Pese a que era evidente que estaba agotado y vencido por la carga, el desconocido seguía acercándose con actitud decidida.

La figura observó el barco atrapado por el hielo que tenía delante y, al ver el enorme mascarón tallado en madera que representaba a una mujer acunando a un niño, una lágrima le resbaló por la mejilla. Miró después el nombre de la embarcación escrito en la proa —*Aleksandr Nevsky*—, contempló los mástiles rotos y las velas rasgadas, las caras asustadas de los marineros que lo observaban fijamente, los perros que se movían nerviosamente en el hielo. Se dio cuenta de que el barco se hallaba en graves dificultades, si bien aquéllos eran los primeros seres humanos que este hombre encontraba en muchas semanas y necesitaba desesperadamente su ayuda.

Finalmente se detuvo delante de Walton y se quitó del todo la capucha. Tenía el cabello y la barba blancos y las mejillas rojas y despellejadas por los rigurosos vientos del Ártico, surcadas por una maraña de arrugas labradas por las inclemencias del tiempo. Parecía un hombre de mediana edad o quizá más viejo, estaba terriblemente delgado y andaba encorvado a causa del peso del trineo que llevaba a rastras. Pero lo que llamaba mayormente la atención en el desconocido eran sus ojos, unos ojos terribles, hundidos, como pozos llameantes perforados en su rostro. Eran unos ojos que habían contemplado el horror.

—¿Quién es el capitán? —preguntó.

—Yo soy —replicó fríamente Robert Walton—. ¿Y usted, quién demonios es?

El desconocido sacudió la cabeza y pareció que sus ojos llameaban con mayor intensidad.

—No tengo tiempo de hablar. Sígame con sus hombres armados.

Tanto Walton como la tripulación miraron atónitos a aquella extraña criatura que se atrevía a dar órdenes.

—¡Ahora!

Había tal decisión y autoridad en la voz del desconocido, que los marineros lo siguieron como por instinto.

—¡Quedaos donde estáis! —bramó Walton—. ¡Quien da órdenes aquí soy yo! —Llevó la mano a su pistola al cinto y se acercó

24

un poco más al desconocido al tiempo que fruncía los ojos–. No sé quién demonios es usted pero, ¿cómo ha conseguido llegar hasta aquí?

Antes de que al hombre le diera tiempo a contestar, se oyó a distancia otro de aquellos extraños aullidos. Los marineros volvieron a sentir que se les encogía el corazón y musitaron unas palabras en voz baja mientras los perros reaccionaban emitiendo más gruñidos y gañidos. El husky que capitaneaba la jauría enloqueció de pronto, se apartó de sus compañeros y desapareció entre la niebla dando ladridos. Los demás perros siguieron instintivamente a su jefe y toda la jauría emprendió el camino del hielo y desapareció en la densa lobreguez que entorpecía la visión de los hombres.

–¡Sujetad a los perros! –ordenó Walton con voz autoritaria.

No podía perderlos, no podía seguir hacia el polo sin perros que arrastrasen los trineos.

–Déjelos –dijo el desconocido con voz cansada e inexpresiva–, ya son perros muertos.

Como corroborando sus palabras, a través de la neblina llegó otro de aquellos alaridos inhumanos, aunque ahora mucho más cercano. Los marineros se apretaron los unos contra los otros para así sentirse más seguros, pero todos temblaban, y no sólo por el frío que hacía. Sí, el pánico los tenía atenazados con poderosa garra. Aquel maldito viaje estaba convirtiéndose en una excursión al infierno y era muy posible que hasta sus almas acabaran condenadas.

Más cerca ahora de lo que esperaban, oyeron el furioso ladrar de los perros, que habían encontrado lo que buscaban. De pronto, los ladridos dieron paso a aullidos de pánico y desesperación. Después ya no hubo más que lamentos, espantosos y terribles gemidos.

Quienquiera que fuese el demonio que se encontraba al otro lado, tenía en su poder a los perros del *Nevsky*.

Capítulo 2

EL OTRO LADO

Si los hombres del *Aleksandr Nevsky* hubiesen podido perforar la niebla que envolvía la media luz del crepúsculo y hubiesen contemplado el final que habían sufrido los perros, el miedo espantoso que los atenazaba se habría multiplicado por diez o por cien y habría enturbiado y ensombrecido sus pensamientos hasta los límites mismos de la conciencia. Jamás un ser humano había contemplado carnicería tan brutal como aquélla ni la imaginación más morbosa y enfermiza habría podido concebirla. Tuvieron suerte aquellos marineros al no ver lo que había ocurrido entre la niebla del crepúsculo.

Los huskies y malamutes de la jauría del *Nevsky* se habían lanzado entre potentes ladridos en dirección a aquel ser que aullaba de manera tan extraña para hacerle frente y acabar con él. Eran animales sanos y fuertes, dotados de poderosos músculos y los más parecidos a los feroces lobos que pueden serlo los perros domesticados. Eran fuertes, fieros, valientes, y siempre que se veían amenazados, reaccionaban y atacaban al instante. Su instinto primitivo les había dicho que algo invisible los esperaba, y que ese algo era una bestia amenazadora, peligrosa y salvaje de algún tipo.

La única bestia que aquellos perros temían era el gran oso polar, que tenía garras y colmillos poderosos y podía llegar a medir tres metros y medio de largo. Pero aquello no olía ni gruñía como un oso ni como ninguno de los animales que ellos conocían. Pese a todo, avanzaron sin miedo entre la niebla, dispuestos a atacar, babeando igual que los lobos a los que tanto se parecían.

Algo se acercaba lentamente a ellos hendiendo la niebla, algo amorfo y macizo, casi humano sin llegar a serlo del todo. Aunque se movía rápidamente y de manera torpe como los hombres, no era un hombre. Se cubría con una prenda holgada que aleteaba con el viento y que parecía un abrigo raído, por lo que no podía apreciarse la forma del cuerpo que ocultaba. Pese a ello, su forma recordaba vagamente la de un ser humano.

Súbitamente, con un movimiento veloz como un latigazo, tendió un brazo fuerte y cubierto de cicatrices, al tiempo que un husky daba un brinco en el aire y le clavaba los dientes. Pero una enorme mano cogió al perro por el cuello y unos gruesos dedos se cerraron alrededor de él; el animal comenzó a agitarse y revolverse en el aire, en un esfuerzo inútil por respirar. Cuando el perro ya estaba casi inmóvil, aquel brazo de hierro lo arrojó al suelo lejos de sí.

Al advertir que el perro no había muerto, la criatura lo cogió del pescuezo con una mano y de las patas traseras con la otra y lo arrojó una vez más contra el témpano, con la evidente intención de fracturarle todos los huesos. Se oyó un crujido estremecedor y el husky lanzó un prolongado aullido al tiempo que de su boca salía un chorro de sangre roja y espesa.

Lo que siguió fue el estertor final del perro al ahogarse y el espeluznante sonido de carne desgarrada, pues la criatura le había arrancado de cuajo una de las patas traseras.

Enloquecidos por el olor de la sangre, los otros perros se pusieron a ladrar y se acercaron a la extraña figura prestos a lanzarse sobre ella. Un malamute dio un salto y le mordió en un brazo, pero la criatura lo sacudió con fuerza y, librándose de sus fauces, lo arrojó al suelo.

Pero aquella criatura –fuera lo que fuese– aún no había acabado con el perro. Su enorme mano se cerró alrededor del pescuezo del malamute y comenzó a apretar como si sus dedos fuesen una prensa, estrangulándolo. Parecía que al perro iban a saltársele los ojos de la cabeza; se había mordido la lengua y de la boca y las cuencas de los ojos le brotaba la sangre a borbotones. La mano asesina no lo soltó hasta que ya estuvo muerto.

El miedo, por fin, hizo presa en el resto de la jauría, cuyos miembros advirtieron el gran peligro que se cernía sobre ellos, un peligro mucho mayor del que eran capaces de afrontar. Comenzaron a aullar y ocultaron el rabo entre las patas, como si no supieran atacar o huir corriendo. Optaron por lo primero, pero era demasiado tarde, pues su suerte ya estaba echada.

A partir de aquel momento todo se sucedió con espantosa rapidez. Un par de manos arrancaron la cabeza de un husky, y el cuerpo decapitado, de cuyo cuello tronchado salía la sangre a borbotones como si fuera un géiser, se estremeció con los estertores de la muerte. Otro husky, más bravo, se lanzó contra un pie enorme envuelto en harapos, pero una poderosa patada lo arrojó por los aires contra la cabeza de otro perro. La cabeza se resquebrajó como un melón maduro bajo el golpe de un martillo y la sangre, mezclada con los sesos, se perdió en el témpano formando grumos grises y escarlata.

Los pocos perros que aún quedaban seguían aullando mientras la malévola criatura, que parecía enloquecida por el ansia de sangre, fue matando los perros uno a uno, acabando con ellos a puntapiés, a puñetazos, asfixiándolos o despedazándolos. Los desventurados animales que intentaban escapar eran atrapados y descuartizados al instante. La criatura cogió uno de los perros por las patas delanteras y se las abrió hasta desgarrarle el pecho y abrírselo por la mitad, dejando el corazón al descubierto por diferentes puntos y segándole las arterias, por las que el animal comenzó a desangrarse. La criatura desechó entonces al perro ya sin vida como quien arroja la piel de una naranja y lo lanzó con fuerza contra el hielo.

Por fin, la bestial criatura se quedó sola, jadeando con esfuerzo. Todos los perros estaban muertos y alrededor de la extraña figura no había más que miembros desgajados, pellejos arrancados, huesos y sangre esparcida sobre el témpano. Un solo ser contra ocho perros fuertes y furiosos y, pese a ello, la lucha había sido desigual y muy diferente de lo que habría cabido esperar.

¿Qué clase de criatura era aquella que tenía fuerza suficiente para matar a ocho perros lobo en la plenitud de sus condiciones físicas, a los que había arrancado la piel, la carne, los músculos, los tendones y los huesos desgarrándolos como papel de seda? ¿Qué clase de ser era aquél con corazón y estómago suficientes para realizar tan espeluznante obra? ¿De dónde había salido? ¿Quién era su creador?

Los marineros se movían nerviosamente alrededor del barco atrapado en el hielo, aterrados al oír los gritos de muerte de los perros. No podían imaginar siquiera el sangriento final que habían sufrido, aunque por los aullidos aterradores que habían escuchado sabían que algo terrible debía de haberles ocurrido. Walton seguía con los ojos clavados en el desconocido, porque su intuición le decía que aquel hombre surgido de la nada tenía que estar íntimamente relacionado con la pérdida de sus preciosos perros.

El desconocido tenía los ojos cerrados, pero su rostro se retorcía en una mueca de dolor al escuchar los gañidos de los animales. Y a Walton le sobraba la razón, porque aquel hombre sabía muy bien qué estaba ocurriendo entre la lóbrega niebla. En medio de su dolor se olvidó de que no se encontraba solo y de que el capitán Walton estaba cerca de él, por lo que murmuró para sí:

—Sé que estás aquí y te encontraré.

Por fin se acallaron los aullidos de dolor y en el témpano ya no hubo más que silencio. Todo había terminado. El desconocido, el único entre todos que podía imaginar sin temor a equivocarse lo que acababa de suceder, tenía una expresión de sufrimiento.

Los crispados músculos de los marineros comenzaron a distenderse y Grigori soltó el arma. Entonces, el desconocido se apoderó inmediatamente de ésta e intentó correr hacia donde se habían dirigido los perros. Pero Walton reaccionó rápidamente, lo cogió por el hombro y le dio un puñetazo en plena cara con intención de reducirlo. El hombre se balanceó hacia atrás mientras la tripulación acudía en ayuda del capitán y caía sobre el debilitado desconocido, que intentó defenderse.

–¡Conducidlo al barco! –ordenó Walton–. ¡Al barco!

Los marineros, obedeciendo la orden, arrastraron al hombre mientras Walton dirigía una última mirada hacia atrás. Justo en aquel momento volvió a arreciar el viento y la niebla se disipó lo suficiente para que Robert Walton pudiese ver una espantosa escena: miembros desgajados, cuerpos despedazados, pieles arrancadas, pedazos de carne que ya habían empezado a congelarse, todo esparcido por el témpano de hielo teñido de escarlata. Walton vaciló, como si apenas pudiera creer lo que veía. No había ningún signo visible de lo que había podido ocasionar tan increíble carnicería. Sólo se entreveía una sombra, una mole pesada. Por fortuna la niebla volvió a cerrarse como una cortina y ocultó la horripilante visión.

Allí delante había algo, una criatura con unas manos enormes que la sangre coagulada había teñido de rojo, un ser de venas muy gruesas y piel amarillenta que ahora descansaba del esfuerzo apoyado en una roca, jadeando todavía. Aquel ser bestial contemplaba a la tripulación, que ya se diseminaba para volver al *Nevsky*. También él contemplaba seres desconocidos.

La criatura se levantó de la roca y comenzó a avanzar hacia el *Aleksandr Nevsky*. Grandes vaharadas de vapor salían de su boca, como bocanadas de humo que quedaban suspendidas en el aire helado. Sus piernas, extrañamente vendadas, daban largos y decididos pasos y ya estaban cubriendo con sorprendente celeridad la distancia que lo separaba del barco.

Cualquiera que fuera la identidad de aquel ser, había que reconocer que era terriblemente fuerte.

Los tripulantes no habían imaginado nada parecido cuando, en Arcángel, habían firmado el contrato para enrolarse en el *Nevsky*. Al volver a la nave, los marineros se congregaron en la cubierta superior para hablar en voz baja de sus sospechas y especulaciones. El capitán estaba abajo, con el extraño visitante. ¡Sólo Dios podía saber de qué estarían hablando! Antes aun de levar anclas, todos sabían que el viaje que les esperaba era difícil, porque la paga que les había ofrecido Walton era demasiado generosa para un simple viaje de placer, como sabían igualmente que a aquel inglés lo impulsaba una obsesión y que tal vez estuviera loco, pero nunca habrían imaginado que pudieran encontrarse con cosas inexplicables, que parecían surgidas del mismísimo infierno.

Tempestades, velas rasgadas, palos rotos, icebergs, eran cosas con las que estaban familiarizados, peligros incluso esperados cuando se navegaba por el helado norte. Eran cosas que se podían ver, tocar, entender, cosas de este mundo.

Pero aquel fantasmagórico desconocido que viajaba solo a través de los hielos como un espíritu condenado que hubiera escapado del Hades, aquellos aullidos que no eran naturales y que helaban los huesos, que parecían surgidos de la niebla... ¡Y los terribles gemidos de los perros! No sabían qué había ocurrido en los témpanos, sólo que no era normal, que era algo sobrenatural. ¡Y que todavía no había terminado! ¡Que no terminaría mientras aquel hombre estuviera en el barco! Suponiendo, claro, que fuera un hombre. No había paga para un marinero, por generosa que fuera, capaz de compensar peligros como aquéllos. ¡Ellos no habían firmado un contrato para enfrentarse con el demonio! Los hombres se apretujaron en torno a Grigori mientras éste cruzaba la cubierta camino del camarote de Walton.

–¿Qué hay ahí fuera? –preguntó Davey, con los ojos abiertos como platos–. ¿Sabe el capitán qué es?

El irlandés Mulligan miró con inquietud detrás de él, como si aquello, fuera lo que fuese, ya hubiera llegado al barco y estuviera al acecho en las cubiertas.

–No se parece a nada que haya podido ver anteriormente. ¡Es un condenado animal! ¡Un oso polar, quizá!

Morrell sacudió la cabeza con gesto de evidente preocupación.

–Los osos no matan de ese modo, no hay nada que mate de ese modo.

–Quizá busca al hombre que está con el capitán... –intervino Billy Jenkins, hablando lentamente.

–O tal vez busca al capitán... –dijo Davey.

Morrell, uno de los marineros, asintió con la cabeza.

—El condenado capitán es quien nos ha traído la maldición.

Billy Jenkins contuvo el aliento y bajó la voz hasta reducirla a un murmullo.

—Es el demonio que viene por el capitán.

Lo creía con toda su alma.

Los restantes miembros de la tripulación asintieron y murmuraron entre sí. Sus palabras se difundieron rápidamente.

—Sí, sí... es el diablo... el diablo... el viejo Nick viene por el capitán, tal vez viene por nosotros... por nuestras almas.

El desconocido se sentó en la estrecha litera del capitán, en el camarote que éste tenía bajo cubierta, donde los marineros lo habían confinado siguiendo las órdenes del oficial de mando. Robert Walton estaba de pie a su lado, apuntándolo con la pistola. Al entrar y observar al extraño a la luz de la lámpara que colgaba del techo del camarote, el capitán Walton pudo comprobar que la primera impresión que había tenido de aquel hombre había sido equivocada. El desconocido no era viejo, sino sorprendentemente joven, probablemente tenía menos de treinta años. La blancura de sus cabellos y de su barba no era más que escarcha y, así que la capa de hielo se hubo derretido, Walton se dio cuenta de que el desconocido tenía los cabellos rubios y ondulados y la barba pelirroja. A pesar del rigor del clima y de haber sido azotado por el viento, el rostro era joven y firme, mientras que era imposible negar que su cuerpo, depauperado por el hambre, era el de un hombre joven. Sin embargo, sus ojos eran los de un anciano, unos ojos viejos como el tiempo, lagunas azules de inefable tristeza que reflejaban, desde lo más profundo de sus cuencas, la multitud de hechos terribles que se habían visto obligadas a contemplar. El alma de aquel hombre eran sus ojos y parecía que aquella alma no esperaba ver el cielo.

Haciendo un esfuerzo, el hombre intentó ponerse de pie, pero Walton agitó la pistola con gesto amenazador para obligarlo a mantenerse en su sitio.

—¿Cómo es que no lo entiende? ¡Por favor! —imploró el desconocido.

Estaba desesperado por marcharse, quería huir del *Nevsky* y emprender de nuevo su extraña búsqueda personal.

Walton sacudió enérgicamente la cabeza.

—¡Siéntese! ¡Usted no va a ningún sitio!

—No dispongo de mucho tiempo —suplicó el hombre.

Parecía realmente desesperado, como si estuviera al borde de la locura.

—Le aconsejo, pues, que hable rápidamente.

El desconocido sacudió la cabeza, impaciente y exasperado. ¿Por qué no le creía aquel inglés?

—Se lo digo por última vez: he recorrido a pie el camino de San Petersburgo a Arcángel. Allí subí a un ballenero que iba al norte. Como quedó atrapado por el hielo, no me quedó más remedio que confiar en los perros...

Sus palabras fueron interrumpidas por otro aullido sobrenatural que no provenía del barco pero que no procedía de muy lejos. Los dos hombres intercambiaron miradas de horror.

—¿Qué es? —preguntó Walton—. ¿Qué anda persiguiendo?

A pesar de que era valiente y nunca se había arredrado frente a las dificultades ni la adversidad, Robert Walton sintió un escalofrío de espanto que recorrió su cuerpo ante los hechos sobrenaturales ocurridos en el témpano.

El desconocido se levantó bruscamente y se precipitó a la lumbrera del camarote. Gracias al viento glacial que soplaba, la niebla se había disipado momentáneamente y ahora había una cierta visibilidad. Esperanzado y temeroso a la vez, se esforzó por penetrar la semioscuridad del atardecer ártico.

Sí, allí estaba. Allí se encontraba la insoportable pesadilla que más temía y odiaba y que, sin embargo, perseguía noche y día a riesgo de lo que fuera. Iba tras aquello que cualquier otro hombre habría rehuido. Sí, allí estaba, era el claro perfil de una figura monstruosa y espectral que, agazapado en el hielo, observaba y acechaba el barco, y también al hombre que, sobrecogido de horror, presentía su presencia.

Aquello era demasiado para Walton. Primero el temporal que había acabado con los mástiles y las velas del *Nevsky*, después las masas de hielo flotante que habían atrapado el barco como el ámbar atrapa una mosca y ahora esto... algo que no sabía muy bien qué era. Se acercó a la tronera, cogió al desconocido por el brazo y lo apartó del cristal. Le habló fríamente y con tono amenazador.

–Escúcheme bien. Hace ocho años que lo tenía planeado y le he dedicado toda mi fortuna. Ni usted ni ningún maldito fantasma conseguirá detenerme.

El desconocido dirigió una penetrante mirada al capitán. Pese a las hebras grises de sus negros cabellos y barba, Walton era un hombre fornido que no debía de tener más de treinta y cinco años. Sus ojos eran verdes como los mares cálidos, y en ellos había un fulgor que el desconocido reconoció de inmediato.

–¿O sea que participa de mi locura? –preguntó.

Walton sacudió la cabeza.

–No, no es locura –exclamó rechazando enérgicamente sus palabras–. Hay un paso que conduce al Polo Norte y tengo que encontrarlo.

El desconocido reflexionó un momento, sabía que estaba refiriéndose al Paso del Nordeste, por supuesto. Naturalmente, el *Nevsky* estaba realizando un viaje de exploración. ¿Qué otra cosa podía conducir un barco tan al norte, hasta los blancos páramos deshabitados? Desde que en 1728 el explorador danés Vitus Bering descubriera el estrecho de Bering, que separa Asia de América del Norte, entre los aventureros de muchas naciones había cundido el deseo incontenible de encontrar el Paso del Nordeste para acceder al techo del mundo, el Polo Norte.

En 1733 los rusos se habían lanzado a lo que ellos llamaban «la gran expedición nórdica», aunque no sólo buscaban el paso marino del nordeste, sino también las preciadas pieles de nutria. Ocho años más tarde unos pioneros rusos de Siberia se embarcaban en pequeños botes y partían de Kamchatka con rumbo a América del Norte. En aquel viaje, Alexei Ilich Tchirikov y Vitus Jonasson Bering descubrieron la costa de Alaska y las islas Aleutianas. En el viaje de retorno Vitus Bering murió a causa del hambre, del frío y, tal vez, del escorbuto.

Pero hasta el momento, 1794, ningún explorador había dado todavía con el fabuloso Paso del Nordeste. Seguía siendo esquivo, casi mítico. También lo era el sueño de Robert Walton, al que había dedicado su vida entera, su juventud y todos los recursos materiales que poseía. Más que un sueño era una obsesión. También el desconocido sabía qué era una obsesión. En esto eran compañeros. Su propia alma era presa de una obsesión que lo había empujado a viajar solo a través del hielo y la nieve en un clima que probablemente habría acabado hacía mucho tiempo con un hombre más débil y que a lo mejor acababa también con él. Súbitamente, la desdibujada figura del témpano de hielo desapareció de la vista, pero no antes de que la tripulación del *Nevsky* tuviera una visión terrorífica del mismo. Primero se habían asustado, después al miedo se había añadido el terror provocado por los enloquecedores aullidos de los perros, pero todo aquello no había sido nada comparado con el espanto que habían sentido al ver la horrible criatura que no parecía hombre ni bestia.

¿Qué eran, en nombre de Dios, aquellos jirones de carne ensangrentada, aquellas tiras de piel esparcidas por el hielo igual que desechos? ¿No serían, acaso, lo que quedaba de los perros? ¿Qué poder diabólico podía haber causado tales aberraciones? Los marineros temblaron. Sólo había un ser que pudiera tener un poder tan maléfico.

—Esto es obra del demonio, del mismísimo Satanás.

La frase se propagó como un incendio entre la tripulación, que se encontraba ya al borde del motín.

Sólo el segundo oficial, Grigori, pareció conservar cierta calma, aunque por dentro también se sentía agitado. Sabía, sin embargo, que no era bueno dejar que los hombres se dejasen dominar por la histeria.

—¡Cerrad la boca! —les ordenó.

Pero Billy Jenkins, el vigía, que era poco más que un niño, perdió el control de sí mismo y se revolvió contra Grigori.

—El demonio está entre nosotros... —farfulló sin poder contener la lágrimas—. Está aquí, entre nosotros.

Grigori y algunos miembros de la tripulación llevaron al muchacho aparte y trataron de tranquilizarlo.

—¡Calma, muchacho, calma! —dijo el segundo oficial con voz autoritaria pero amable.

El vigía, sin embargo, continuó llorando y no dejó que lo consolaran. El terror que sentía no contribuyó en nada a disipar el de sus compañeros.

Lo que ningún tripulante del *Nevsky* pudo ver fue la horrible mano ensangrentada que se aferraba a la barandilla de la borda de la nave como si fuese una araña repugnante. La criatura no emitía otro sonido que el de su aliento al fundirse en el aire helado.

Grigori y los demás miembros de la tripulación rodearon a Billy Jenkins e intentaron calmarlo.

—La culpa es del capitán —dijo Morrell.

—Todos estamos pasando por lo mismo, Billy —intervino Dave.

—El chico está aterrado —dijo Mulligan, apiadado del muchacho, con su afable acento de Donegal.

—Ya verás cómo volvemos a casa, Billy —dijo Grigori.

De pronto se oyó un ruido; todos guardaron silencio al tiempo que miraban nerviosamente a su alrededor. Billy comenzó a recitar febrilmente el salmo veintitrés, mientras el resto de la tripulación se movía por cubierta intentando averiguar de dónde provenía aquel ruido insólito que acababan de oír. Sólo Grigori se quedó con el muchacho.

—«Sí, aunque atraviese el valle en sombras de la muerte no temeré ningún mal —murmuró Billy— porque tú estás conmigo, tu autoridad y tu apoyo serán mi consuelo. Tú has puesto la mesa para mí en presencia de mis enemigos, tú me has ungido con óleos mi cabeza y mi copa está rebosante. La bondad y la misericordia me acompañarán todos los días de mi vida y moraré para siempre en la casa del Señor.»

—Amén —murmuró el segundo oficial.

Las palabras le aportaron un consuelo precioso, aunque prácticamente inútil.

Así pues, el joven capitán inglés estaba buscando el Pasaje Nordeste hacia el Polo.

—¿Persiste en su ambición aun a costa de su propia vida y de la de su tripulación? —preguntó el desconocido.

Robert Walton asintió con orgullo y sus verdes ojos fulguraron igual que esmeraldas.

–¡Sí, la vida viene y se va! –dijo apasionadamente–. Pero si conseguimos nuestro objetivo, nuestros nombres perdurarán siempre y yo seré aclamado como un bienhechor de la humanidad.

¡Un bienhechor de la humanidad! ¿Dónde había oído el desconocido aquellas palabras? Una amarga sonrisa torció las comisuras de sus agrietados labios.

–No, capitán, en esto se equivoca –dijo con voz suave–. Sé muy bien lo que digo.

El hombre se acercó otra vez a la tronera y contempló el páramo helado. No se veía rastro alguno de la criatura, pero observó que el *Nevsky* se había hundido tanto en el hielo que su cubierta estaba casi al mismo nivel que la superficie del hielo. Se volvió sin saber, por quedar fuera de su campo de visión, que un pie enorme, envuelto en sucios harapos, pendía del casco del *Nevsky* muy cerca de la lumbrera.

El desconocido respiraba profundamente, todavía le quedaba mucho camino que recorrer, un camino erizado de peligros, agotador, y las fuerzas ya empezaban a abandonarlo; estaba casi agotado. Pese a ello, debía proseguir sus arriesgadas pesquisas hasta el final, aun cuando en ello le fuera la vida, porque aquél era el objetivo primordial de su existencia.

Aquellos dos hombres estaban hermanados por un mismo impulso que inflamaba sus corazones. Por vez primera Robert Walton no miró al desconocido como si fuese un intruso, sino como a un hombre con una historia excepcional que contar. A buen seguro que no habría llegado tan lejos ni pasado tantas privaciones si no hubiera tenido una misión que cumplir y acerca de la cual sería bueno estar informado, ya que sin duda guardaría alguna relación con la figura casi sobrenatural que habrían entrevisto en los hielos. La mano de Walton aflojó la presión de la culata de la pistola.

–¿Quién es usted? –le preguntó de pronto, no de manera hostil sino con tono de curiosidad.

Los ojos del desconocido se llenaron de lágrimas. Se daba cuenta de que el capitán le hablaba de hombre a hombre y se sintió conmovido. Respondió lentamente incluso a él le sonaron extrañas sus propias palabras.

–Me... llamo... Victor... Frankenstein –fue lo que dijo.

Capítulo 3

VICTOR

En las páginas siguientes se expondrá una historia increíble tal como le fue revelada al capitán Robert Walton del *Aleksandr Nevsky* por Victor Frankenstein, un desconocido que se encontró con un barco inútil, atrapado en un témpano de hielo del mar de Barents, un desconocido que se había propuesto un objetivo tan único e insólito, por no decir tan sumamente peligroso, que corrió el riesgo de no sobrevivir a él. Al escuchar el relato del joven, a Walton se le erizaron los pelos de la nuca.

A medida que la curiosa historia del desconocido iba desplegándose ante sus ojos, exponiendo episodios de gran belleza y revelaciones de detalles increíblemente espeluznantes, el capitán se sintió fascinado primero, atónito después, horrorizado más tarde y, finalmente, conmovido. Sabía que la historia de Victor era verdad –todo en el porte del hombre hablaba de su sinceridad y valentía–, pero sabía también que se trataba de una historia que otros que no la hubieran escuchado de labios de Victor Frankenstein a buen seguro que la habrían juzgado increíble. ¿Qué ser racional podía dar crédito a aquella narración a la vez grotesca y horrorosa? Sólo una persona tan obsesionada como el propio Walton estaba en condiciones de entender cómo y por qué habían ocurrido aquellos extraños sucesos y simpatizar con su angustiado protagonista.

—Me llamo Victor Frankenstein —comenzó lentamente el joven.

Victor Frankenstein había nacido hacía veinticinco años, en el año del Señor 1769, en el seno de un hogar donde reinaban la paz, la prosperidad y el amor. Había pasado su infancia en la enorme y fastuosa mansión que su padre poseía en Ginebra, Suiza, no lejos de la orilla del bello lago de Ginebra. La casa se levantaba en una impresionante extensión de terreno y se accedía a ella a través de una avenida de frondosos castaños que flanqueaban un camino de grava. A su alrededor se extendían coloridos parterres cuajados de flores y prados cubiertos de césped en los que crecían robles, fresnos y abedules añosos. Destacaba por su especial majestad un viejo roble de casi veinte metros de altura que crecía en la finca desde hacía más de doscientos años y que había extendido sus gruesas y protectoras ramas sobre varias generaciones de niños para darles cobijo y seguridad y propiciar sus juegos.

Los animales de tiro, como los percherones de gruesas patas y los bueyes que arrastraban el arado, estaban estabulados en un lugar apartado del edificio, junto a los campos de cultivo. Detrás de la casa había unas grandes cuadras de ladrillo donde encontraban cobijo y alimento briosos y nerviosos caballos de silla y otros más robustos, de tiro o de carga. Había también un depósito de carruajes donde siempre los había a punto, desde la imponente carroza con el escudo de los Frankenstein pintado en la puerta, hasta la vistosa berlina descubierta con espacio suficiente para cuatro felices usuarios, la calesa de un solo asiento y el carruaje alto y pintado de vivos colores en el que, tirado por un poni, el pequeño Victor salía a dar felices paseos.

En cuanto a la casa propiamente dicha, los altos ventanales que dejaban ver suntuosos cortinajes, daban a bien cuidados jardines en los que en primavera florecían las lilas y en verano los rosales que perfumaban el aire con su fragancia. En el huerto, las ramas de los perales y ciruelos estaban cargadas, en mayo, de rosados brotes y, en agosto, de frutas en sazón. Cada invierno los árboles de hoja perenne –pinos, abetos, balsaminas y cedros– impregnaban el aire puro con sus aromas frescos e intensos.

Dejando aparte el lago, sin duda el rasgo geográfico más destacado de Ginebra –y puede decirse que de toda Suiza–, eran los Alpes que guardaban ese pequeño país como soldados invencibles. Estas magníficas montañas cercaban la ciudad, a menudo envuelta en nubes, con sus cumbres coronadas de blancura a causa de las nieves eternas que persistían incluso en verano. El contraste entre los agrestes y rocosos peñascales y la próspera ciudad de rojos tejados, construida en las inmediaciones del lago, era espectacular. Muchos pintores habían intentado plasmar en el lienzo aquella imagen, aunque pocos lo habían conseguido.

Desde las ventanas de su enorme cuarto de juegos, Victor observaba con respeto los riscos alpinos y la majestad del Mont Blanc, el pico más alto de Europa, situado en las proximidades de Ginebra. Había crecido en el amor de aquella montaña, contemplando las nubes viajeras que, como una amante coqueta, tan pronto ocultaban como descubrían la cumbre, y mirando las estrellas que la coronaban durante la noche y la luna que iluminaba sus laderas.

La mansión de los Frankenstein había sido construida hacían cien años por el tatarabuelo de Victor, hombre refinado que sabía apreciar las comodidades. No se habían ahorrado gastos para aunar bienestar y estilo. La propiedad reunía todo lo necesario para llevar una vida agradable, lujosa incluso.

Aquella casa podía ufanarse de contar con varios salones enormes donde los invitados se sentaban a departir amablemente mientras degustaban oporto y madeira y mordisqueaban diversas exquisiteces que un criado vestido con librea ofrecía en fuentes de plata. Había un comedor alargado y en él una alta y señorial chimenea de mármol y una lustrosa mesa de caoba cubierta de encajes de Bruselas y en la que a menudo se servían piezas de caza, pescado fresco, carnes asadas y humeantes budines. Una sala de música albergaba una gran arpa dorada, una espineta, un violoncelo y varios violines.

El piso de arriba, al que se accedía por una amplia y magnífica escalinata, era el orgullo de la casa, ya que en él se encontraba el gran salón donde se daban las fiestas, con sus magníficas arañas de cristal y sus hermosos brocados azules que tapizaban los paneles de las paredes. El salón ocupaba casi toda la planta. En un extremo de la misma había un clavicordio dorado utilizado para acompañar los animados ritmos de las polcas y varsovianas, de las mazurcas y minués o de la novísima danza, el vals, para deleite de los invitados de Frankenstein.

En el piso situado sobre el salón se distribuía una gran cantidad de espaciosos dormitorios, todos muy bien amueblados y provistos de una alta chimenea para caldearlos, así como de un amplio lecho de plumas con dosel y de cortinas bordadas. Sobre los dormitorios de los señores estaban las habitaciones de los criados y las dependencias destinadas a Victor, entre las que estaba su dormitorio, su cuarto de juegos, una pequeña habitación donde recibía sus lecciones, con sus antiguos escritorios, y un dormitorio para su institutriz. Debajo mismo del tejado había un espacioso y desierto desván en el que nunca entraba nadie.

En la fresca oscuridad de la bodega reposaban centenares de botellas de preciados vinos, guardados en polvorientas cajas, en tanto que en los grandes barriles de madera envejecía el jerez y el brandy. Jamás ningún invitado de los Frankenstein pasó hambre o sed en aquella casa. Pero la mansión no sólo proporcionaba solaz para el cuerpo, sino también para el espíritu. El bisabuelo, el abuelo y el padre de Victor, ávidos lectores y coleccionistas de libros, habían formado una envidiable biblioteca, alojada en una gran sala bien iluminada en cuyos anaqueles se alineaban millares de volúmenes de obras clásicas encuadernadas en piel, muchas en latín y griego y las restantes en francés, alemán, italiano e inglés. Había libros de filosofía, literatura, poesía, matemáticas, física y ciencias naturales, viajes y exploraciones, ensayos sobre ética y religión. Adosada a la casa había una capilla privada donde se rezaba en familia y se celebraban las festividades religiosas.

El padre de Victor, el doctor Karl Peter Frankenstein, era un personaje relevante en Ginebra y, al igual que su padre y el padre de éste antes que él, gozaba de gran respeto. Era, además, un excelente médico, que se ocupaba con la misma solicitud de sus pacientes pobres que de los aristocráticos. La familia Frankenstein desempeñaba cargos públicos desde hacía generaciones y sus miembros habían sido eminentes consejeros y magistrados de la ciudad de Ginebra. El padre de Victor había continuado la tradición, dedicando generosamente su tiempo y su talento a proyectos en favor del bienestar público.

La base de la riqueza familiar era la tierra. Hacía muchísimo tiempo que los Frankenstein eran propietarios de un gran número de acres de bosque que proporcionaba excelente madera, así como de una docena de granjas de productos lácteos explotadas por arrendatarios. Las vacas de esas granjas daban una leche casi amarilla debido a la abundancia de crema, además de muchas libras de excelente mantequilla y suaves quesos que eran transportados al mercado en unos carros que ostentaban el nombre de los Frankenstein.

El padre de Victor se había casado a una edad relativamente avanzada. Como atareado médico, magistrado y granjero ocasional que era, los días de aquel caballero estaban muy ocupados y eran muchas las demandas de tiempo y energía que pesaban sobre él, lo que apenas le dejaba poco tiempo para su vida personal. Con todo, de cuando en cuando le atormentaba la idea de que, en caso de quedarse soltero, se convertiría en el último vástago directo de la familia y de que entonces sus cuantiosas y valiosas propiedades no pasarían a sus hijos, sino que se convertirían en patrimonio de primos lejanos.

Pero el destino tenía otros planes para los Frankenstein. Cuando le faltaban unos pocos días para cumplir los cuarenta y cinco años, se enteró de que un amigo de la infancia, un tal Beaufort, se encontraba enfermo y desamparado en una ciudad próxima, Lucerna. Karl Peter Frankenstein montó inmediatamente en su caballo y acudió en ayuda de su viejo amigo, pero llegó demasiado tarde como para verlo con vida.

Encontró, sin embargo, a la hija de Beaufort deshecha en llanto junto al lecho de muerte de su padre. Caroline, así se llamaba ella, era una muchachita de quince años, hermosa y sensible, valiente, generosa y dotada de toda clase de virtudes, que había cuidado a su padre de día y de noche y que ahora se encontraba sola en el mundo, sin dinero ni esperanza. Sin vacilar un momento, después de pagar un entierro cristiano y decente a su antiguo amigo, el doctor Frankenstein recogió a Caroline Beaufort y se la llevó a su casa sentada en la perilla de la silla de montar.

Frankenstein, que gozaba del respeto de todos y cuyas cualidades morales eran famosas, hizo ingresar a Caroline en un excelente pensionado para señoritas, donde recibió una excelente educación. La gratitud de Caroline hacia su benefactor no tardó en transformarse en el amor más profundo y romántico hacia aquel hombre tan fuera de lo común. En el transcurso de sus visitas al pensionado, Karl Frankenstein se percató de que la jovencita de quince años se habían transformado en una joven cultivada y de belleza arrebatadora. Sus virtudes y su carácter enérgico aunque dulce causaron en él una profunda impresión. Por fin, como no podía ser menos, también él se enamoró de Caroline, que ya había cumplido los dieciocho años, y pronto contrajeron matrimonio.

El médico trasladó a su joven esposa a su gran casa vacía, que no tardó en llenarse de gozo y felicidad, flores y música, amigos que acudían a cenar y cultivaban la conversación, la danza, la contradanza, la mazurca y el minué en el enorme salón de techo alto bajo el resplandor de cien velas que difundían su luz desde las arañas de cristal.

Poco después de la boda el hogar de los Frankenstein se alegró con la llegada de un hijo, un niño de rostro alegre y ojos azules. ¡Por fin la mansión albergaba una familia de verdad! A buen seguro que muy pronto vendrían más niños a compartir el nombre y la fortuna de los Frankenstein.

Pero el hecho no llegó a producirse, ya que pasaron los años y Caroline y Karl Peter Frankenstein no tuvieron más hijos. El único fue Victor, aunque no hubo nunca hijo más amado por sus padres que él. Aquel niño era su esperanza y su futuro. Para su padre era motivo de orgullo por su inteligencia y para su madre era objeto de todo el cariño de su corazón.

Sin embargo, una casa no se reduce a bibliotecas, bodegas o salones de baile, ni tampoco a comedores, salas de música, camareras, cocineras, cocheros, lacayos, ayudas de cámara, mozos de cuadra, jardineros o criados, ni siquiera a rosales y pinares.

Una casa es vida, amor y alegría, es seguridad, afabilidad, afecto, de todo lo cual tuvo ocasión de disfrutar el pequeño Victor Frankenstein. Fue un niño vivaz, alegre, inteligente y lleno de curiosidad, hijo único amado y deseado. Su infancia discurrió por cauces seguros y felices, ya que disfrutó del afecto de sus condescendientes padres. Al volver la vista atrás y recordar aquellos años, Victor tenía la impresión de que siempre había sido verano y de que el sol calentaba toda la casa al derramar sobre el tejado los rayos benefactores.

El pequeño heredó de su padre un profundo sentido de la responsabilidad pública y una rectitud moral basada en sólidos principios éticos. Su padre le enseñó a montar a caballo y a disparar, como también a satisfacer su curiosidad científica anotando datos sobre los fenómenos naturales. Victor aprendió de su madre a bailar y a amar la música y la poesía, a Homero y a Bach, a Vivaldi y a Virgilio. A los siete años ya sabía hablar, leer y escribir no sólo en el francés y el alemán de su Suiza natal, sino que, además, conocía muy bien el inglés y, gracias a la ayuda de su tutor, ya estaba empezando a navegar por los laberintos del griego y el latín.

Victor aprendió de sus padres la importancia de respetar todos los seres vivos, desde los abejorros que veía volar en el jardín hasta el viejo gato rayado que dormitaba junto al fuego de la cocina, el poni del establo y los lebreles que ladraban en el patio de las cuadras. Caroline había dicho a su hijo que a ojos de Dios toda vida es sagrada, a lo que el niño asentía siempre con un gesto grave.

Los Frankenstein siempre fueron generosos con las personas menos afortunadas que ellos, y dedicaban dinero y no pocas horas de su vida a la ayuda de orfanatos y hospitales de beneficencia. Su amabilidad y sus sentimientos caritativos hicieron que su nombre fuera bendecido y sus vidas transcurrieran en un ambiente de felicidad.

De los años de infancia que se perfilaban más claramente en la memoria de Victor, el que recordaba con mayor nitidez era aquel en que Elizabeth Lavenza había ido a vivir a casa de los Frankenstein.

Victor tenía entonces siete años y, cuando evocaba el pasado siempre recordaba la animada y tintineante melodía del clavicordio mezclada con el susurro de la bata de seda de su madre, el perfume de su cabellera y el brillo de los botones de latón de los pantalones cortos y del chaleco de satén a rayas que él llevaba. Estaba en el salón con su madre, soportando otra lección sobre la manera de bailar en pareja, mientras el ama de llaves, una mujer cultivada llamada señora Moritz, iba marcando el rápido compás con ayuda del teclado.

Pasaría el tiempo y Victor, en su subconsciente, seguiría asociando el tintineo de la música del clavicordio con el crujido de la seda de los vestidos de Elizabeth.

Recordaba claramente que, mientras bailaba, había tropezado y que su madre le había dicho con voz amorosa:

—No hay que estar orgulloso de los fallos, Victor. Prueba otra vez.

—Sí, madre.

Volvieron a girar, esta vez un poco más deprisa. A su madre le brillaban los ojos y tenía las mejillas arreboladas, era una mujer hermosísima y Victor la adoraba. Ambos eran prácticamente inseparables; cada uno era el centro del universo del otro. Sentada ante el clavicordio, la señora Moritz marcó un ritmo más vivo. A su lado estaba sentada su hijita pequeña, Justine, que sólo tenía cuatro años. Justine tenía los ojos clavados en Victor, a quien la niña veía como una especie de dios al que debía rendirse culto.

Mientras iban girando y evolucionando en el pulimentado suelo del salón, Caroline, entre risas, iba tarareando la melodía de la danza.

—Mi encantador Victor, eres el chico más guapo, listo, inteligente y maravilloso del mundo —dijo al tiempo que le daba un abrazo muy fuerte que le hizo perder el equilibrio. Victor dio un traspiés y se agarró a su madre, pero ella tropezó con él y los dos cayeron al suelo, riendo a carcajadas.

Justo en aquel momento se abrió de par en par la enorme puerta del salón y la señora Moritz dejó de tocar. Como era su padre quien había entrado en la habitación, Victor se apresuró a ponerse de pie y Caroline se colocó a su lado y procuró adoptar una actitud serena.

Al chico le sorprendió ver que su padre no estaba solo, sino que llegaba acompañado de una hermosa niña que no tendría más de seis años; iba totalmente vestida de negro y sus ropas eran bastante zarrapastrosas.

Victor la miró fijamente. La niña tenía un rostro llamativo, con una boca muy roja y una barbilla cuadrada. Su espesa cabellera se rizaba de manera natural sobre unas cejas insólitamente gruesas. También los ojos de la niña llamaron la atención de Victor, puesto que nunca había visto otros iguales. Debajo de las negras cejas, sus ojos enormes y redondos eran tan negros como su vestido, tristes y aterciopelados, pero con el fuego de la pasión y el brillo del orgullo en ellos. Aunque era evidente que estaba asustada, la niña se comportaba como una princesa gitana. La única muestra de timidez de que dio muestras fue la fuerza con que sus minúsculos dedos se cerraron alrededor de la mano del doctor Frankenstein.

Comprendiendo que la familia necesitaba de intimidad, la señora Moritz se levantó e hizo una reverencia.

—Doctor, señora... ¡vamos, Justine!

Cogiendo de la mano a su hijita, la señora Moritz abandonó el salón. Como de costumbre, Justine se sentía reacia a prescindir de la deslumbrante presencia de Victor, por lo que miró por encima del hombro a los dos niños mientras su madre la apartaba de ellos de un tirón.

Caroline se inclinó hasta que su rostro estuvo muy cerca del de su hijo.

—Victor, ésta es Elizabeth —le dijo con su melodiosa voz— y ha venido a vivir con nosotros.

—Ha perdido a su padre y a su madre, que han muerto a causa de la escarlatina —le explicó el doctor Frankenstein—. No tiene a nadie en el mundo.

La madre de Victor sonrió suavemente.

—A partir de ahora debes considerarla tu hermana —dijo al niño con voz dulce, tal vez recordando su pasado de huérfana pobre y la gran bondad con que había sido tratada—. Debes ocuparte de ella y tratarla siempre con cariño. ¡Vamos! —Y le dio un empujón.

Victor se acercó lentamente a Elizabeth, que lo miraba muy

seria con aquellos ojos tan fuera de lo común. El doctor Frankenstein le dio un empujoncito y ella avanzó unos pasos. Los dos se encontraron en el centro de la habitación.

–¿Siempre? ¿Quiere esto decir que no morirás nunca? –preguntó Elizabeth en voz tan baja que sólo la oyó Victor, mientras lo miraba con ojos llenos de ansiedad.

Él asintió con la cabeza.

–No moriré si tú no mueres –le prometió.

Ella entonces le tendió la manita, Victor se la cogió con gesto ceremonioso y los dos sellaron solemnemente el acuerdo con un apretón de manos. Los ojos azules penetraron los ojos negros y Victor notó un estremecimiento repentino, una sensación física que recorrió todos sus nervios. Acababa de tener la impresión de que había sucedido una cosa muy importante, algo que posiblemente no podía entender un niño de siete años, pero que cambiaría su vida. Fue una sensación que jamás olvidaría.

En el curso de los meses siguientes Victor Frankenstein aceptó y amó a Elizabeth como a una hermana y pronto pareció que la niña había vivido siempre con ellos. Desolada por la pérdida de sus padres, en un principio se mostró taciturna y vulnerable. pero como era una niña ávida de cariño y de seguridad, no tardó en olvidar las penalidades sufridas y aceptó la felicidad que le ofrecía el presente.

La señora Moritz continuaba tocando el clavicordio durante las lecciones de baile de Victor, que seguían celebrándose en el gran salón de paredes azules, aunque a partir de ahora su pareja ya no sería Caroline, sino Elizabeth. El doctor Frankenstein y su esposa estuvieron presentes en ocasión de aquella importantísima primera lección de danza. Mientras la señora Moritz estaba sentada al teclado, Justine permanecía, como siempre, a su lado, con la muñeca en brazos y mirando con expresión de arrobo a Victor y de envidia a Elizabeth.

–Quien empieza eres tú, Victor –dijo el ama de llaves con voz grave–, y piensa que tanto en la vida como en la danza, tu compañera es siempre la mujer.

–Sí, señora Moritz.

Victor hizo una profunda reverencia a Elizabeth, aunque intercambió una mirada con ella a espaldas de la señora Moritz. Elizabeth le hizo a su vez una reverencia, pero frunció la nariz y le sacó la lengua sin que aquélla se diera cuenta. Los padres de Victor, que presenciaban la lección, sonrieron con aire divertido. ¡Aquellos dos niños eran exactamente como el hermano mayor bailando con la hermana pequeña!

–Mamá, ¿puedo bailar con Victor? –preguntó Justine con tono de súplica.

–¡Vaya tontería, Justine! –contestó la señora Moritz, que tenía muy poca paciencia con su desamparada hijita. Las únicas personas que eran objeto de su consideración eran los Frankenstein, ya que le impresionaban profundamente su riqueza e importancia. Su atención estaba centrada en Victor. Para la señora Moritz, así como para los demás miembros de la familia, el retoño de los Frankenstein no sólo era el centro del hogar sino incluso del universo.

–¡Atención! Juntad las manos y poneos espalda contra espalda. ¡Venga, uno, dos...!

Los dos niños comenzaron a moverse, seguidamente dieron un par de pasos en falso y después comenzaron a evolucionar por la enorme sala pisándose mutuamente. Sin embargo, no tardaron en amoldarse el uno al otro y a moverse con más desenvoltura. Caroline y el doctor Frankenstein, que los observaban con interés mientras iban marcando el compás con los pies, acabaron por sumarse al baile. El ritmo de la música se hizo cada vez más vivo y los dedos de la señora Moritz parecían volar sobre el teclado.

–¡Giro! ¡Cambio de pareja! –gritaba con voz estentórea mientras los cuatro bailarines intercambiaban parejas y se movían a través del salón, la pequeña Elizabeth con el alto doctor Frankenstein y Victor con su bellísima madre.

Todos reían.

–¡Dad vueltas! ¡Haced girar a vuestra pareja! –ordenó la señora Moritz.

Tenía el rostro arrebolado y los rizos que asomaban por debajo de su cofia almidonada y fruncida iban saltando mientras tocaba llena de energía.

—¡Juntaos todos! ¡Girad, girad...! ¡Más deprisa!

Las figuras de la danza iban haciéndose más y más complicadas. Todos estaban sin aliento, pero se lo estaban pasando maravillosamente bien. Era como una fiesta. Elizabeth tenía la impresión de que siempre había vivido allí, alegre, feliz, como un miembro más de la familia.

Cuando ya hacía tres meses que vivía en el hogar de los Frankenstein, Caroline cogió todas las negras prendas de luto de Elizabeth y las quemó. Siempre había deseado tener una hija y vestirla como una muñeca, ponerle ropas elegantes, trenzar cintas de seda entre sus cabellos. Pues bien, ahora ya tenía una hija. Elizabeth lucía bonitos vestidos y alegres delantales, enaguas rematadas de blondas y pantuflas de seda, prendas todas ellas tan bellas que los ojos negros de la niña brillaban de gozo al contemplarse al espejo. Pero los rizos de su cabellera negra y espesa se escapaban de manera anárquica y rehuían las cintas, y pronto sus pálidas mejillas fueron tan rosadas como las de Victor.

Los dos niños pasaban muchas horas en mutua compañía. Iban a todas partes juntos, paseaban en el carruaje arrastrado por el poni, compartían el cuarto de juegos los días de lluvia, y después de una jornada larga y ajetreada caían dormidos uno al lado del otro delante del fuego del salón.

Como Victor era un año mayor que Elizabeth, la dirigía en todo. Ella lo contemplaba extasiada, aunque no con aquella misma ciega devoción que le tributaba Justine. No, Elizabeth tenía ideas propias. En las fantasías que concebían durante sus juegos, era Victor quien construía castillos y quien luchaba con los dragones, pero Elizabeth rara vez se contentaba con ser la doncella rescatada y también quería disponer de una espada y de un escudo imaginarios. Por mucho que Victor le indicara cuáles era los libros que la ayudarían a cultivarse, Elizabeth no quería que nadie le dijera qué debía leer.

Aquella chica poseía la misma ternura femenina y la misma fuerza moral que Victor había descubierto en su madre. La amaba, pues, aunque sólo fuera por esto, pese a que en ocasiones fanfarroneaba con ella porque consideraba que era lo que le correspondía por ser el hermano mayor.

Así pues, los dos niños crecieron juntos, uno al lado del otro, como auténticos hermanos. Lo compartían todo: el amor de sus padres, Karl Peter y Caroline Frankenstein, los mismos libros y los mismos juguetes, el mismo tutor que los instruía en historia y matemáticas, latín y literatura.

Aquellos dos niños, sin embargo, eran diferentes. A Victor le encantaba aprender y siempre estaba ávido de nuevos conocimientos. Desde su más tierna infancia se había sentido devorado por la curiosidad científica y, aunque le encantaba realizar actividades físicas al aire libre, también se sentía feliz encerrado en la habitación que le servía de clase, tratando de solucionar algún problema de matemáticas o entregado a uno de sus experimentos científicos.

A Elizabeth, en cambio, le fastidiaba asistir a clase y las ciencias y las matemáticas la aburrían soberanamente. Ella sólo pensaba en corretear al aire libre, en trepar al enorme roble del jardín o en perseguir a los lebreles del establo. Sin embargo, si había algo que la deleitaba realmente –aparte del dibujo, en el que también destacaba– era la poesía, especialmente la de William Shakespeare. Leía sus sonetos y sus tragedias en traducciones francesas y alemanas y hasta se esforzaba en disfrutarlos en inglés. Aun cuando a veces el significado de las palabras se le escapaba, le bastaba el sonido de éstas para sentirse extasiada por su belleza.

Victor solía llevar siempre los dedos manchados de tinta, mientras que Elizabeth tenía las rodillas cubiertas de arañazos. Con todo, aquéllas no eran más que diferencias superficiales. De hecho, compartían muchísimas cosas y veían la vida más o menos de la misma manera gracias a los elevados preceptos morales que sus padres le habían inculcado. Se reían de las mismas cosas y eran aficionados a las mismas bromas inofensivas con los criados, los perros, el gato de la cocina... y Justine.

Pero mientras Victor, aquel muchacho fuerte y de ojos claros, valiente y rápido en la acción, solía mostrarse nervioso y obsesionado por algunas cosas, la princesa gitana que era Elizabeth, cuyo temperamento se encendía fácilmente, era interiormente fuerte como una roca y habría sido imposible minar sus reservas de fortaleza.

¿Quién habría podido imaginar entonces, hacía casi veinte años, en aquellos días soleados y alegres en que la enorme casa se llenaba con los ecos de sus risas, que llegaría el día en que Elizabeth necesitaría hasta la última pizca de su fortaleza y Victor hasta la última fibra de su valentía?

Capítulo 4

LA PÉRDIDA

Los diez años que siguieron a la llegada de Elizabeth aportaron a la familia una felicidad aún mayor de la que ya disfrutaba. Se transformó de niña encantadora en muchacha hermosa, exuberante y querida por todos, desde los mozos de cuadra hasta las doncellas. Para Victor era una verdadera hermana y una excelente compañera de juegos; para el doctor Frankenstein era una hija maravillosa a la que era preciso mimar y complacer, pero por encima de todo, se convirtió en un gran consuelo para Caroline y, además, en una confidente, puesto que ésta ya había empezado a abrigar secretas esperanzas de que su hija adoptiva pudiera ser un día para Victor bastante más que una hermana.

Era aquélla una secreta esperanza de la que Elizabeth también participaba. Aunque seguía queriendo a Victor como a un hermano –¿cómo podía ser de otra manera si habían compartido sus días de infancia?–, a partir de los trece años, cuando su cuerpo comenzó a convertirse en el de una mujer, Elizabeth consideró que el matrimonio con Victor era lo único que podía garantizarle una felicidad para toda la vida.

El propio Victor, que también era un joven saludable y bien parecido en el umbral de la vida, parecía muy prometedor. Era un gran motivo de satisfacción para sus padres, en especial para el padre, ya que veía plasmarse en él sus sueños largamente acariciados y pensaba que llegaría el día en que pudiese traspasar a su hijo su práctica médica. Hacía tiempo que había sido decidido que Victor fuese médico como él y todos los profesores de la escuela técnica a la que asistía estaban de acuerdo en que tenía las dotes necesarias para llegar a ser un brillante doctor en medicina. Despierto y bueno por naturaleza, era un muchacho que destacaba en sus estudios y tenía un amor ilimitado por la ciencia.

Victor era también un muchacho fuerte y activo, aficionado a la equitación, a la caza y al atletismo. Su actividad preferida era el alpinismo y solía escalar los picos más escarpados de los Alpes pues le gustaba medir sus fuerzas con las de las montaña.

Pero Victor era algo más que un buen estudiante, un jovencito estudioso que aspiraba a cursar estudios de medicina y a llevar una vida ordenada y próspera ejerciendo su profesión. En realidad, no se contentaba sólo con esto. Como un iceberg, una buena parte de su personalidad quedaba oculta debajo de la superficie y se hundía en las profundidades. Pensaba estudiar medicina, sí, pues aspiraba a ampliar sus conocimientos científicos, pero no se veía dedicando la vida a reparar piernas rotas, mitigar fiebres, abrir forúnculos o poner emplastos en pechos acatarrados. Poseía una inteligencia profunda y reflexiva y una insaciable curiosidad por todo lo relacionado con la vida y la muerte. La investigación era un campo que lo atraía poderosamente. Se sentía llamado hacia la posibilidad de aventurarse en campos del saber a los que nadie había llegado y de hacer descubrimientos beneficiosos para la humanidad.

A los diecisiete años ya había leído la mayor parte de los libros de la vasta biblioteca del doctor Frankenstein, aunque los que más le fascinaban eran los libros antiguos de alquimia, que excitaban su joven imaginación. Los filósofos medievales habían sabido combinar las enseñanzas de los pitagóricos y de los griegos posteriores, de los egipcios y los árabes, con el misticismo, la astrología y la investigación de las propiedades de los metales, de los que se creía que tenían grandes poderes mágicos y curativos.

Los alquimistas tenían una visión mística del mundo y estaban continuamente detrás de lo que ellos llamaban «el elixir de la vida», que se encontraba en algún lugar del espacio y del tiempo y del que se suponía que era capaz de conferir la inmortalidad al que fuera capaz de descubrirlo. Buscaban también la piedra filosofal, otra garantía de inmortalidad casi tan inasequible como el elixir de la vida y que servía para transmutar los metales en oro.

¡El elixir de la vida! ¡La piedra filosofal! ¡Qué conceptos tan fascinantes! Juzgados desde un punto de vista realista, eran hechos imposibles, simplemente mitos, por supuesto, pero aún así... ¿Y si, gracias a las técnicas modernas, pudiera demostrarse que cosas como éstas podían convertirse en realidad? Después de todo, ¿qué sabían los antiguos acerca de la moderna ciencia del electromagnetismo, que era la magia actual? Aquel pensamiento excitó a Victor, que volvió a sumergirse ávidamente en los textos de alquimia. La cualidad mística de estos estudios, que tanto discrepaba de las materias prácticas que le habían impartido sus profesores, atraía poderosamente aquella faceta de su naturaleza que consideraba que la medicina debía ser algo más que reparar huesos rotos. Tal vez sería necesario contar con alguien como Victor Frankenstein para reconciliar los antiguos arcanos con las novedades misteriosas y unir la sabiduría de la alquimia con las técnicas científicas.

Noche tras noche Victor se quedaba levantado hasta tarde en su cuarto, leyendo afanosamente hasta que las velas se consumían y ya no iluminaban las páginas. Apoyaba entonces la cabeza en la almohada, pero su cabeza seguía dándole vueltas a las ideas tan extrañas como sugestivas que le ofrecían aquellos arcanos libros. La vida, la muerte y los misterios que ambos hechos entrañaban lo tenían profundamente fascinado. ¿De dónde provenía la vida? ¿Adónde iba a parar cuando el corazón dejaba de latir? ¿Cómo era la naturaleza esencial de la vida? ¿Era biológica? ¿Química? ¿Eléctrica? Deseaba fervientemente obtener las respuestas a todos estos dilemas.

Victor inició sus estudios de alquimia con un raro manuscrito de unas obras filosófico-religiosas tituladas *Hermética*, ensayos de alquimia, magia y ocultismo escritos por Hermes Trismegistus basados, supuestamente, en creencias místicas de los antiguos griegos y egipcios. De allí pasó a leer a Albertus Magnus, que había muerto en 1230, filósofo escolástico y eclesiástico alemán en cuyas obras figuraban paráfrasis de las de Aristóteles. Aunque influido por los griegos, Albertus iba muy avanzado con respecto a su época en todo lo referente a la ciencia experimental, y Tomás de Aquino era uno de sus discípulos. Victor leyó después *La filosofía oculta* de Heinrich Cornelius Agripa, nacido en 1486, quien en su juventud había estudiado alquimia y ciencias ocultas, pero que en años posteriores se había apartado de aquellas materias.

Finalmente Victor se introdujo en las obras del médico y alquimista Philippus Aureolus Paracelso, nacido en Suiza en el siglo xv, al igual que Theophrastus Bombast von Hoenheim. En su función de médico, Paracelso comenzó a utilizar en 1520 el extracto de opio, al que llamó láudano, contribuyendo de este modo a vencer a ese enemigo implacable del género humano que es el dolor. Posiblemente Victor consideró que, si ésta era una aplicación práctica de la alquimia mística, a buen seguro que debían de existir otras igualmente valiosas.

En su obra *Paragranum*, escrita en 1530, Paracelso argüía que la práctica de la medicina debía estar basada en la naturaleza y en sus leyes físicas, y fue el primero en aconsejar el uso medicinal de sustancias químicas tales como los compuestos de mercurio y antimonio. Afirmaba, además, haber encontrado la piedra filosofal y decía que, por ello, viviría siempre. Paracelso, sin embargo, no vivió siempre, y la inmortalidad que se atribuía tuvo un abrupto final en 1541, fecha en la que murió a consecuencia de una caída; lo más probable era que estuviese borracho, ya que era un bebedor empedernido. Así pues, el supuesto hallazgo de la piedra filosofal no consiguió salvarlo de la muerte, o quizá se trataba de una piedra que no actuaba cuando de borrachos se trataba.

Excitado por sus elucubraciones en materia de ocultismo, Victor se guardó muy bien de hablar a su pragmático padre de los estudios que realizaba en privado. Comprendía que el doctor Frankenstein se sentiría horrorizado y profundamente contrariado si sabía que las lecturas personales de su hijo apuntaban hacia direcciones alejadas de la mera práctica de la medicina tradicional. Pese a que no acababa de creer del todo en la existencia de la piedra filosofal ni en el elixir de la vida, por muy sugestivos que fueran para él aquellos conceptos, Victor seguía dando pábulo a la esperanza de que en el campo de la medicina hubiera algo más aparte de recetar píldoras y aplicar sanguijuelas para curar la inflamación del hígado, algo que intentase ahondar en las preguntas infinitas y tratara de hallar respuesta a ellas.

¿No habría, quizá, alguna empresa noble y superior esperándolo, una empresa que pudiera desvelarle secretos hasta entonces ocultos? En ese caso Victor Frankenstein se iniciaría en el conocimiento sagrado de los antiguos sabios y tal vez se convirtiese en el moderno Prometeo, si bien esperaba que el cielo no le reservara el desgraciado sino que había deparado a Prometeo. Aquél era su más acariciado sueño.

Cuando Victor tenía diecisiete años y Elizabeth dieciséis ocurrió un hecho inesperado en el hogar de los Frankenstein: Caroline quedó embarazada, hecho que sorprendió a todos, incluida ella misma.

Tenía ya treinta y siete años y hacía mucho tiempo que había renunciado a la esperanza de tener más hijos. Se sentía feliz con su hijo y con su hija adoptiva, además de plenamente satisfecha como esposa y madre. Con todo, la idea de traer una nueva vida al mundo, de acercar a otro hijo a su pecho, la convirtió en la más dichosa de las mujeres.

Los sentimientos del doctor Frankenstein sobre el particular eran ambiguos. También a él le entusiasmaba la idea de traer una nueva vida al mundo y le alegraba ver a su amada esposa tan feliz, pero como médico temía por ella. Treinta y siete años era una edad quizá excesiva para tener un hijo, especialmente después de tantos años de esterilidad. Un embarazo en aquella situación entrañaba no pocos peligros. El doctor Karl, preocupado, observaba a Caroline como un pájaro que guardase el nido y estuviese al acecho del primer signo adverso.

Sin embargo, como al entrar en el noveno mes de embarazo Carolina estaba de buen humor y, al parecer, en excelentes condiciones físicas, todos se dejaron invadir por un sentimiento de alegre esperanza e incluso el bueno del doctor se tranquilizó bastante. Por el momento no había aparecido ninguna de las calamitosas complicaciones que esperaba. El estado de su esposa era verdaderamente espléndido, tenía las mejillas sonrosadas y los ojos brillantes, buen apetito, una gran energía y estaba de un talante excelente. No se anunciaba ningún peligro y, con la ayuda de Dios, todo saldría a las mil maravillas.

La familia Frankenstein seguía ofreciendo su hospitalaria mesa a los amigos, continuaba departiendo con las visitas y bailando muy feliz en el salón, puesto que ahora eran dos las parejas felices: el médico y su esposa, y Victor y Elizabeth. La única diferencia entre aquel momento y diez años antes era que quien se sentaba ahora al clavicordio era Justine, que ya había cumplido catorce años. La señora Moritz seguía encargándose de las lecciones, marcando el compás con las manos, pero ahora eran los ágiles dedos de su hija los que arrancaban las melodías del instrumento.

Sin embargo, aun cuando los pasos de la danza solían mantener a Victor y a Elizabeth separados únicamente por la distancia de los brazos, él no sintió nunca saltar la chispa eléctrica en el punto de la mano donde descansaba la de su amiga, ni tampoco un calor palpitante en los dedos cuando ella, al bailar, le rozaba el cuerpo con el hombro o la cintura. Siempre había existido entre ambos un vínculo físico palpable y Victor estaba seguro de que el hecho era tan evidente para él como para ella, aunque la modestia femenina le impidiera a Elizabeth manifestarlo o aludir a él de la manera que fuera. Aun así, los negros y aterciopelados ojos de Elizabeth lo miraban con tal dulzura, que sólo esto ya le indicaba que ella tenía una cierta idea de lo que él sentía.

Un día, mientras las dos parejas bailaban animadamente en el salón, Caroline se paró de pronto, palideció y se llevó la mano al enorme vientre. Su marido lo advirtió en seguida.

—No debes hacer esfuerzos, querida Caroline —la riñó con cariño, si bien en su rostro asomó la ansiedad, pues temía que sus antiguos temores fueran justificados.

Caroline sonrió, pero era evidente que no se encontraba bien.

—Dentro de poco estaré perfectamente, no te preocupes, Karl. Me he sofocado un poco, nada más. ¡No exageres, por favor!

—Aun así, mejor será que te sientes.

Caroline apoyó su brazo en el de su marido y descargó en él el peso de su cuerpo, mientras el médico la conducía a una gran silla dorada que había junto al piano y, amorosamente, la ayudaba a sentarse.

Ya tranquilizados, Victor y Elizabeth continuaron bailando mientras sus padres los observaban. Hacían una curiosa pareja, él tan rubio y ella tan morena. Después de tantos años de bailar juntos, sus pasos se coordinaban a la perfección.

—¡Magnífico! —exclamó la señora Moritz—. ¡Seréis la envidia de todos!

Por cierto que ya eran la envidia de Justine, que observaba con ojos anhelantes a Victor mientras éste arrastraba a Elizabeth en sus brazos en una floritura. Con la mirada perdida en él, Justine dejó de concentrarse en la música y erró un par de notas. Su madre le dirigió una dura mirada de reprobación.

—¡Justine! —le gritó.

Confundida, la muchacha volvió a centrarse en el clavicordio. Victor, sin embargo, se había dado cuenta del desconcierto de la muchacha. La señora Moritz trataba con excesivo rigor a la pobre Justine.

—Por favor, señora Moritz, no tiene importancia —dijo, y soltando la mano de Elizabeth, Victor cogió la de Justine—. ¿Me dejas que baile contigo? —le preguntó.

La muchacha, ruborizada, se puso de pie y dejó su puesto a su madre. Victor apoyó suavemente la mano en su talle y, justo en el momento en que se disponían a abordar una mazurca, Caroline profirió un gemido sofocado y se desplomó, desmayada, en el suelo.

—¡Madre! —exclamó Victor, mientras todos se acercaban rápidamente a ella.

—¡No! —ordenó el doctor Frankenstein—. ¡Apartaos para que pueda respirar! —Levantó a su esposa en brazos y se encaminó hacia la escalera—. Vosotros, Victor y Elizabeth, no os mováis de aquí. No subáis para nada a menos que yo os llame. Ustedes, señora Moritz y Justine, hagan el favor de seguirme.

Elizabeth y Victor intercambiaron miradas de pánico y se dejaron caer en unas butacas. Permanecieron unos minutos en silencio, absolutamente callados pero no por ello menos ávidos de saber qué podía estar ocurriendo en el piso de arriba. El vacío salón se había convertido de pronto en un espacio ominoso en el que se encontraban atrapados.

Después se oyó un grito largo, penetrante, que parecía no tener fin. Ninguno de los dos había oído jamás un grito como aquél, era el grito de un animal cuyas carnes hubieran sido desgarradas. Elizabeth se tapó instintivamente los oídos y, desesperada, comenzó a sollozar. Victor se puso de pie de un salto y comenzó a caminar arriba y abajo por el salón igual que una pantera enjaulada.

Los quejidos, roncos y estentóreos, continuaban, y los gritos de dolor se hacían cada vez más frecuentes. ¡Oh, Dios santo! ¿Qué podía estar ocurriendo? ¿Por qué no hacía nada su padre? ¡Que le diera algo para que no sufriera, lo que fuese! Victor, desesperado, se dirigió hacia la puerta, pero Elizabeth sacudió la cabeza y extendió la mano como tratando de impedir que lo hiciera; su padre les había prohibido que subieran. El muchacho lanzó un profundo gemido, se desplomó en el asiento y ocultó la cara entre las manos.

Se oyó entonces el restallante chasquido del relámpago seguido del hondo fragor del trueno. Se desató un fuerte viento y las ramas de los árboles azotaron los cristales de las ventanas. Comenzó a llover a cántaros.

Arriba, en la estancia iluminada por la luz de las velas, las cosas no iban muy bien. Caroline Frankenstein, atada a la silla de parir que tenía en su habitación, se retorcía de dolor. Por su cuerpo hinchado resbalaban ríos de sudor y no paraba un momento de gritar, agarrada a las manos de la señora Moritz. Tenía las piernas separadas sujetas por unas gruesas tiras de cuero y su esposo trataba en vano de restañar la sangre que le salía del cuerpo. Pero el niño no quería nacer.

Justine y la señora Moritz intercambiaron miradas de terror, y ésta sacudió la cabeza en señal de impotencia. Por fortuna, ni el doctor Frankenstein ni su esposa lo advirtieron.

Aquél fue el parto más difícil que el doctor Frankenstein ha-

60

bía atendido en su vida. La costumbre imponía que sólo mujeres asistieran a los partos: comadronas y amigas de la parturienta que, por haber colaborado en muchos de esos trances, sabían qué correspondía hacer en tales casos. Sólo se llamaba a los médicos en situaciones extremas, por lo que el marido de Caroline sólo había asistido a partos difíciles. Éste, sin embargo, era, con mucho, el peor de todos los de su vida.

El niño estaba tan retorcido dentro del útero de su madre que obstruía el cuello de la matriz con la espalda y los hombros. En aquel caso no servían de nada los fórceps ya que, al no asomar la cabeza, era imposible agarrarla para facilitar el paso del cuerpo. El doctor Frankenstein tampoco podía aliviar los sufrimientos de su esposa administrándole morfina, y en cuanto a anestésicos tales como el éter y el cloroformo, aún debían transcurrir cincuenta años para su descubrimiento. Con todo, aunque hubiera dispuesto de tales anestésicos, el doctor Frankenstein tampoco los habría utilizado, porque Caroline debía estar bien despierta para seguir empujando y quizá conseguir con sus esfuerzos que el niño cambiara de postura y se colocase de manera que hiciese posible el alumbramiento.

Aún así, por mucho que Caroline se esforzaba y sufría, no servía de nada y todo parecía inútil. La única manera de salvar la vida del pequeño habría sido abrir en canal el vientre de la madre y liberarlo. Pero ¿cómo podía practicarse una cesárea urgente en tales condiciones, sin ayuda alguna ni instrumentos complejos, sin láudano para mitigar el dolor ni una mesa de operaciones? ¡Imposible! Caroline no habría sobrevivido ante semejante precariedad de medios.

Justine empapó en agua fría un paño de hilo y lo puso en la cara de la señora Frankenstein, enjugándole la frente bañada en sudor, las mejillas, el cuello... Pero Caroline no hacía más que gemir y apartar las manos de la muchacha.

El ama de llaves tendió las manos a su señora para que se agarrara a ellas y Caroline las asió con tal fuerza que la mujer tuvo la impresión de que se las destrozaba.

–¡Eso es! ¡Muy bien! Yo la sostengo... –le murmuró al oído la señora Moritz–. Échese para atrás. Así... yo la sujeto... Agárrese bien.

–¡Respira! ¡Procura respirar profundamente! –la instaba, desesperado, el doctor Frankenstein.

Pero Caroline ya no podía hacer otra cosa que gritar. Sin embargo, aquellos gritos parecían arrancados de lo más profundo de su pecho por una mano ajena, un despiadado torturador dispuesto a acabar con su vida. De pronto, un relámpago hendió el cielo e iluminó la habitación con una luz que parecía proyectada por un millar de velas. La señora Moritz lanzó un profundo suspiro. ¡Cuánta sangre! ¡No se había dado cuenta de que la hemorragia fuese tan grave!

–¡Señor, señor! –le murmuró angustiada al doctor Frankenstein–. ¡Esto no puede seguir así! ¡Debe tomar una decisión!

El médico se sentía paralizado por la incertidumbre. Sabía que la señora Moritz tenía razón. Caroline debía de encontrarse al borde de la muerte. ¿Cuánta sangre podía haber perdido? ¿Cuánto dolor era todavía capaz de soportar su frágil cuerpo? Pero aquel hombre la amaba como a su propia vida y le resultaba insoportable la idea de perderla.

–¿Qué puedo hacer? El niño está mal colocado. No puedo hacer nada... a menos que...

El doctor Frankenstein se calló, incapaz de proseguir. No podía expresar con palabras aquel pensamiento horrible que parecía ser la única solución que quedaba.

Caroline, sin embargo, sí era capaz de expresarlo. Sobreponiéndose al dolor, le dijo con voz débil y ronca a su esposo:

–¡Abre mi cuerpo! ¡Salva al pequeño!

Transcurrió un momento interminable durante el cual marido y mujer intercambiaron largas miradas de angustia. Los dos sabían perfectamente qué ocurriría si lo hacía. Se dijeron adiós en silencio, amorosamente: ella le concedió su perdón y él accedió a que ella partiera.

Por fin el doctor Frankenstein asintió con un gesto de la cabeza. La señora Moritz le tendió el escalpelo. Con un leve quejido de dolor, levantó el borde del camisón ensangrentado de su esposa y acercó el cortante filo a su cuerpo. Otro relámpago, éste muy próximo a la ventana, hirió de muerte el roble situado delante de la casa. El espantoso fragor que siguió no logró ocultar el último grito de agonía que resonó en la casa.

Mientras arreciaba la tormenta y en los cristales de las ventanas repiqueteaban gruesas gotas de lluvia, los gritos de Caroline resonaron en el salón. Elizabeth se retorcía las manos nerviosamente, en tanto que Victor, incapaz de seguir sentado un momento más, se puso de pie y se acercó a la ventana a la espera del siguiente relámpago. Elizabeth corrió hacia él y con tono de súplica le dijo:

—¡Por favor, Victor, vuelve a sentarte!

Él asintió con la cabeza sin mirarla y ella lo condujo hasta el asiento de la ventana, donde Victor seguía con la mirada perdida en la tormenta, más allá de las ventanas, aunque sus pensamientos estaban centrados en el drama que se desarrollaba en el piso de arriba.

Elizabeth oprimió el brazo de Victor como tratando de tranquilizarlo.

—¡No le ocurrirá nada! Papá es el mejor médico de Ginebra —dijo con voz temblorosa. Pero cuando volvió a oír que Caroline gritaba todavía más fuerte que antes, sintió un estremecimiento y se acercó más a Victor. Las lágrimas comenzaron a resbalar lentamente por sus mejillas. Su hermano le acarició la mano con aire ausente, menos para consolarla a ella que para consolarse a sí mismo. Cada grito que lanzaba su madre era como una espada de fuego que desgarraba sus propias carnes. Jamás en la vida se había sentido tan indefenso e inútil. Habría hecho cualquier cosa por su amada madre, no podía soportar estar allí sin hacer nada. ¡Nada!

Incapaz de soportar la sensación de impotencia que invadía su cuerpo, Victor se apartó de Elizabeth y apretó con tal fuerza los puños que se clavó las uñas en las palmas de las manos.

Súbitamente se oyó el horripilante fragor de un trueno despeñándose desde los cielos y azotando el inmenso roble que desde hacía siglos se levantaba delante de la mansión. Al rayo siguió una estela de fuego que hendió por la mitad el tronco del magnífico árbol. La copa cayó derribada y la gruesa cepa ardió hasta quedar reducida a cenizas humeantes. El ruido había sido ensordecedor, una cascada de estruendos que parecía anunciar el fin del mundo.

Elizabeth y Victor se pusieron en pie de un salto y corrieron a la ventana del salón, donde pudieron contemplar, atónitos, los restos de aquel árbol magnífico debajo del cual habían pasado tantas horas felices y tranquilas. La lluvia trazaba regueros en el cristal de la ventana y grandes riachuelos en la tierra, caía a cántaros sobre las brasas siseantes del árbol caído.

La muerte golpeaba de manera despiadada el alma de la casa y justo en el mismo momento en que moría el roble llegaba a su misericordioso final la agonía de Caroline Frankenstein.

El ruido de pasos en la escalera hizo que Victor y Elizabeth se volvieran para contemplar a su padre bajando lentamente la escalinata. Caminaba arrastrando los pies y su aspecto era el de un hombre destrozado. Estaba pálido y sus cabellos, normalmente muy cuidados y que peinaba siempre con un par de cepillos militares adornados con un monograma de plata, ahora estaban desgreñados y los grises mechones le caían, desordenados, sobre la frente. Parecía un anciano.

–¡Padre! –exclamó Victor, y él y Elizabeth cruzaron corriendo el salón. El doctor Frankenstein parecía aturdido y Elizabeth advirtió que tenía las manos manchadas de sangre y sintió que le faltaba el aire. Victor empujó a su padre a un lado para subir la escalera mientras Elizabeth se quedaba clavada en su sitio, presa del horror. Tenía la boca abierta a punto de formular una pregunta que se resistía a articular.

El doctor Frankenstein sacudió la cabeza y dijo con voz entrecortada, mirando a Elizabeth como si no la viera:

–He hecho todo lo que he podido... todo... lo que he podido.

La muchacha lanzó un gemido, se recogió las faldas y siguió a Victor escaleras arriba. Su padre se dejó caer en los escalones y permaneció allí, mirando con aire ausente sus manos manchadas de sangre.

El primero en llegar al dormitorio fue Victor, que abrió inmediatamente la puerta. Con expresión de horror vio a su madre inerte como un guiñapo en la silla de parir, convertida en un montón de carne sin vida. Su madre había sido una mujer simpática, alegre, guapa. Ahora, sin embargo, ya no era un ser humano sino simplemente un trozo de carne envuelto en ropas ensangrentadas. Victor rompió a llorar y, como un niño pequeño que implorara a un ser superior que hacía oídos sordos a sus súplicas, exclamó:

—¡Quiero que vuelva! ¡Por favor, quiero que vuelva!

De pronto se oyó el estampido seco de un trueno y seguidamente el llanto de un niño. Victor se volvió. La señora Moritz acunaba en sus brazos a su hermano recién nacido. Justine estaba junto a su madre y miraba, acongojada, a Victor. La lluvia parecía lamentarse al azotar las ventanas, como un alma en pena que anunciara una muerte.

El funeral de Caroline Frankenstein se celebró en la capilla particular de la familia. El cortejo estaba formado por docenas de personas que, con expresión contrita y la mirada baja, querían rendir el último tributo a una mujer que había sido una buena esposa, una buena madre y una buena cristiana.

Como si de un catafalco se tratase, el altar estaba cubierto de negras colgaduras; delante de él se encontraba el ataúd de Caroline, una caja blanca y dorada que parecía muy pequeña, también cubierta de paño negro, con un ramo de blancos lirios colocado encima. Toda la capilla estaba llena de altos jarrones con ramos de lirios cuyo aroma era tan abrumadoramente dulce como la muerte misma. A Victor le repugnaba aquel perfume, le dolía la cabeza y el olor nauseabundo de los lirios no hacía sino empeorar su estado.

Victor y Elizabeth se mantenían a distancia de los demás miembros del cortejo, observando la escena con aire aturdido mientras sobre el ataúd se pronunciaban frases que encerraban augurios de redención y de felicidad eterna. Para Victor, sin embargo, no eran más que palabras hueras, falsas promesas. La única verdad de aquella enorme capilla era el cadáver de su madre, ya en fase de descomposición, un ser que no volvería a contemplar nunca más el cielo, que jamás volvería a bailar en el salón azul, que ya no acariciaría los dorados cabellos de su amado hijo. El único futuro que le aguardaba a Caroline era la tumba.

El doctor Frankenstein se abrió camino lentamente a lo largo del pasillo hasta llegar al ataúd. De pronto parecía veinte años más viejo, sus cabellos habían encanecido, sus hombros estaban encorvados. Con sorpresa, Victor se dio cuenta de que su padre era efectivamente un viejo y que si alguna vez le había parecido joven sólo se debía a que era su padre. La felicidad que le había aportado su esposa lo había llenado de vigor. Privado de ella, ya había empezado a morir. Aunque viviera diez o quince años más, sería un moribundo.

La señora Moritz estaba de pie junto al ataúd con el bebé, al que aún no habían bautizado, en sus opulentos brazos. También se encontraban junto a ella sus propios hijos, su hijo Claude y su hija Justine. El doctor Frankenstein se acercó al ataúd y se quedó llorando un momento sobre él.

—Adiós, Caroline —murmuró—, te quiero.

—¿Por qué ha tenido que ser ella? ¿Por qué? —preguntó Victor en voz baja, más como si hablara consigo mismo que con Elizabeth.

No podía llorar, tenía la impresión de que había derramado la última lágrima. Se sentía realmente incapaz de comprender la pérdida de su madre. Nada en ninguna de sus lecturas, ni la alquimia, ni la filosofía natural, ni siquiera la religión, lo había preparado para una pérdida como aquélla, tan súbita, tan definitiva, tan devastadora.

¿Cómo era posible que su madre, una mujer inteligente, bella y, por encima de todo, amable y afectuosa, pudiese morir en el espacio de un par de horas sin que mediara un aviso previo? ¿Cómo era posible que una persona a la que todo el mundo quería no pudiera vivir eternamente? Si, como enseñaba la religión, el alma era inmortal, ¿por qué el cuerpo no podía participar también de la inmortalidad? ¿Era acaso menos digno que el alma? ¿Qué valor tenía el concepto mismo de inmortalidad si no podía ser aplicado a una persona como Caroline Frankenstein?

—Lo único que sé es que debemos aceptarlo —dijo Elizabeth con voz tranquila. Iba vestida de negro de pies a cabeza, lo que hacía resaltar la blancura de su tez debajo del velo. Sus enormes ojos eran tan negros como sus ropas de luto.

Pero Victor no podía ni quería aceptarlo. Nada podía hacerle aceptar la imagen de su hermosa madre transformándose en polvo, encerrada en un ataúd, mientras los gusanos devoraban su hermoso cuerpo.

—¿Por qué? —exclamó en voz alta, tan alta que los demás miembros del cortejo se estremecieron al oír su voz y hasta volvieron la cabeza.

Sin embargo, como prósperos suizos que eran, se mostraron discretos, o quizá se sintieran tan agobiados que hicieron como que no se habían dado cuenta del arrebato de furia del hijo de la difunta.

—Porque no podemos hacer otra cosa —dijo Elizabeth con firmeza.

—¡No!

Victor rechazaba todo consuelo. La muerte era su enemiga, había visto su rostro y en él había una mueca de burla. La muerte de su madre había hecho que se produjese en él un cambio profundo. A partir de aquel momento su vida tomaría un rumbo nuevo porque el día del funeral de su madre aquel muchacho de diecisiete años que se llamaba Victor Frankenstein decidió que impondría a su existencia un único objetivo: vencer a la muerte y ponerla de rodillas a sus pies.

—Victor —dijo Elizabeth al tiempo que apoyaba su mano en el hombro del muchacho—, nos corresponde a nosotros mantener unida la familia. Piensa en papá, él te necesita y yo te necesito. Piensa en tus estudios, puedes llegar a ser un gran médico. Ahora tenemos un hermanito y debemos ocuparnos de él. Y también de nosotros.

Sí, era verdad: él la necesitaba. Ahora más que nunca necesitaba a Elizabeth. Victor se volvió hacia ella y la abrazó fuertemente. Y entonces las lágrimas que ya no creía que pudiera derramar, resbalaron por sus mejillas.

—Sí, nos cuidaremos... nos cuidaremos... ¡Qué desgracia! —exclamó llorando.

Capítulo 5

ELIZABETH

Había transcurrido menos de una semana desde el funeral de Caroline Frankenstein cuando se celebró el bautizo del pequeño, a quien se puso por nombre William Karl Peter Christian Frankenstein, si bien desde los primeros días lo llamaron Willie. El pequeño se parecía tanto a su difunta madre que parecía que Caroline se hubiese reencarnado en el cuerpo de su hijo. No sólo se parecía a ella en la personalidad sino también en la dulzura de carácter. Willie era un niño amable, confiado y cariñoso y en ocasiones su padre se entristecía porque el pequeño le recordaba mucho a su difunta esposa, aunque nadie podía permanecer mucho tiempo indiferente a sus encantos. No tardó mucho tiempo en convertirse en el favorito de todos, no sólo por el hecho de ser un niño pequeño sino porque hacía que quien lo conocía se sintiera mejor cuando contemplaba su rostro sonriente y disfrutaba de su buena disposición de ánimo. Willie estaba enamorado de todo el mundo y todo el mundo le correspondía enamorándose de él.

Así pues, los años iban sucediéndose –1786, 1787, 1788, 1789, 1790– y la profunda herida que había causado en la familia la muerte de Caroline comenzaba a cicatrizar lentamente. Contando con la valiosísima ayuda de la señora Moritz, Elizabeth empuñó las riendas de la casa, función para la que Caroline ya la había preparado, y no sólo se las arregló para llevar la casa sino también la familia, y para hacer las dos cosas con gran eficiencia. Willie pasó a convertirse de recién nacido en bebé y de bebé en niño de cuatro años. Adoraba a Elizabeth, que era para él la madre que no había conocido, y consideraba a Justine una hermana mayor, mientras que Victor era su hermano idolatrado. El doctor Frankenstein fue envejeciendo y con los años se tornó más y más silencioso y propenso a la melancolía. Echaba terriblemente de menos a su esposa pero, a pesar de las circunstancias adversas, continuaba practicando la medicina y la filantropía, puesto que sabía que a Caroline le habría gustado que continuase viviendo.

Victor consiguió el diploma de la escuela secundaria, el *gymnasium*, y dedicó los tres años siguientes a completar los estudios científicos en la Universidad de Ginebra como preámbulo de los tres años de medicina. Al cumplir los veintiuno era un hombre hecho y derecho, totalmente entregado a sus experimentos, si bien su interés se centraba primordialmente en unos conocimientos que no se enseñaban en la universidad. En la planta superior de la casa había instalado una especie de laboratorio y pasaba muchas horas detrás de una puerta cerrada reproduciendo algunos de los famosos experimentos de aquel siglo, generalmente relacionados con la electricidad y el electromagnetismo.

Una luz cálida y dorada bañaba la casa aquel maravilloso día de verano. Los trabajadores de la finca estaban preparándose para la cosecha, trabajando en el campo y en la huerta, acarreando fardos y cestas de un lado a otro. El día era demasiado espléndido para pasarlo dentro de casa, por lo que Elizabeth había decidido arrancar a Victor de su reclusión y obligarlo a tomar un poco de sol y de aire. Elizabeth era de la opinión de que su hermano adoptivo trabajaba en exceso y de que envejecería antes de tiempo si no se permitía algún rato de esparcimiento. Tanto trabajo y ninguna distracción lo estaban convirtiendo en un joven absolutamente insulso.

Con aquella decisión que la caracterizaba, subió la escalera que conducía al laboratorio privado de Victor. La puerta estaba cerrada, pero éste era un detalle que contaba muy poco para Elizabeth. Se agachó y miró por el ojo de la cerradura y lo que vio fue una disposición de bujías que impulsaban una rueda que, a su vez, movía las cuerdas que sujetaban un títere en forma de perro que bailaba una especie de giga. Se trataba de un sencillo experimento cuyo objeto era transformar el calor en energía cinética, pero para Elizabeth aquel perro bailarín no era más que un juguete. ¿Para qué tanta ciencia si sólo servía para mover un títere?

–¡Victor! –le gritó desde el otro lado de la puerta–. ¡Sal!

–¡No, vete! Tengo trabajo –dijo Victor, que ni siquiera se molestó en apartar los ojos del nuevo experimento que tenía entre manos. Victor había transformado su antiguo cuarto de juegos en laboratorio, y sólo él podía entrar en él. Tenía veinte años y era mayor de edad ante la ley y la sociedad, de modo que merecía que lo tratasen como tal y le concediesen el privilegio de la intimidad.

Pero nada de esto desalentaba a Elizabeth. Ahora que Victor había terminado los estudios universitarios y pensaba ingresar en la facultad de medicina el próximo otoño, para ella había adquirido una extraordinaria importancia. Elizabeth pensaba, sin embargo, que lo que ahora necesitaba era dejarse de mover títeres, salir de aquel «laboratorio» y tomar un poco el aire.

–¡Sal, por favor, Victor! ¡Hace un día precioso! –dijo con voz halagadora, pero la impaciencia la empujó a golpear con insistencia la puerta con los nudillos. A Elizabeth no le gustaba que la dejasen al margen de nada y echaba de menos a Victor, que cada vez permanecía más tiempo apartado de ella y encerrado.

Pero Victor no le hizo caso y siguió ajustando una varilla de metal. Sus nuevos experimentos con la electricidad eran para él mucho más absorbentes que todo lo que pudiera ocurrir al otro lado de la puerta. Sin embargo, Elizabeth seguía golpeando la puerta con insistencia.

–¡Vete ya, Elizabeth! –gritó él, impaciente–. No me molestes, ¿quieres? Ya te he dicho que tengo trabajo.

Con aire desafiante, Elizabeth empujó la puerta y entró.

Victor estaba inclinado sobre su banco de trabajo, ocupado en manipular una serie de artilugios entre los que había unas botellas de vidrio muy raras y varios recipientes igualmente extraños que Elizabeth no había visto en su vida. En el suelo, al lado de Victor, había una enorme tina en la que se agitaban unas cuantas anguilas vivas. Elizabeth se acercó un poco más y cogió un largo instrumento de metal.

—¿Y esto qué es?

Victor se inclinó sobre la tina y sacó una de las anguilas, que se revolvió violentamente en su mano. En cuanto al objeto que Elizabeth había cogido, Victor se limitó a dirigirle una mirada superficial y a decir:

—Sirve para rociar a las anguilas eléctricas.

Elizabeth agitó el artilugio, apretó la punta y de él salió un chorro que roció a Victor en la cara y lo obligó a dar un salto. Elizabeth profirió una exclamación de alegría y se echó a reír ante la expresión indignada de su hermano, cuya cara chorreaba agua. Tras devolver la anguila a la tina, Victor se puso de pie y se lanzó en persecución de Elizabeth. Pero ésta se escabullía ágilmente y seguía rociándolo con el agua. Se lo estaba pasando en grande.

Victor era rápido, pero Elizabeth era más ligera de pies y seguía escabulléndose.

—¡Ven aquí! —le gritaba él, aunque ahora ya no tan serio como antes.

La alegría de Elizabeth era contagiosa y Victor disfrutaba con el juego.

—¡Dame eso de una vez! ¡No es ningún juguete! —gritó él, aunque le costaba mantenerse serio. Finalmente, se echó a reír.

Siguieron persiguiéndose un rato por la habitación y riendo como locos.

—¡Este experimento me gusta! —gritó Elizabeth—. ¡Venga, pásame un par de esas anguilas!

—De acuerdo, de acuerdo, has ganado —dijo Victor por fin, casi sin aliento—. Voy a salir. Déjame sólo unos minutos para cambiarme de camisa y ponerme otra que no esté mojada. Tú entretanto prepara algo de comida, ¡pero en abundancia! Diremos a Willie y a Justine que vengan con nosotros.

Como Elizabeth había anunciado, hacía un día espléndido, aunque caluroso. A pesar de que no soplaba una gota de viento, Elizabeth quiso llevarse la cometa. Decidieron dirigirse a la montaña. Como buenos suizos, conocían los Alpes y estaban enamorados de sus cumbres. Además, eran excelentes excursionistas y hasta el hermanito de Victor, Willie, que ya tenía cuatro años, sabía mover con agilidad sus regordetas piernecitas y subir cuestas que nunca parecían lo bastante empinadas para él. Victor llevaba la pesada cesta con la comida, mientras que Justine iba cargada con las mantas; Elizabeth sólo se encargaba de su cometa.

Así que llegaron a la cumbre del pequeño cerro, una suave brisa acarició sus rostros y percibieron el delicioso perfume de las flores alpinas que crecen en verano. Más arriba, en las pendientes más altas de las montañas, se veían rebaños de cabras pastando alegremente. Los machos triscaban por los riscos, mientras los pequeños, nacidos aquella primavera, estaban cerca de sus madres para alimentarse con su leche. Por un cielo tan azul como la vajilla de porcelana de Cantón que los Frankenstein guardaban en el comedor, viajaban nubes que parecían vellones de blanquísima lana.

Victor, a quien nadie le disputaba su función de guía, encabezaba el grupo. Justine y Willie echaron a correr hacia la cumbre del cerro, dispuestos a tomarle la delantera. Elizabeth correteaba de un lado a otro tratando de hacer volar la cometa. Llevaba suelto el largo cabello, que ondeaba en el aire como una bandera negra, mientras que su ancha falda se hinchaba como una vela movida por el viento. Tomó carrerilla y volvió la cabeza para mirar por encima del hombro. Willie y Justine se habían quedado rezagados.

–¡Willie! –le gritó Elizabeth.

–¡Ven! –ordenó Victor a su hermanito.

–¡Sí, ven! –repitió Elizabeth como un eco–. Tenemos que estar agradecidos a Victor por haberse dignado abandonar por una tarde sus experimentos. –Y dirigió una mirada burlona al aludido.

–¿Quién dice que los he abandonado? –protestó Victor con una mueca.

–¿Qué quieres decir? –preguntó Elizabeth levantando las cejas, llena de curiosidad.

–¡Mira! –Victor se volvió y señaló con el dedo a distancia.

Todos vieron una negra nube de tormenta, recorrida de fulgores eléctricos, que se dirigía directamente hacia donde ellos se encontraban. Era enorme y amenazadora. Las muchachas dejaron de sonreír. Elizabeth miró a Victor y con tono acusador le dijo:

–¡Lo sabías!

Victor se encogió ligeramente de hombros y disimuló una sonrisa.

–La verdad es que no estaba seguro, pero esperaba que se dieran las condiciones propicias. Las tormentas no son raras en esta época del año, aunque hasta ahora no había tenido ocasión de presenciar ninguna como la que se prepara. ¿No te parece maravilloso?

–¿Maravilloso? ¡Es aterrador! –exclamó Justine, que se estremeció de pánico–. ¡Moriremos todos! –lloriqueó.

–No deberías haber hecho algo así, Victor –dijo Elizabeth–. Tenemos que buscar un refugio inmediatamente. ¡Un árbol!

–¡No! –dijo Victor–. Eso es precisamente lo que nunca hay que hacer. Los árboles, en principio, son mejores conductores de la electricidad que los seres humanos.

Justine parecía desesperada.

–¿Qué haremos con Willie?

–¿Qué será de nosotros? –exclamó Elizabeth.

–¡Vamos, vamos! –las animó Victor con voz decidida.

Mientras la negra nube de tormenta se acercaba velozmente proyectando relámpagos en el espacio azul que la rodeaba, Victor condujo a sus acompañantes a un prado alpino, una extensión de terreno llano donde la tierra era blanda y había muy poca hierba. Después de dejar la cesta de la comida en el suelo, la abrió y sacó un pararrayos que había deslizado disimuladamente dentro de ella. ¡No era extraño que la cesta pesara tanto! Victor sacó una varilla de metal plegada, la desplegó y la encajó en el conductor eléctrico extendiendo al mismo tiempo los dedos metálicos. Después les explicó a todos lo que debían hacer.

Siguiendo sus instrucciones, Elizabeth hincó en el suelo el

bastón-taburete y Victor introdujo la varilla de metal en éste. Su intención era repetir de una manera algo más burda uno de los famosos experimentos de conductividad realizados por Benjamin Franklin. Hacía tiempo que se moría de ganas de hacerlo y lo que estaba esperando era precisamente una nube como aquélla.

Justine y Willie extendieron las mantas en la hierba disponiéndolas en forma de estrella alrededor de la cesta de la comida y del pararrayos. Victor levantó los ojos y vio que tenían la nube de tormenta prácticamente sobre sus cabezas.

–Tumbaos en el suelo –les ordenó–, y no os mováis. No os pongáis de pie ni levantéis la cabeza, pase lo que pase. Ya os diré cuándo os podéis mover.

Se tumbaron sobre las mantas, todos boca abajo en torno al pararrayos, muy próximos pero sin tocarse. Era imprescindible que permanecieran en aquella posición, pues los rayos suelen sentirse atraídos por cualquier protuberancia del terreno. Victor observaba el cielo y vigilaba la veloz aproximación de la nube. Cuando la tuvieron sobre sus cabezas, también él se tumbó sobre la manta. Todos estaban a la espera, Victor expectante, los demás atemorizados.

–¿Victor? –murmuró Elizabeth en voz muy baja, como si temiera que la nube pudiera oírla.

–¡Espera! –dijo Victor con voz tranquila.

Pero la nube ya se había situado sobre ellos y justo en el mismo momento oyeron un chasquido seco y vieron un destello cegador. Una chispa eléctrica hizo estremecer el pararrayos, que despidió un fulgor azul y se sacudió con violencia. La electricidad crepitó al recorrer la varilla y penetrar en el suelo, donde quedó enterrada, ya inocua. El aire se llenó de un intenso olor a ozono y los dejó a todos un poco mareados.

–¡Uno, dos, tres... ahora! –gritó Victor al tiempo que se ponía de rodillas.

Todos estaban ilesos. Elizabeth fue la siguiente en imitarlo y se contempló, maravillada, las manos. ¿Qué era aquello...? De sus manos saltaban minúsculos y lívidos filamentos impregnados de electricidad. Juntó los dedos y saltó una chispa. Pero no sintió dolor alguno, ninguna quemazón, tan sólo aquella inexplicable sensación de extraordinaria energía de la que ella era el centro. Elizabeth miró a Victor y seguidamente a Justine y Willie. También ellos estaban rodeados de campos de energía, chispas residuales que había dejado el rayo y que parecían bailar alrededor de su cuerpo.

Elizabeth y Victor extendieron el dedo índice y acercaron la punta de uno a la del otro; entonces saltó una chispa acompañada de un chasquido y de una ligera sacudida. Acercaron entonces las caras y entre sus narices también saltó una chispa. ¡Qué extraña sensación! Se echaron a reír, maravillados.

–¿Cómo te sientes, Elizabeth? –murmuró Victor.

–Viva –dijo ella también en un hilo de voz.

De pronto percibieron un siseo que procedía de la cesta de la comida. La comida había quedado carbonizada y reducida a cenizas.

–¡Y hambrienta! –añadió, echándose a reír.

Justine y Willie se pusieron de pie y observaron, fascinados, el aura de centellas que rodeaba sus cuerpos.

–¡Mira esas chispas, Willie! ¡Están bailando! –dijo Justine reprimiendo la risa.

–¿Bailando? –exclamaron Elizabeth y Victor al unísono.

A los dos les gustaba bailar, especialmente juntos. Se pusieron de pie de un salto.

–¡Una excelente idea! –exclamó Elizabeth.

–Amada mía, ¿quieres hacerme ese honor? –dijo Victor devolviéndole la sonrisa.

–Para mí será un placer –respondió Elizabeth con una pequeña reverencia.

Victor también hizo una ceremoniosa inclinación y los dos adoptaron la actitud propia para bailar, mientras Justine, que siempre había deseado que Victor la sacase a ella, tuvo que conformarse con Willie, que estaba encantado de ser su pareja. ¡Los cuatro bailando felices en lo alto del cerro y arrancando ecos de las montañas con sus risas!

El carillón del gran reloj de palisandro de la biblioteca, que había pertenecido al abuelo, iba desgranando las horas una tras otra. Habían transcurrido los años, años prósperos y activos, años felices y productivos: 1791, 1792, 1793... Victor estaba terminando los estudios en la facultad de medicina de Ginebra. Ya había cumplido veinticuatro años, mientras que Elizabeth tenía veintitrés y Willie era un saludable niño de siete años.

Si la facultad de medicina había proporcionado algo a Victor era la firme convicción de que, siguiendo los pasos de su padre, su destino era convertirse en médico generalista. Durante los tres últimos años había aprendido todo lo que había que aprender sobre la circulación de la sangre, la naturaleza de las enfermedades, el modo en que están ensamblados los huesos en el cuerpo y los medicamentos que conviene recetar para sanar determinadas enfermedades. Ahora era un experto en el aparato circulatorio, los nervios que conectan el cuerpo con el cerebro, el esqueleto que mantiene unida la masa que lo recubre. En la facultad de medicina no sólo había aprendido todas estas cosas, sino muchas más. Sin embargo, la facultad de medicina no había ofrecido ninguna respuesta a las preguntas que Victor se estaba formulando constantemente.

¿De dónde viene la vida? ¿En qué momento preciso tuvo lugar la creación? ¿Cómo se formó? ¿Cuál fue la combinación de los elementos, qué energía o qué dinámica los impulsó? ¿Por qué tienen que morir los hombres? ¿Por qué los científicos no habían encaminado sus esfuerzos a descubrir la manera de burlar la muerte? Estaban en el siglo XVIII, una era de grandes avances técnicos, de descubrimientos relacionados con el vapor, los gases, la electricidad, el descubrimiento y aislamiento de los elementos, pero no se había realizado prácticamente nada en el campo que tal vez fuese el más importante de todos: la prolongación indefinida de la vida humana.

Ésta era la misión que se había impuesto Victor, puesto que estaba convencido de que la única satisfacción auténtica que podía depararle su obra debía provenir necesariamente de aquel campo. Sabía que se fijaba una tarea monumental y ni siquiera estaba seguro de por dónde empezar, pero lo obsesionaba la idea de que, al crear vida en el laboratorio a partir de la regeneración de tejido muerto, emprendería indefectiblemente el camino que lo conduciría al secreto de la inmortalidad.

Así pues, tan pronto como obtuvo el título de médico, no siguió los pasos de su padre, sino que cursó una solicitud para poder ampliar estudios de investigación y medicina en la importante Universidad de Ingolstadt. Conoció allí a muchos médicos célebres y fue compañero de gran cantidad de estudiantes jóvenes y resueltos que acudían a aquella institución para conocer lo que las facultades de medicina ordinarias no podían enseñarles.

Victor Frankenstein quería seguir el camino de la investigación tan lejos como éste pudiera conducirlo. Ya estaba haciendo planes para ir a Ingolstadt, aunque al mismo tiempo lamentaba profundamente tener que dejar su casa y, sobre todo, a Elizabeth. El hecho de dejar de verla prácticamente todos los días y de no compartir confidencias con ella dejaría un enorme vacío en su vida y, a medida que iba acercándose el momento de la partida, Victor empezaba a darse cuenta de lo profundo que sería aquel vacío. Como si de la estrella polar se tratara, Elizabeth se había convertido para él en la piedra imán de su vida, que lo atraía con su brillo y su belleza.

En vísperas de su partida a Ingolstadt, el doctor Frankenstein dio una gran fiesta de despedida en el salón de su mansión. Invitó a todos los viejos amigos de la familia y también a muchos jóvenes, compañeros de juegos de Victor o condiscípulos suyos, así como a elegantes y atractivas muchachas que eran amigas de Elizabeth y que aprovechaban cualquier ocasión para lucir su belleza.

Durante los diez días anteriores a la celebración de la fiesta todo un ejército de camareras y criados se dedicaron a limpiar la mansión, a lavar las ventanas por dentro y por fuera, a quitar los viejos cortinajes y a colocar otros nuevos y más lujosos, a sacar brillo a los pomos de las puertas y a barrer las telarañas de los rincones. Se alquiló una orquesta para el baile y se colocaron centenares de velas en las magníficas arañas de cristal, que habían sido lavadas con una solución de agua y vinagre que las hizo brillar como si fueran diamantes.

Por fin llegó la noche del baile. Comenzaron a llegar los invitados en sus carrozas, con lacayos puestos de pie en la parte de atrás del carruaje. Los cascos de los caballos hacían crujir la grava del camino de entrada, las mujeres iban ataviadas con amplias faldas y hermosos chales de Cachemira, y lucían bellas alhajas en el cuello, los dedos, el escote y las orejas, mientras que los hombres, con sus pelucas empolvadas, llevaban pantalones de gamuza hasta las rodillas y brillante botonadura de plata, camisas con volantes debajo de chalecos de brocado de seda y frac de lana de impecable corte. Cuando los músicos empezaron a afinar los instrumentos, el salón ya estaba lleno a rebosar.

Claude, el hijo de la señora Moritz, que el año anterior había sido promovido al cargo de mayordomo, estaba de pie junto a la escalera para anunciar a los invitados y acompañarlos al fastuoso salón azul. Al dar dos palmadas con las manos, la orquesta comenzó a tocar animadamente.

Victor, Elizabeth, Justine y el pequeño Willie estaban maravillosos en sus trajes de fiesta, y aunque se sentían un poco cohibidos, eran plenamente conscientes del esplendor de su radiante juventud. Victor ya era casi un hombre. Elizabeth, convertida en toda una mujer, irradiaba serenidad e inteligencia. Mientras evolucionaban graciosamente por el salón se convirtieron, tal como había vaticinado la señora Moritz, en la envidia de todos los presentes, pues nadie podía dejar de reconocer que formaban una pareja extraordinariamente atractiva.

Justine se había convertido también en una seductora jovencita, aunque era sumamente nerviosa y vehemente. Pese a ser la hija del ama de llaves y una especie de hermana mayor e institutriz para Willie, allí se encontraba en pie de igualdad con los demás invitados. Si por un lado esto la llenaba de alegría, por otro la cohibía y sólo había bailado con Willie, que estaba realmente encantador con su chaleco de satén rojo con botonadura de oro, todo él cubierto de bordados de nomeolvides azules y con escarpines nuevos, adornados con brillantes hebillas.

La animada danza llegó a su fin con una gran floritura y Victor la remató levantando a Elizabeth en brazos y haciéndole dar una *volta*. Los invitados aplaudieron y Victor depositó nuevamente a Elizabeth en el suelo. Ésta, arrebolada y feliz, comenzó a darse aire con un abanico de encaje traído de España.

—¡Qué bien bailáis los dos! —no pudo por menos de exclamar Justine, al tiempo que dirigía a Victor una mirada llena de ansiedad.

—Pues tú estás guapísima... —le dijo Elizabeth con voz cariñosa.

Las dos muchachas se dieron un fraternal abrazo y sonrieron felices. Ya volvía a sonar de nuevo la alegre música.

—Victor, ¿quieres bailar conmigo? —le preguntó Justine, esperanzada pero con cierta torpeza.

Victor titubeó un momento, ya que su deseo era volver a bailar con su hermana adoptiva, pero ésta hizo un discreto gesto de asentimiento y con la mirada pareció decirle: «¡Venga, adelante!»

—Sí, te lo agradeceré —dijo Elizabeth en voz alta—, porque estoy agotada. Además, había prometido a Willie que bailaría con él.

Elizabeth hizo una seña a Willie, que estuvo encantado, y salió a bailar con él. Victor, muy galante, ofreció el brazo a Justine, quien se apoyó en él, radiante de felicidad, y también se pusieron a bailar. Para la hija de la señora Moritz aquel era el momento más importante de su vida. Sin embargo, apenas habían iniciado el baile cuando Claude, desde la escalera, los interrumpió.

—¡Señoras y caballeros! —anunció.

Todos los bailarines interrumpieron la danza y la orquesta enmudeció de pronto. Justine trató de ocultar su contrariedad al ver que todos los invitados rodeaban al doctor Frankenstein.

—Queridos amigos —empezó a decir éste con una cierta timidez—, mañana mi querido hijo Victor, a quien algunos de ustedes ya conocen... —Hizo una pausa durante la cual el salón se llenó de cordiales carcajadas—. Me abandonará para continuar lo que estoy seguro ha de ser para él una ilustre carrera en una profesión de la que no soy totalmente ajeno. —Hizo otra pausa para que el público pudiera celebrar la frase con una carcajada. Después, continuó—: En los tres años que ha pasado en la facultad de medicina de Ginebra se ha desenvuelto admirablemente bien.

Todos los invitados estallaron en corteses aplausos.

—Tengo la impresión, por tanto, de que si consigue desenvolverse de la misma manera en la Universidad de Ingolstadt no tardará en convertirse en... insufrible.

Sus palabras fueron acogidas con más risas.

La voz del doctor Frankenstein bajó un poco de tono y tembló al continuar:

—Sólo me aflige profundamente que su madre... mi difunta esposa... no pueda estar aquí para compartir el orgullo que... esta noche despierta en mí mi hijo Victor...

Justo en ese momento Claude entregó al doctor Frankenstein un hermoso diario encuadernado en piel que el hombre recibió con manos temblorosas. Reprimiendo las lágrimas, prosiguió:

—Tu madre quería que, cuando recibieses el título, te hiciese entrega de esto. —Abrió la cubierta del libro y añadió—: En él verás escrita de su puño y letra la siguiente frase: «Éste es el diario de Victor Frankenstein.» Las hojas restantes están en blanco, esperando que las llenes con los hechos de tu noble vida.

La voz del doctor Frankenstein se quebró, como si estuviera a punto de desmayarse. La ausencia de Caroline, sobre todo en esta noche de las noches en la que lo más granado de la sociedad ginebrina había acudido a su casa para rendir honores a su hijo, era más de lo que el hombre podía soportar. ¡Cómo habría disfrutado su esposa al ver reunidos a tantos amigos gozando de la hospitalidad de su casa! ¡Ella, para quien la música y el baile constituían un alimento cotidiano!

Victor dio un paso al frente y, sin decir palabra, aceptó el bellísimo diario de cuero y rodeó con el brazo los hombros de su padre en un afectuoso abrazo. También él echaba de menos a su madre, especialmente en una noche tan maravillosa como aquélla, y seguía pensando que debería haber estado allí, que no habría debido morir nunca...

De pronto sonó el clavicordio y todos los invitados se volvieron a mirar. Sentada ante el teclado, Elizabeth cantó con voz dulce y clara una canción sencilla y melodiosa, el rostro iluminado por una serena sonrisa. La hermosa tonada rompió la tensión que de pronto se había producido en la sala y brindó al doctor Frankenstein la oportunidad de superar aquel momento de debilidad.

Así pues nunca más ya de noche
vagaremos ya tarde a altas horas.
El amor será igual de encendido
y la luna lo mismo de hermosa.

Siempre el sol llegará antes de tiempo,
porque noche y amor van unidos,
nunca más vagaremos de noche
a la luz de la luna perdidos.

La grava del camino crujió bajo los pies de la pareja que bailaba a los acordes del vals. Dentro de la casa, las sombras de los invitados aparecían y desaparecían como siluetas de muñecos que bailaran delante de las ventanas del salón. La música de la orquesta apenas llegaba al exterior, pero Elizabeth y Victor bailaban obedeciendo, en realidad, una música interior que oían más con el corazón que con los oídos. Bailaban a la luz de las estrellas y de las teas que ardían, parpadeantes, junto a la puerta principal para iluminar a los invitados que entraban y salían.

—Mejor será que entremos antes de que descubran nuestra ausencia —dijo finalmente Elizabeth, aunque a regañadientes.

Era una noche clara, millones de estrellas brillaban en el cielo a distancias inimaginables. Elizabeth llevaba un vestido de satén con un gran escote, una falda muy ancha y un maravilloso chal de encaje con el que se cubría la negra y rizada cabellera. Prendidos en la blonda relucían minúsculos diamantes que parecían reproducir el centelleo de las estrellas y de los ojos de Elizabeth, negros como la noche. Victor nunca la había visto tan hermosa como aquella noche.

—Quedémonos un ratito más, por favor. ¡Quién sabe cuándo volveremos a estar juntos! —le imploró; parecía extrañamente agitado.

—¡Oh, querido Victor! —Elizabeth se echó a reír al ver la congoja que dejaba traslucir su voz.

El joven se dejó contagiar por su risa.

—Echaré de menos que te rías de mí.

—Y yo echaré de menos que me hagas reír.

Ya dentro de la casa, cesó la música y las parejas se separaron. Victor miraba fijamente a Elizabeth con profunda tristeza. Hacía diecisiete años que convivían y en todo este tiempo no se habían separado casi nunca. Incluso cuando él había tenido que abandonar las lecciones de su tutor para ir a la escuela, su formación se desarrolló en Ginebra y tanto en el *gymnasium*, como la universidad e incluso la facultad de medicina estaban a muy pocos kilómetros de su casa, distancia que recorría a caballo. Ahora, por vez primera en su vida, tendría que emprender un largo viaje, pues se iría a vivir a Ingolstadt, una ciudad situada a centenares de kilómetros. ¿Cuándo volvería a ver a Elizabeth? Ésta era la pregunta que ni por un instante dejaba de hacerse durante aquellas últimas semanas.

–¿Cómo... cómo se despide un hermano de su hermana? –preguntó Victor con una media sonrisa.

–A lo mejor no se despiden nunca –respondió Elizabeth lentamente.

En aquel momento él se acordó de la primera vez que puso los ojos en aquella niña de siete años desolada por la muerte de sus padres. Y se acordó también del pacto que habían hecho aquel día: ellos no morirían nunca.

–No moriré si tú no mueres –fueron las palabras que dijeron entonces y que ahora repitió Victor.

Elizabeth también las recordaba; dejó de sonreír, tendió la mano a Victor, éste la estrechó en la suya y ambos renovaron el antiguo pacto.

Sin embargo, así que las manos se tocaron Victor atrajo a Elizabeth hacia él y la abrazó con fuerza. Se miraron fijamente y cada uno vio en los ojos del otro el reflejo de su propia pasión. Victor entonces la besó por vez primera en la boca. Fue un beso largo, cálido, apasionado.

Radiante de felicidad, mareada por la emoción, Elizabeth le retribuyó el beso y Victor la estrechó con más fuerza aún entre sus brazos.

Ambos deseaban prolongar el momento, pero finalmente Elizabeth se separó.

–¡No puedo dejarte! –exclamó Victor, angustiado.

–¡No quiero que te vayas! –dijo ella. Temblaba y sentía que

le faltaba el aire. Su cuerpo virginal se había encendido al contacto de las manos de Victor y los dos estaban excitados y asustados a un tiempo.

–¡Te quiero tanto! –dijo Victor con voz jadeante.

Elizabeth lo apartó y le sonrió con ternura.

–Yo también te quiero, creo que siempre te he querido.

¿Cuándo se había enamorado Victor de Elizabeth? No lo sabía. Tal vez en el instante mismo en que la vio. Pero sólo hasta el año anterior, con la perspectiva de su viaje a Ingolstadt y la amenaza de separación que suponía para él, no se había dado cuenta de que estaba enamorado de aquella maravillosa y hermosa muchacha y no había reconocido lo importante que era en su vida.

Volvieron a besarse y ahora el beso de Elizabeth fue tan ávido y apasionado como el de Victor. Esta vez fue él quien puso fin al beso, la apartó y la miró intensamente a los ojos.

–¿Eres mi hermana? –le preguntó con voz ronca.

Eran tan violentas las emociones que embargaban a Elizabeth que estaba al borde del desmayo.

–Hermana, amiga, amante... –murmuró casi sin aliento.

Victor cayó de rodillas a sus pies.

–¿Esposa? –preguntó con voz casi inaudible, entrecortada, preñada de pasión.

Elizabeth lo miró con ojos llenos de amor. ¿Esposa? Sí, quería ser su esposa. Hacía años que soñaba con serlo y deseaba que Dios los uniese para toda la vida. Para ella no podía existir otro hombre más que él.

–Sí –respondió simplemente, pero con fervor.

¡Ella había entendido y compartía sus sentimientos! Rebosante de felicidad, Victor cogió la mano de Elizabeth, se la llevó a los labios y la besó apasionadamente. Después, dejándose llevar por un impulso repentino, le dijo con voz implorante:

–Entonces, ven conmigo a Ingolstadt. Casémonos en seguida.

Elizabeth, cogida por sorpresa, retrocedió un paso. Le costó recobrar el aliento.

–¡No, Victor!

Él se levantó.

–Entonces, me quedo –declaró.

Elizabeth no pudo reprimir una sonrisa ante semejante muestra de ardor y de irreflexión juvenil.

–¿Quieres renunciar a tu trabajo? ¿Dejarás de salvar el mundo por mi causa?

–Sí, aunque te rías de mí.

Elizabeth frunció el entrecejo y con tono severo dijo:

–No hay nada que desee tanto en el mundo como ser tu esposa... pero mientras estés fuera yo debo permanecer aquí. Quiero cuidar de papá y de William. Tengo muchas cosas que hacer, quiero que esta casa vuelva a cobrar vida para que en ella vivan nuestros hijos. Pero ahora debes marcharte y hacer todas las cosas importantes que necesitas hacer.

Aquellas palabras sirvieron de acicate a Victor, aunque al mismo tiempo lo excitaron. Sólo pensar que tendría hijos con Elizabeth, que compartirían una misma cama como marido y mujer, que algún día ella conocería su cuerpo tan detalladamente como él mismo, hizo que se estremeciera.

–¡Te deseo tanto! –murmuró Victor con pasión y ternura. Volvió a atraerla hacia sí, apretó su cuerpo contra el de Elizabeth y saboreó plenamente aquel momento deseando que no terminara nunca. Tenía una piel tan suave... y aquel cuello, los hombros desnudos, los pechos... que le asomaban por el escote del vestido...

Elizabeth percibía la pasión de Victor e incluso la compartía, pero comprendía que ya que habían esperado tanto tiempo aquel momento, no importaba aguardar un poco más. Un amor tan espiritual y perdurable como el suyo no podía precipitarse hacia su consumación como si fuesen una camarera y un lacayo que satisfacen a escondidas su lascivia.

–Me encontrarás cuando vuelvas –dijo Elizabeth con voz turbada–, cuando vengas de vacaciones, en cada una de tus visitas... y más tarde... en la noche de bodas...

¡La noche de bodas! Sólo imaginarla era de por sí una tortura, la espera de una pasión postergada, exquisitamente dolorosa para ambos. Pero Victor se daba cuenta de que Elizabeth tenía razón. Debían esperar. Si ahora se hubiesen entregado el uno al otro habría significado renunciar a la virginidad de la noche de bodas, la unión legítima de sus almas. Ya llegaría el momento, puesto que un día se casarían y Victor la poseería, haría que Elizabeth fuese suya por toda la eternidad. De hecho ya estaban unidos y, aunque la carne todavía no se hubiera juntado, sus almas hacía tiempo que se habían fundido en una sola.

De todos modos, Victor quería otro beso, sólo uno, y Elizabeth también. Esta vez los labios de la muchacha se abrieron contra los suyos, la lengua de él buscó la de Elizabeth y los dos ardieron en un mismo fuego. ¡Eran muy jóvenes y la fuerza de la emoción que sentían les hacía hervir la sangre! Ansiaban estar siempre juntos.

Por fin se separaron, jadeando, anhelantes.

—Esperaremos la noche de bodas —dijo Victor, cediendo al fin.

Elizabeth cerró los ojos y en sus pestañas negras como el azabache quedó prendida una lágrima que fulguró como los diamantes que lucía en la blonda. Pero aquella lágrima era de felicidad.

—Mi corazón es tuyo, Victor, ¡te amo! —dijo con un suspiro.

A primera hora de la mañana siguiente Victor Frankenstein montó en su caballo alazán y emprendió el camino del norte, la ruta alpina que conducía a Ingolstadt. Debía recorrer más de setecientos kilómetros, atravesar el norte de Suiza y el sur de Alemania, cubrir caminos de montaña y cruzar valles, pasar por ciudades como Berna, atravesar el Rin y el gran centro alemán de Munich para llegar finalmente a Ingolstadt.

Agosto tocaba a su fin y Victor esperaba encontrarse en Ingolstadt a mediados de septiembre. Aun cuando los caminos estaban secos, cabalgar durante casi todo el día y detenerse en las posadas que encontrara en el camino sólo para comer y dormir harían de aquél un viaje sumamente arduo.

Era una mañana fría y seca, perfecta para montar a caballo, y la capa de lana que llevaba colgada del hombro ondeaba al viento. Con una mano sujetaba firmemente las riendas en tanto que en la otra llevaba un ramillete de flores alpinas.

En lo alto de un cerro desde el que se dominaban los Alpes había un monumento de mármol sobre cuyo pedestal la figura de una mujer saludaba con un brazo levantado. Victor pensó que también podía ser un gesto de bendición. La inscripción de la base era breve y sencilla.

Victor se acercó a caballo hasta el monumento y se apeó. Mientras el animal pastaba en la hierba rala que cubría la montaña con las riendas colgadas del cuello, Victor se arrodilló y dejó el ramo de flores al pie de la estatua, debajo de la leyenda que decía:

A mi amada esposa y madre
CAROLINE
Beaufort
FRANKENSTEIN

Se levantó y permaneció un momento mirando fijamente la estatua. La despedida le encogía el corazón.

–¡Oh, madre! –murmuró con lágrimas en los ojos–, no deberías haber muerto. Nadie debería morir. Voy a encontrar una solución. ¡Terminaré con esto... te lo prometo!

Se inclinó para empuñar las riendas que colgaban del cuello del alazán y después, montándolo con presteza, Victor Frankenstein emprendió el camino hacia el norte y hacia su futuro sin volver la vista atrás.

Capítulo 6

INGOLSTADT

A primera hora de la mañana de un día de mediados de septiembre, Victor subía a lomos de su caballo la ladera de una verde colina. Por vez primera en su vida veía la ciudad amurallada de Ingolstadt. Un viento glacial azotaba las colinas que lo rodeaban, por lo que estaba contento de disponer de aquella prenda gris de lana que lo cubría de pies a cabeza y protegía los flancos del caballo. La pintoresca ciudad, famosa por sus iglesias y su universidad, parecía acurrucada en el valle del Danubio, protegida por las montañas que la amparaban por tres de sus lados.

Desde el lugar donde estaba Victor podía contemplar los lejanos tejados y los altos campanarios de las iglesias de aquella ciudad que se extendía a sus pies. El largo viaje había tocado a su fin y Victor sintió la punzada de la esperanza. ¿Qué secretos podía reservar la famosa Universidad de Ingolstadt a su curiosidad intelectual?

La ciudad acababa de abrir sus puertas al nuevo día cuando Victor espoleó su caballo a través de ellas y lo dirigió a la plaza principal, corazón de la ciudad medieval. Si en la época clásica el ágora, el mercado al aire libre, fue el centro de la antigua Atenas, aquella plaza y su mercado al aire libre eran ahora el centro de Ingolstadt. Hirviente de vida, rodeado de tiendas y comercios, el mercado rebosaba actividad. Amas de casa y cocineras se abrían paso a codazos para conseguir los mejores trozos de carne y el pescado más fresco, expuestos en los tenderetes.

Mientras los cascos del caballo golpeaban los adoquines de la plaza del mercado, Victor pudo observar montañas de patatas rojas y blancas, enormes coles verdes y nabos morados y blancos, tan grandes como cabezas de niño tocadas con gorros de vivos colores. Vio también un panadero con un tenderete cubierto de hogazas recién horneadas y de pasteles de carne, un salchichero que vendía dieciocho clases diferentes de *wurst*, un mercado de aves de corral en el que se comerciaban huevos, pollos, patos y gansos, un afilador de cuchillos con su rueda de esmeril, un mostrador con montones de ricos quesos y gruesas pastillas de tentadora y amarilla mantequilla, y puestos cercados en los que se comerciaban o vendían animales vivos, como corderos y carneros. Aquel día por lo menos, ningún habitante de Ingolstadt se quedaría con hambre.

Tras recorrer a caballo los estrechos callejones que rodeaban la plaza, Victor localizó la pensión de Frau Brach sin excesivos problemas. Se la habían recomendado porque era respetable, limpia y barata y, además, estaba cerca de la universidad. Se trataba de una espaciosa casa de piedra maciza bellamente ornamentada que databa del siglo pasado. Hasta la propia Frau Brach, una mujer tan limpia y respetable como su casa, tenía el mismo aspecto orondo y cremoso de la repostería alemana, cosa nada extraña ya que su figura rotunda era resultado de su propensión a comer todo tipo de pasteles dulces.

La mujer subió trabajosamente el largo, angosto y empinado tramo de escaleras seguida de su enorme y simpática perra, *Putzi*. Detrás de los dos iba Victor.

–Me sorprende que me lo pida. Raras veces subo aquí arriba. ¡Es tan larga la escalera! –dijo sin poder apenas respirar–. Todo lo que hay es la buhardilla...

El desván de la pensión no era nada atractivo, ya que estaba compuesto de varias habitaciones minúsculas, entre ellas un claustrofóbico dormitorio y un pequeño salón, todo amueblado de manera muy precaria. Con la perra olisqueándole los talones, Victor siguió a Frau Brach a través de un estrecho corredor hasta el oscuro y triste dormitorio. Frau Brach no paraba de hablar.

–Como ya le he dicho, aquí no hay verdaderas habitaciones, sino únicamente la buhardilla. Y a nadie le gusta alojarse en una buhardilla. Veo que le ha caído usted bien a *Putzi*.

Victor, que le prestaba muy poca atención, se metió en el desván, una estancia vacía y muy larga que recorría la casa en toda su longitud. Se quedó casi sin aliento al ver las macizas vigas que sostenían la bóveda y las exiguas y mugrientas ventanas de gablete que apenas dejaban filtrar la luz. En el techo había varios tragaluces y en un extremo de la habitación un polvoriento piano vertical. El espacio y la intimidad que le ofrecía aquel lugar eran muy importantes para Victor, y aunque el desván pudiera tener inconvenientes como vivienda, sus posibilidades eran infinitas si lo utilizaba como laboratorio para los experimentos que pensaba llevar a cabo. Se volvió hacia Frau Brach y con una amplia sonrisa le dijo:

–Para mí es perfecto.

La patrona sonrió, sorprendida, ya que jamás había esperado que aquella parte de la casa pudiera reportarle un solo *pfennig*. Viendo a su ama tan complacida, *Putzi* comenzó a menear el peludo rabo y por tanto, con la aprobación de la perra incluida, el trato quedó cerrado. Victor Frankenstein ocuparía toda la buhardilla que, junto con la gran estancia vacía, quedaría reservada para su uso particular.

En cuanto se hubo instalado, Victor se dispuso a asistir a las clases y seminarios. La fama de la Universidad de Ingolstadt había llegado hasta remotos lugares y en su prestigiosa facultad de medicina se enseñaban las últimas técnicas y avances de la ciencia. El alumnado estaba formado por médicos titulados como Victor Frankenstein y por estudiantes universitarios, que acudían en tropel a las clases y llenaban con su presencia las aulas y salas de operaciones.

Los habitantes de Ingolstadt abrigaban sentimientos contradictorios con respecto a su célebre universidad. Por un lado la existencia de la misma daba prestigio a la ciudad; por otro, mucha gente con la mentalidad cerrada propia de la Edad Media desconfiaba bastante de lo que ocurría detrás de las puertas de la institución y de las siniestras sesiones de brujería que tenían lugar en su misteriosa facultad de medicina. Se murmuraba que en la misma se desmembraban cuerpos humanos y que los diferentes fragmentos se utilizaban en la práctica de rituales profanos.

El hecho de que muchos de los estudiantes universitarios fueran bastante dados a la juerga todavía exacerbaba más la postura de los ciudadanos contra las togas profesorales. La realidad era que, como se pasaban el día entero trabajando de firme, les gustaba divertirse cuando llegaba la noche y era frecuente encontrarlos a altas horas armando bulla por las estrechas y empedradas callejas de la ciudad, siempre en busca de chicas guapas y de buena cerveza. Si por lo menos aquellos estudiantes hubieran tenido los bolsillos bien provistos, a buen seguro que la actitud de los ciudadanos habrían sido mucho más cordial, pero todo el mundo sabía que los estudiantes eran pobres y que casi nunca gastaban dinero en la ciudad, de modo que los vecinos de Ingolstadt no tenían ninguna razón para mostrarse amables con sus eruditos huéspedes. En lugar de ello, solían dirigirles miradas aviesas y mascullar insultos cada vez que se cruzaban en la calle con alguna de las pandillas que solían formar.

Las puertas de la universidad eran una estructura de piedra de monumentales proporciones en cuyo arco podía leerse la siguiente leyenda: LA SABIDURÍA CONDUCE AL PODER SÓLO SI PASA A TRAVÉS DE DIOS. Las horas de clase se anunciaban con el tañido de una campana. Al cruzar las puertas de la universidad por vez primera Victor Frankenstein sintió en su interior una oleada de júbilo porque tuvo la impresión de que por fin se enteraría de todo lo que desde hacía tanto tiempo ansiaba aprender.

Dirigía la facultad de medicina el profesor Krempe, un hombrecillo rechoncho ataviado con una larga toga académica y una rizada peluca que llevaba encasquetada en la coronilla rodeada de crespos y blancos cabellos. Impartía sus famosas disertaciones sobre fisiología humana ante atestados anfiteatros de jóvenes y ávidos estudiantes, que invariablemente reían, silbaban, pateaban y aplaudían, según requiriera la ocasión. Krempe explicaba paseándose nerviosamente de un lado a otro, crepitando como un pararrayos al proferir sus agudos sarcasmos.

Victor llegó temprano al aula y consiguió un buen sitio en la parte delantera de una de las galerías superiores. La sala tenía una disposición parecida a la de un teatro, con una especie de pista redonda en la parte inferior e hileras de asientos en semicírculo, progresivamente más elevadas a medida que se subía, gracias a lo cual la mayoría de los estudiantes podían observar perfectamente tanto al profesor como las demostraciones que realizaba. El profesor Krempe era especialista en músculos, nervios, articulaciones y tendones humanos, razón por la cual Victor estaba ansioso por escuchar sus disertaciones.

—Los errores del abogado quedan en el aire, el médico al menos puede enterrar los suyos —dijo Krempe, y a continuación hizo una pausa. Era la salida con la que cada semestre provocaba la carcajada general de sus alumnos. También esta vez obtuvo el resultado esperado y la carcajada se prolongó durante casi un minuto—. Pero quizá el error más flagrante que cometen los estudiantes cuando vienen aquí es creerse poseedores de ideas originales y brillantes. Todos lo hemos creído alguna vez.

Krempe hizo una pausa y como si quisiese subrayar la observación que acababa de hacer, lanzó una mirada significativa a la puerta del aula, junto a la cual un hombre alto y delgado, con una barba muy negra, lo miraba en silencio. El rostro imperturbable e inexpresivo del desconocido no mostró ninguna reacción ante el insulto apenas velado de Krempe. Se trataba de otro miembro de la facultad, el profesor Jacob Heinrich Waldman, famoso y notable especialista del cerebro humano.

—Señores, ustedes no han venido aquí para pensar por su cuenta —prosiguió Krempe—, sino para aprender a pensar en sus pacientes. En consecuencia, lo primero que deberán aprender será a aceptar las leyes establecidas de la realidad física.

Las palabras de Krempe cogieron a Victor por sorpresa. ¿Qué quería decir aquello de que uno no podía pensar por su cuenta? La única razón que lo había empujado a emprender tan largo viaje era el deseo de proseguir sus investigaciones sirviéndose de la nueva y sutil herramienta que podía ofrecerle la Universidad de Ingolstadt con su elevado nivel de enseñanza. Levantó la mano, se inclinó sobre la barandilla de la galería y dijo lo siguiente:

—Seguramente usted, profesor, no pretenderá que descartemos otros... enfoques... más filosóficos.

El profesor Krempe lo miró lleno de sorpresa.

–¿Filosóficos? –repitió como un eco, frunciendo el ceño. La palabra sonaba extraña pronunciada por él, como si la catara por primera vez y no le gustara el sabor.

–Sí, los que espolean la imaginación a la vez que el intelecto. Como ocurre con Paracelso, por ejemplo –replicó Victor con entusiasmo.

Muy pocos estudiantes sabían de quién estaba hablando. Entre los que estaban sentados en la galería opuesta, un joven de cabello ensortijado se inclinó y lanzó una mirada divertida a Victor.

Krempe frunció aún más el entrecejo.

–¡Paracelso! ¡Un suizo arrogante e insensato! –exclamó.

–O con Alberto Magno –continuó Victor.

Krempe estaba tan irritado que comenzaron a temblarle las mejillas.

–En efecto, sus tonterías impresionaron a la gente, ¡pero de eso hace ya quinientos años!

–O con Cornelio Agripa –insistió Victor.

–¡Un brujo, un ocultista! –dijo con sorna el profesor–. Oiga, ¿cómo se llama usted?

–Victor Frankenstein, señor. Soy de Ginebra.

Krempe sonrió con ironía.

–¡Vaya, otro suizo! –Su voz áspera sonó sarcástica–. Miren ustedes, señores, para todos los que no estén familiarizados con la lista de nombres que ha dado el señor Frankenstein de Ginebra, que afortunadamente serán mayoría, mi consejo es que los eviten a todos sin excepción. Lo que pretendemos aquí, en la Universidad de Ingolstadt, es promover el estudio de la medicina, la química, la biología y la física. Nosotros nos consagramos estrictamente al estudio de la ciencia...

Victor protestó negando con un gesto de la cabeza.

–Sin embargo, profesor, es indudable que los avances más considerables surgen de la combinación de...

–Aquí no estudiamos los desvaríos de locos y alquimistas que duermen desde hace centenares de años en sus tumbas –lo interrumpió bruscamente el profesor–. Sus especulaciones primitivas, fanáticas y fantásticas no curan cuerpos ni salvan vidas, porque esto sólo lo consigue la ciencia. ¿Me dan ustedes permiso para continuar?

Victor se puso colorado. Había sido humillado delante de todos. Habría querido añadir más cosas, pero tuvo la prudencia de reprimir su indignación. En su condición de simple estudiante no podía discutir en público las ideas del doctor Krempe, pero tampoco quería quedarse un momento más en el aula. De modo que se puso de pie y la abandonó.

Con los puños cerrados y los ojos centelleantes de indignación, cruzó a grandes zancadas el umbral de la universidad. Al andar, el borde del largo tabardo que llevaba le golpeaba los tobillos. No reparó siquiera en unos cuantos ciudadanos que estaban apostados en los alrededores de la universidad y que lo miraron con aire hosco y resentido, observando con desprecio al «joven caballero». Tampoco se dio cuenta de que lo seguía el joven estudiante que en el aula lo había mirado con interés.

—¡Bonito abrigo! —observó el desconocido, jadeando un poco al alcanzar a Victor.

—Gracias —replicó Victor con aire torvo y sin mirarlo.

—¡No te lo tomes así! —dijo el joven, como dándole a entender que comprendía muy bien su actitud—. Lo que ocurre es que Krempe no tolera que lo humillen en público.

Victor se detuvo, se volvió y miró por vez primera al desconocido. Lo que vio fue un joven aproximadamente de su edad, con el cabello ensortijado, una expresión amable en el rostro y una actitud general de alegría.

—No estoy loco, te lo aseguro —dijo, enfurruñado.

—¡Hombre, ya sé que no lo estás! —le respondió el otro con una sonrisa, mostrando unos dientes muy blancos con un espacio entre los dos delanteros. Al sonreír casi le desaparecieron los ojillos azules, que parecían incrustados en unas pequeñas ranuras—. Bueno, esto es lo que yo esperaba que una persona sensata le dijese a un total desconocido.

Victor no pudo evitar sonreír ante el sarcasmo del joven. Éste le tendió la mano derecha.

—Henry Clerval —se presentó—, y, si quieres que te hable con absoluta franqueza, estoy loco de atar.

Victor sacudió la cabeza, rió y dijo:

—Victor Frankenstein.

—De Ginebra...

–Sí, de Ginebra.

–Ya entiendo...

Justo en aquel momento un hombre muy alto y fornido, como mínimo de un metro noventa de estatura, se abrió paso entre los dos.

–¿Por qué no miráis dónde os paráis? –espetó al tiempo que empujaba a Henry y a Victor como si no existieran.

Victor lo miró fijamente.

–Es Schiller, florón del campo de deportes –le informó Henry–. También es nuevo. Se le nota porque va por todas partes mirándolo todo con la boca abierta. –Clerval cogió a Victor del brazo–. ¿A qué te dedicas? –le preguntó con curiosidad.

–A la investigación.

–¡Oh, un campo muy interesante! –exclamó Henry con tono irónico–. Yo estoy aquí simplemente para ser médico. Me han dicho que es una profesión que sirve para curar enfermos y, si quieres que te diga la verdad, lo encuentro horrible, porque a mí los enfermos me dan asco.

Los dos jóvenes, que habían congeniado de inmediato, echaron a andar, pero Victor se detuvo al ver la sombría figura del hombre extraño que le había llamado la atención en el aula y que ahora se dirigía a su carruaje. Aquel personaje taciturno había despertado su interés de una manera sumamente extraña, como si fuera a convertirse en una persona muy importante en su vida.

–Pese a todo, pienso pasármelo lo mejor que pueda y conseguir el título, siempre que logre que no me suspendan en anatomía, claro –farfulló Henry–. Después me dedicaré a aliviar las dolencias imaginarias de viejas damas y las reales de sus hermosas hijas.

El coche se puso en marcha.

–¿Y ése quién es? –preguntó Victor–. Lo he visto en el aula.

Aunque Henry sólo se encontraba en su segundo año de estudios, parecía conocer a todos los habitantes de Ingolstadt.

–¡Ah, ése es Waldman!

Era evidente que aquel hombre había impresionado a Victor.

–¿Conque ése es Waldman?

Se trataba del profesor Jacob Heinrich Waldman, el experto en el cerebro humano más importante del mundo.

–Un caso interesante –comentó Henry, muy animado–. Dicen que en su juventud, si hubiera podido meterse en el cielo, habría dado clases de ciencias al mismo Dios. Hace unos años tuvo problemas con las autoridades. Al parecer por algo relacionado con experimentos ilegales.

Victor pareció todavía más intrigado.

–Me pregunto de qué clase de experimentos se trataría –murmuró como hablando consigo mismo, pero al ver que Henry lo miraba extrañado volvió inmediatamente a la realidad–. ¿Cómo has dicho? ¿Qué decías de viejas damas y de sus hijas?

Clerval puso cara de mártir y levantó la mirada al cielo al tiempo que soltaba un suspiro.

–Sé muy bien que será una vida de sacrificio, pero alguien tiene que hacerlo.

Victor soltó una carcajada y Henry se le unió al momento. Junto a ellos pasó el coche del profesor Waldman; al parecer se dirigía a las afueras de la ciudad. Victor se volvió a mirarlo.

Victor Frankenstein se consagró por entero a sus estudios universitarios. Seguía las clases con suma atención, escribía página tras página de apuntes, la pluma recorría rauda la hoja rayada, la punta sesgada raspaba el papel y desparramaba gotas de tinta sobre el escritorio de madera, cubierto de manchas. Victor levantaba continuamente la mano para hacer preguntas y poner en un brete a los profesores, si bien resultaba imposible contestar la mayor parte de ellas. Krempe lo tenía por un caso desesperado, pues aun cuando reconocía su capacidad, no conseguía que se concentrase exclusivamente en lo que él llamaba «ciencia dura». La cabeza del muchacho estaba siempre en las nubes, perdida en cuestiones metafísicas.

Las clases de anatomía y las sesiones de laboratorio del profesor Waldman despertaban particularmente el entusiasmo de Victor. El taciturno, sombrío y cadavérico Waldman estaba envuelto en un aire de misterio que espoleaba la imaginación del muchacho. Se moría de ganas de conocer el conocimiento secreto que al parecer Waldman no se atrevía a transmitir.

Victor era especialmente brillante en la sala de autopsias de la facultad. Nada de lo que explicaba el profesor Waldman a sus discípulos acerca de la multitud de conexiones internas del cuerpo humano, y de manera particular del maravilloso mecanismo del cerebro y de sus conexiones neuronales, le sonaba extraño o abstruso. Mientras los otros estudiantes cerraban los ojos con repugnancia cuando había que diseccionar apestosos restos humanos sumergidos en formaldehído, Frankenstein empuñaba encantado el escalpelo, ávido de explorar los misterios de la vida y de la muerte y de encontrar respuesta a alguna de las innumerables preguntas que se hacía.

–...Y ésta es la razón de que el sistema nervioso central y su logro supremo, el cerebro, formen el conjunto de órganos más complejo y misterioso que se pueda encontrar. Señor Frankenstein, practique la incisión –dijo Waldman y tendió el escalpelo a Victor. Los demás estudiantes se amontonaron junto a la barandilla de la galería que rodeaba la sala de autopsias para tener una buena visión de la mesa de disección, sobre la cual yacía un cuerpo desnudo, con el rostro céreo y la mandíbula desencajada. Victor empuñó el afiladísimo escalpelo y lo hundió diestramente en el cráneo por la zona que bordeaba el nacimiento del cabello, practicando una profunda incisión circular alrededor de la cabeza.

El profesor Waldman entrecerró los ojos y exclamó, impresionado:

–¡Excelente, señor Frankenstein! Ahora, señor Clervel, encárguese de separar la bóveda craneal.

Henry dio un vacilante paso al frente y de sus labios se escapó una especie de gemido al tiempo que los redondos ojos azules le giraban en las órbitas. Acto seguido cayó desmayado al suelo.

Victor sonrió, sacudió la cabeza y dirigió una mirada a su amigo, que yacía inconsciente. ¡Pobre Henry! Era muy curioso que un hombre con un estómago tan delicado como el suyo hubiera decidido estudiar medicina.

Victor no participaba en absoluto en las juergas de los estudiantes de la universidad. Por la noche, mientras éstos recorrían, medio borrachos y dando tumbos, las calles empedradas de In-

98

golstadt para tomarse una cerveza o buscar la compañía de alguna camarera, él se quedaba en casa leyendo. El programa de estudios de medicina y las lecturas aconsejadas no bastaban para satisfacer su sed insaciable de saber. Varias veces por semana acudía a la enorme biblioteca de la Universidad de Ingolstadt y leía con pasión los últimos libros o tratados aparecidos sobre las cuestiones científicas que más le interesaban.

¡Qué época gloriosa les había tocado vivir! Ciertamente, el siglo XVIII fue una época de cultura que dio científicos tan brillantes como Priestley, Lavoisier, Galvani, Linneo, Buffon, Swedenborg, Diderot, Voltaire, Watt, Volta, Helvetius, Von Haller y muchos otros, todos empeñados en ampliar el campo de los conocimientos humanos, todos comprometidos en llevar los límites de la ciencia empírica hasta el infinito.

Victor Frankenstein no cesaba de prometerse a sí mismo que algún día se codearía con aquellos gigantes de la ciencia. Se centraría en la labor práctica que habían realizado e incluso la ampliaría combinándola con el conocimiento de los antiguos. De ese modo, el misterioso libro de la vida se abriría para él, que obtendría así una victoria definitiva sobre la muerte. Era el máximo don que se podía hacer a la humanidad, incomparablemente superior a la donación del fuego divino que Prometeo había hecho al hombre, dádiva castigada implacablemente por los dioses y que no podía compararse con la vida eterna. Victor estaba plenamente convencido de que era un elegido, de que había nacido para llevar a cabo esa misión.

La sangre le hervía en las venas cuando inclinaba la cabeza sobre los gruesos volúmenes que sacaba de la biblioteca. En ellos encontraba apasionantes descripciones en latín, francés, alemán e inglés de experimentos biológicos y eléctricos. Leía hasta que la vela que ardía sobre la mesa en su candelabro de peltre se extinguía por completo. Después, ya a oscuras reflexionaba sobre lo que había leído, representándose cada una de las cosas que había descubierto como si hubiera asistido personalmente a cada uno de los experimentos realizados en el laboratorio y colaborado con aquellos brillantes científicos.

Se imaginaba en compañía de Abraham Trembley, ginebrino como él, contemplando fascinado cómo manipulaba una diminuta criatura viva, esa forma animal primitiva llamada hidra, capaz de regenerar –¡qué prueba tan significativa!– partes del cuerpo que le habían sido amputadas. Imaginaba también que presenciaba el primer injerto permanente de tejido animal vivo bajo las manos expertas de Trembley. Se injertaban dos hidras y se formaba un solo individuo. ¡Y el nuevo ser creado sobrevivía! Sólo pensar en el éxito de aquel experimento dejaba a Victor sin aliento. La vida injertada a la vida, nueva vida creada en el laboratorio. La embriología, la base de la vida misma, lo tenía absolutamente fascinado. ¡Pensar que a partir de un tejido indiferenciado y generalizado podían surgir organismos tan especializados y complicados como los diferentes tejidos que componían el ojo, el tejido del pecho, la lengua y el oído humanos, el cabello, los genitales, los dedos...! Si la naturaleza era ingeniosa, ¿por qué no lo había de ser el hombre? ¿Por qué el hombre no podía tener los mismos recursos y ser capaz de desarrollar tejidos vivos en el laboratorio?

A Victor le temblaron las manos de emoción al volver las páginas que describían los experimentos que realizara Albrecht von Haller en 1766. Von Haller, otro suizo, demostró que hasta el estímulo más leve en los músculos era capaz de provocar una fuerte contracción como reacción, y que un estímulo más leve aún en un nervio podía producir una contracción del músculo conectado a aquél. Así pues, la estimulación nerviosa dirigía el movimiento de los músculos y los impulsos nerviosos partían del cerebro o de la médula espinal. Todos los nervios iban a parar al cerebro y, siguiendo diferentes trayectorias, trasladaban las sensaciones desde éste a las demás partes del cuerpo. Por levemente que se estimulara un punto del cerebro, la parte correspondiente del cuerpo se movía. A Victor le latía locamente el corazón al imaginar aquel laberinto de nervios y todo el potencial que ofrecía.

Muchas noches, mientras estaba entregado a la lectura de aquellos preciosos volúmenes, absorto en la apasionante descripción de los experimentos primordiales de algún genio, oía ruidos extraños, como de piedrecillas que golpearan la ventana del desván. Al principio no le dio importancia, pero cuando se hizo más frecuente e insistente acabó por dejar a regañadientes el libro que tan absorbido lo tenía y se acercó a la ventana.

—¡Frankenstein! ¡Victor! —oyó una voz familiar que lo llamaba desde la calle.

De pie, con las piernas separadas y las manos hundidas en los bolsillos del abrigo, Henry Clerval le sonreía desde la calle. Todas las noches ocurría algo parecido.

—¿Qué quieres, Henry?

—Baja y ven a cenar con nosotros. Vamos a la Taberna del Jabalí. Frau Schultze va a prepararnos su famoso *schnitzel*. ¡Date prisa porque tengo un hambre terrible!

Pero Victor no se dejaba tentar ni siquiera por el célebre *schnitzel* de Frau Schultze. Su hambre no era de comida, sino de saber. ¿Cómo iba a abandonar una obra tan extraordinaria como la que tenía entre manos a cambio de una chuleta de buey? ¡No estaba tan loco como eso!

—¡No contéis conmigo, Clerval! —le gritó—. Yo no tengo hambre, me basta con un poco de pan con queso, y de eso ya tengo en casa.

Henry sacudió la cabeza, exhaló un profundo y teatral suspiro y dijo:

—¡Está bien, quédate con tu comida para ratones, si es eso lo que te gusta, pero te aseguro que no tardará en salirte un rabo largo y peludo!

Contento de que hubiera finalizado la interrupción, Victor volvió a sumirse en los estudios y no tardó en perderse en la maravilla de aquellos conocimientos que aumentaba día a día. ¡Cuán lejos habían llegado los estudios de biología en aquel siglo grandioso!

¡Y qué decir de la biología combinada con la electricidad! Era el auténtico fuego prometeico, la fuerza irrefrenable de la naturaleza, la genuina chispa de la vida. Victor tenía la impresión de que la ciencia de la electricidad le ofrecería las respuestas que tanto buscaba.

Cuando el anatomista italiano Luigi Galvani había descubierto por casualidad la naturaleza eléctrica de los impulsos nerviosos, es decir, que una descarga eléctrica era capaz de conseguir que los músculos muertos de una rana disecada se crispasen como si estuvieran vivos, abrió las puertas de un gran misterio. Quizá residiese en esto el principio que podía llegar a dominar la muerte. ¡Carne muerta reanimada por el fulgor de un rayo sometido a control en el laboratorio! Tal vez, si se contaba con el material apropiado y se daban las circunstancias adecuadas, fuera posible alcanzar la reanimación auténtica y, en lugar de conseguirse un remedo de vida, la rana volvería a vivir y a saltar de nuevo.

¡La reanimación! ¡Infundir nueva vida a tejidos humanos muertos! Para abreviar, resucitar a un muerto. Sí, aunque pudiera parecer un sueño, gracias a las armas representadas por las técnicas de las nuevas ciencias, ¿por qué no iba a ser posible?

Capítulo 7

WALDMAN

Poco a poco Victor comenzó a reunir el equipo necesario para montar un laboratorio en el desván donde vivía, y a subir por las empinadas escaleras las ruedas, las varillas, los matraces, las pipetas, los aisladores, los conductores, las soluciones conservantes para practicar disecciones y otras operaciones. En la reclusión del desván, comenzó a realizar toda serie de experimentos que repetían e incluso iban más allá de aquellos que poblaban su imaginación a partir de sus lecturas.

¡Cuántos progresos había hecho la ciencia en las últimas décadas para resolver los misterios de la electricidad! De la misma manera que los alquimistas de la Edad Media habían tratado de recuperar aquellos conocimientos místicos perdidos capaces de purificar los metales más bajos y convertirlos en preciosos, también los científicos de los tiempos de Victor Frankenstein, los hombres de la Ilustración, trataban de identificar y definir esta chispa divina de la poderosa energía a fin de captarla, almacenarla, reproducirla, controlarla y canalizar su uso en beneficio de la humanidad.

A través de sus lecturas Victor se enteró de que en 1706 Francis Hauksbee había descubierto que era posible crear una intensa carga eléctrica en una esfera de vidrio que hacía girar con una manivela. Dos años más tarde, un tal doctor Wall establecía por vez primera la conexión entre electricidad y rayo. Menos de veinte años después de este hecho, otro ingles, Stephen Gray, se sirvió de un largo tubo de vidrio para captar electricidad. Gray postuló que la electricidad era un fluido y encontró la manera de hacer circular la mágica energía a través de un trozo de cable de doscientos metros de longitud, llegando con sus experimentos a la conclusión de que la electricidad podía transmitirse a través de materiales «conductores» o mantenerse a raya mediante materiales no conductores que Gray denominó «aislantes».

Victor imaginó claramente el laboratorio de Stephen Gray y hasta le pareció ver cómo el fluido eléctrico viajaba a través del hilo. No le costó imaginarse la excitación que debió de sentir Gray al ver que la corriente se trasladaba en una fracción de segundo siguiendo la trayectoria prevista. Gray consiguió en el laboratorio reducir a su voluntad el poder divino del rayo, obligándole a circular, a detenerse o a quedar retenido de acuerdo con las intenciones del investigador.

A medida que los científicos seguían experimentando, las investigaciones en torno a la electricidad continuaban avanzando. En 1733, un físico francés, Charles-François de Cisternay du Fay, descubría las cualidades de atracción y repulsión que posee la electricidad. Y en 1746, dos hombres dejaron obsoleta la famosa esfera de vidrio de Hauksbee.

El físico y matemático holandés Pieter van Musschenbroek, que trabajaba en la Universidad de Leiden sin conocer los experimentos que el alemán Ewald Jurgen von Kleist llevara a cabo en Pomerania, inventó un recipiente de acumulación de la electricidad estática, la llamada botella de Leiden o kleistiana, elemento vital para el desarrollo de los circuitos eléctricos. Dos mentes privilegiadas, sin estar en contacto, habían inventado simultáneamente el condensador. En el curso de sus experimentos con la susodicha botella, el ayudante de laboratorio de Van Musschenbroek recibió una descarga que lo dejó semiatontado –y no sólo a él sino también a la ciencia–, ya que se demostró con ello que la potencia de la electricidad acumulada era similar a la del rayo.

La botella estaba parcialmente llena de agua y tapada con un tapón de corcho, a través del cual sobresalía un clavo, y se descubrió que retenía una carga de electricidad estática generada por un artilugio que emitía chispas y que estaba compuesto de unas varillas de vidrio que giraban frotando unos trozos de tela. Como la lámpara mágica de Aladino, la botella de Leiden tenía cautivo a un genio de extraordinario poder.

La relación entre la electricidad y el rayo seguía centrando el interés de los científicos. En 1752 Benjamin Franklin hizo una cometa durante una tormenta eléctrica simplemente para demostrar que el rayo era, en realidad, eléctrico por naturaleza y que rayo y electricidad eran una misma cosa. La cometa estaba provista de un conductor de alambre, una llave de metal al final del bramante mojado de la cometa y un aislante de seda que Franklin mantuvo seco quedándose de pie en la entrada de la casa. Gracias al relámpago, que circuló a través del hilo mojado de la llave metálica, Franklin pudo cargar una botella de Leiden con la misma facilidad que si se hubiera encontrado en el ambiente seco y caliente de un laboratorio.

Las pruebas de que el rayo era, de hecho, electricidad fueron algo que Victor ya había tenido la satisfacción de comprobar en ocasión de la comida campestre que había celebrado en los Alpes cuatro años antes. Pero en lo que trabajaba en su laboratorio durante la noche era en experimentos de la acción galvánica sobre la reacción nerviosa a la estimulación eléctrica. Compró por unos pocos *pfennigs* unas ranas vivas a unos niños del lugar, que éstos sacaban de los estanques vecinos y que él tenía intención de emplear en sus experimentos.

Aunque Victor pasaba largas jornadas en la facultad y muchas horas de la noche en su laboratorio del desván, permaneciendo en él hasta que el sueño lo rendía, su amada Elizabeth nunca estaba lejos de sus pensamientos.

Tenía la impresión de que todo lo que había hecho hasta entonces y lo que todavía pensaba hacer era para ella, el ser que más amaba en el mundo. Cuando pensaba en Elizabeth se imaginaba hasta los menores detalles de su cuerpo y de su cara: sus pechos blancos y suaves, su fino talle, su cuello fragante, sus labios rojos, su piel cremosa, su oscura cabellera, cuyos rizos rebeldes le cubrían la frente y, por encima de todo, aquellos profundos ojos oscuros que tanto recordaba y que antes de que se marchara lo habían mirado apasionadamente.

Todo el mundo de Victor estaba contenido en las profundidades de aquellos ojos, toda su vida se encerraba en las blancas manos de Elizabeth. ¿Qué no podría conseguir si contaba con su amor y su aliento como prenda de futura felicidad? ¿En qué arcanos reinos no se atrevería a adentrarse si la tenía a su lado?

Victor había oído toda su vida la expresión «caer enamorado» y, ahora que le había tocado el turno a él, se daba cuenta de que no se trataba, en realidad, de una caída sino más bien de una elevación, ya que su alma parecía remontarse a los reinos de la luz etérea, donde se juntaba y fundía con la de Elizabeth. Si existía el cielo, tenía que estar en sus brazos.

Una carta de Victor era siempre un gran acontecimiento en casa de los Frankenstein. Elizabeth la leía en voz alta a todas las personas de la casa –familiares y sirvientes–, reunidas a su alrededor junto a la gran chimenea del salón mientras ella rompía el sello y desplegaba el papel. Todos participaban incluso del más insignificante detalle de la excitante vida que Victor llevaba en la universidad. Y todos lo echaban muchísimo de menos.

–«Henry se ha recuperado completamente y ahora está haciendo grandes esfuerzos para aprobar la anatomía» –leía Elizabeth.

–Yo siempre fui muy malo en anatomía –intervenía el doctor Frankenstein.

–«El profesor Waldman es muy tolerante con él y conmigo y estoy aprendiendo muchísimo. El profesor Waldman es una eminencia…»

–Como Victor –interrumpió Justine.

–«Que Dios os bendiga, os envío todo mi cariño.»

–Es una carta muy bonita –observó la señorita Moritz.

–Aquí hay una posdata –prosiguió Elizabeth–. «Me he enamorado…»

–¿Eso dice? –exclamó Claude, sorprendido.

–«Mi amada es morena y muy guapa, tiene el pelo brillante y mueve el rabo en cuanto me ve. Se llama *Putzi* y es una perra pastora, la más cariñosa de cuantas he conocido en mi vida.»

Todos se echaron a reír al imaginarse a la nueva enamorada de Victor moviendo cariñosamente el rabo.

Elizabeth se guardó el último párrafo de la carta para ella sola y lo leyó en silencio y con las mejillas encendidas. Decía: «Elizabeth, sueño con tus cabellos brillando a luz de la luna, con el sabor de tus labios, sueño con tus brazos y con tus pechos... y en el momento de nuestra noche de bodas...»

—¿Qué más dice? —preguntó Willie, cogiendo la carta.

Sabía que decía algo más porque había visto aletear una temblorosa sonrisa en el rostro de Elizabeth. Ésta, azorada, le arrebató la carta de las manos.

—Dice: «Trabajo de firme y he hecho muchos amigos.» ¿Alguien quiere más café? —Pero tenía apretada contra su corazón la preciosa carta de Victor. Cuando llegara la noche, ya en la cama, volvería a leerla de nuevo, especialmente el último párrafo. La leería una y otra vez hasta que se le cansaran los ojos. Después caería dormida y soñaría con Victor y con la noche de bodas.

Como siempre ocurría, el aula de la facultad estaba atestada de estudiantes y tanto los médicos titulados como los del último curso se apretujaban en las galerías que dominaban desde lo alto el redondo estrado y se amontonaban contra las barandillas. Desde que Victor Frankenstein había llegado a Ingolstadt y se había convertido en acólito de las clases del profesor Krempe, éstas habían pasado a ser un espectáculo, algo más parecido a un circo romano que a una clase sobre fisiología humana. Victor era el cristiano arrojado a las fieras y Krempe el león, pero el cristiano se debatía con ahínco y por el momento aún no había sido devorado.

Tendido en una mesa, entre Victor y el profesor Krempe, había un cadáver a medio disecar. Ese día había podido llegar casi a la mitad de su clase sin que Victor abriera la boca para hacer otra de sus siempre irritantes preguntas sobre el posible «remedio» contra la muerte. El profesor mordió el anzuelo y los dos se enzarzaron en una de sus discusiones habituales para delicia de los espectadores.

Krempe estaba morado de ira y en su cabeza calva habían

empezado a brotar gotitas de sudor provocadas por la indignación, que le resbalaban por las rotundas mejillas.

—De una vez por todas, Frankenstein, la vida es la vida y la muerte es la muerte. ¡Son realidades, verdades absolutas!

Victor se puso tan furioso como el profesor y también comenzó a sudar. Abandonando toda circunspección, puesto que ya no estaba en condiciones de escoger con prudencia sus palabras, dijo:

—¡Eso no son más que tonterías y usted lo sabe muy bien! Estos principios han sido repetidamente desmentidos por profesores de esta misma universidad.

Todos los que se encontraban en el aula sabían perfectamente a quién se refería. Estaba hablando de Waldman, un científico con un misterioso pasado que se había aventurado a hacer experimentos prohibidos, cualesquiera que fueran. Al oír aquella alusión personal, el enigmático profesor Waldman, que se hallaba en el fondo del aula, se apresuró a abandonarla en silencio.

—No sabemos dónde termina la vida ni dónde empieza la muerte —prosiguió Victor de manera apasionada—. Después de lo que hemos dado en llamar «la muerte», el cabello continúa creciendo. Y las uñas lo mismo…

—Son ejemplos triviales —lo interrumpió Krempe con desdén—, y se conocen las razones de que así suceda. No son las uñas ni el cabello los que crecen, sino que la piel, por encontrarse en fase de descomposición, se encoge y deja una mayor parte de ellos al descubierto…

Pero a Victor no había quien lo parara.

—Sabemos que, aunque el cerebro de un hombre pueda morir, su corazón continúa bombeando sangre y los pulmones respirando.

El profesor Krempe ya no se pudo contener por más tiempo. Se había dado cuenta de la dirección hacia la que Frankenstein quería llevar el debate. Lo que deseaba era hablar de los «experimentos» que habría querido que hiciera la universidad para encontrar lo que él llamaba «el constituyente primario». El rostro de Krempe todavía se puso más rojo y su cuerpo rechoncho se hinchó como el de un pez globo, al tiempo que agitaba un dedo.

–Señor Frankenstein de Ginebra –dijo con tono de indignación–, le advierto que lo que usted insinúa no sólo es ilegal sino también inmoral.

Krempe y Frankenstein jamás se pondrían de acuerdo en esa cuestión, pues se encontraban en extremos opuestos del espectro científico. Sin embargo, como quien detentaba el poder en la Universidad de Ingolstadt era Krempe, Victor jamás podría salir vencedor en la contienda. Era como un explorador que pretende encontrar nuevas tierras y le resultaba imposible imponer sus ideas a una mente cerrada como la del profesor.

Aquella tarde Henry y Victor dejaron juntos la universidad y, a través de estrechos callejones, buscaron un sitio donde ir a cenar. Incluso caminando, Victor seguía tomando notas en aquel grueso diario viejo encuadernado en piel que su madre le había comprado para él poco antes de morir. Pese a la escasa luz, seguía garrapateando sin ver apenas las palabras que escribía.

Henry Clerval atisbaba el cuaderno por encima del hombro de Victor mientras los dos seguían andando y, en tono burlón, como si leyese el diario de su amigo, le dijo:

–Querido diario, ¿por qué será que nadie me entiende? Posdata: no estoy loco.

De pronto, como surgida de la nada, una mano agarró a Victor bruscamente por el hombro y lo empujó contra la pared, dejándolo frente a un rostro saturnino y enjuto cuyos negros ojos parecían despedir chispas eléctricas.

–Explíquese de una vez –le espetó con voz de trueno el profesor Waldman.

Era mucho más alto que Victor, superaba sobradamente el metro ochenta de estatura, y se inclinó hacia adelante hasta que las narices de los hombres casi se tocaron.

Aunque lo inesperado del encuentro lo dejó sumido en la confusión, Victor sabía que, en el fondo, siempre había deseado que tuviera lugar.

–He venido aquí, profesor, para aprenderlo todo acerca de la nueva ciencia. Me refiero al galvanismo, a los experimentos de Franklin. Se trata de una combinación de las disciplinas modernas con los conocimientos antiguos en un intento de crear...

–De crear, ¿qué? –preguntó Waldman, excitado.

Sus ojos, como perfilados con lápiz negro, perforaban los de Victor como taladros y su voz era grave y ronca.

–Señor, nos encontramos al borde de descubrimientos que el hombre jamás ha soñado. Todo es cuestión de plantearnos las dudas oportunas.

Waldman se irguió y entrecerró los ojos; ahora su expresión era distante.

–No es la primera vez que topo con hombres como usted –dijo como poniéndose en guardia.

Se dio la vuelta dispuesto a alejarse, pero con un gesto casi imperceptible de la cabeza le indicó a Victor que lo siguiera.

Poseído de excitación repentina, Victor lo siguió inmediatamente, pero Henry lo detuvo agarrándolo por la manga.

–Victor... –le dijo en tono de advertencia.

Pero Victor hacía demasiado tiempo que aguardaba aquel momento para hacerle caso.

–¡Déjame, Henry! –le respondió, impaciente.

Clerval se quedó un momento pensativo, pero se encogió de hombros y se dispuso a acompañarlos.

El profesor Waldman vivía en una casa vieja enclavada en una calleja angosta y tortuosa a unos diez minutos a pie de la universidad. La puerta de la misma era tan baja que para entrar debía agacharse la cabeza. Los dos estudiantes se quedaron esperando en el oscuro zaguán hasta que Waldman encendió unas velas, después entraron y miraron a su alrededor llenos de curiosidad.

Resultó que la estancia principal no era otra cosa que el estudio de un artista. Había cuadros por todas partes: en caballetes, en el suelo arrimados a las paredes, colgados... La mayor parte de los cuadros representaban figuras desnudas de hombres y mujeres con la musculatura muy marcada. ¡Era un artista! Aquella faceta inesperada de la personalidad de Waldman cogió a Victor por sorpresa. El joven estudiante no era ninguna autoridad en materia de arte, pero tuvo la impresión de que aquellos cuadros habían sido pintados por mano experta, ya que las figuras parecían vivas, como si se dispusieran a saltar de los lienzos.

El profesor, sin embargo, no hizo ningún comentario en relación con los cuadros, sino que los condujo hacia la pared opuesta de la estancia donde había una puerta disimulada, a un nivel más elevado, a través de la cual entraron en un laboratorio atestado de cosas pero muy bien equipado. Las paredes de la habitación estaban totalmente cubiertas de estanterías atiborradas de volúmenes antiguos encuadernados en piel, entre ellos libros raros de anatomía de Vesalio y Galeno, así como tratados de medicina en griego, latín y sánscrito.

Victor, fascinado y encantado a la vez, dirigió una mirada a su alrededor dispuesto a captar hasta los menores detalles. Colgadas de la pared se veían extrañas láminas de anatomía, entre ellas el famoso y minucioso estudio de Leonardo de Vinci titulado *La proporción del cuerpo humano según Vesalio*, que mostraba un cuerpo de hombre perfecto, con los brazos y las piernas extendidos, inscrito en un círculo y que representaba el concepto clásico de la perfección, la Regla de Oro. Había otro estudio también colgado de la pared, pintado sobre seda y con caracteres chinos, que representaba un cuerpo humano con largas agujas hincadas en diferentes puntos del cuerpo. Sobre la larga mesa del laboratorio se veía un bulto tapado con un lienzo verde.

Victor observó el equipo de laboratorio e identificó la mayor parte de los objetos, aunque no todos. Tuvo la satisfacción de comprobar que había una gran cantidad de artilugios destinados a la experimentación eléctrica; vio condensadores, una rana muerta conectada a unas baterías galvánicas, botellas de Leiden, aisladores… cosas que también él tenía en su desván, incluso el mismo tipo de rueda para generar electricidad. Sin embargo, había algunas conexiones distintas, nuevas para Victor, si bien comprobó algo que ya sospechaba: él y Waldman se dedicaban a experimentar en la misma dirección. Con todo, no tenía la menor idea de lo que contenían las cubetas y retortas esparcidas en la mesa del laboratorio y esperaba ávidamente que Waldman se lo explicase.

–¡Cierre la puerta! –dijo Waldman bruscamente a Henry.

Mientras Henry hacía girar la llave en la cerradura, Waldman se dirigió a Victor.

–Hace miles de años que los chinos basaron su ciencia médica en la creencia de que el cuerpo humano es una máquina química impulsada por corriente de energía… –Se interrumpió de pronto al ver que Henry estaba curioseando un grueso libro lleno de notas manuscritas que acababa de coger de uno de los estantes–. ¡Deje esto! –le gritó con aspereza.

Henry dio un salto, cerró bruscamente el libro, volvió a dejarlo en el estante y se apartó, muy nervioso, de la librería. Waldman prosiguió su discurso:

–Los médicos chinos tratan a sus pacientes hincándoles unas agujas como éstas en la carne en varios puntos clave, a fin de manipular estas corrientes eléctricas.

Victor, fascinado, escuchaba atentamente, decidido a no perderse ni una palabra.

Waldman cogió una larga aguja de plata de las utilizadas para la acupuntura a fin de que el joven pudiera examinarla, y dirigió la atención de Victor hacia la antigua pintura china sobre seda que tenía colgada en la pared y que reproducía el cuerpo humano visto de frente y de lado. Los puntos de acupuntura aparecían claramente indicados en el diagrama.

–Ya comprendo –murmuró Victor. Todo aquello era nuevo para él y no sólo nuevo sino extraordinariamente interesante.

–Y ahora, observe esto –dijo Waldman al tiempo que apartaba la tela verde que cubría el bulto de la mesa; resultó ser el brazo amputado de un chimpancé. Henry se apartó de un salto y observó el miembro con ojos desorbitados y atónitos.

El brazo del simio estaba cubierto de agujas de acupuntura en las que unas clavijas de cobre conectaban unos cables a un pequeño panel provisto de conmutadores. Dichos conmutadores estaban conectados a su vez a una serie de baterías galvánicas. Waldman movió los conmutadores hacia arriba y el brazo se contrajo bruscamente. Harry dejó escapar un grito y Victor retrocedió.

–¡Venga, tóquelo! –dijo Waldman a Henry.

Clerval dio un paso adelante y, muy nervioso, puso la yema del dedo en el dorso de la mano del chimpancé.

–Está caliente –dijo, maravillado.

Waldman manipuló entonces otro conmutador. Una chispa repentina saltó del aparato y la mano del mono giró y agarró la de Henry.

–¡Hola! –dijo Henry con una sonrisa forzada–. ¿Cómo estás? –Estrechó educadamente la mano del simio, pero intentó retirarla enseguida. Sin embargo, la del mono retuvo la de Clerval y continuó estrechándola con tal fuerza que éste acabó cayendo de rodillas, rendido de dolor. Con voz temblorosa, presa de auténtico pánico, Henry gritó–: ¡Profesor Waldman, desconecte ese aparato, por favor!

–No puedo... –dijo Waldman con expresión de preocupación–. No funciona.

Henry estaba aterrado. Victor afrontó la situación tratando de disimular su nerviosismo.

–Procura serenarte, Henry –dijo con una voz tranquila–. Se trata simplemente de reducir la polaridad entre tu cuerpo y el brazo. El brazo de un mono es básicamente como el de un ser humano.

–¡Ningún brazo humano puede ser tan fuerte como éste! –replicó Henry con los dientes apretados.

Victor ya se había puesto a manipular los conmutadores.

–Tengo la impresión de que estos conectores alimentan los ligamentos anulares. ¿Estoy en lo cierto, profesor?

–Sí –asintió Waldman–, pero dependen del flujo galvánico.

–¡Me está triturando la mano! –vociferó Henry con el rostro contraído por el dolor.

–Entonces tiene que funcionar –dijo Victor, muy seguro, al tiempo que accionaba un último conmutador.

En ese momento saltó una chispa cegadora y la mano del chimpancé se abrió soltando la de Henry. El profesor Waldman dirigió una mirada de admiración a Victor Frankenstein. ¡Aquel muchacho prometía! Era ingenioso y tenía talento.

–Esto es lo que quiero aprender –murmuró Victor en voz baja–. ¡Es fantástico!

–Este tipo de exploraciones pueden tomar un sesgo peligroso –respondió Waldman de forma abstrusa y todavía impresionado.

–Peligroso y fascinante a la vez –replicó Victor–. Permítame colaborar con usted, profesor.

Waldman lo observó con aire reflexivo. ¿Debía admitir a Victor como ayudante? ¿Por qué no? Hasta entonces no había tenido ninguno, pues no había querido compartir sus secretos con nadie. Aquella posibilidad le intrigaba. Pero el profesor hacía tanto tiempo que se guardaba para él los resultados de sus investigaciones que todo lo que le dijo fue:

–Pero ha de prometerme de que no se lo dirá a nadie.

–De todos modos, nadie lo creería –farfulló Henry como hablando consigo mismo y frotándose la mano dolorida.

Un leve movimiento repentino despertó la atención de los tres, que se volvieron al mismo tiempo a observar. Sus rostros reflejaban una expresión de asombro. Aunque la corriente eléctrica estaba desconectada, el brazo del chimpancé seguía moviéndose ligeramente, exactamente como si estuviera... vivo.

En Ginebra la vida transcurría tan pacíficamente como siempre. Toda la familia giraba en torno a las cartas de Victor. Bastaba que Elizabeth leyera en voz alta unas pocas palabras de su hermano adoptivo –ya que las cartas eran cada vez más cortas y más espaciadas– para que todos se sintieran más alegres. Las vidas de los diferentes miembros de la familia eran anodinas, aburridas incluso, comparadas con la de él. ¿De qué podían hablarle ellos? Pues de que Willie tenía ahora un tutor, de que el doctor Frankenstein había comprado otra yegua porque la vieja se había quedado coja, de que había habido una cena de familia a la que habían asistido uno o dos vecinos y habían preguntado por Victor, o de que Justine, que ahora tenía veintidós años, había recibido una propuesta de casamiento del hijo del carnicero y la había rechazado.

Las cartas de Victor, en cambio estaban plagadas de detalles que revelaban que sus estudios eran extraordinariamente interesantes. Con todo, en ellas nunca hablaba de las sesiones que mantenía en privado con el profesor Waldman. Éste había comunicado a Victor una o dos cosas, pero seguía manteniendo en secreto sus más profundos misterios.

Los Frankenstein estaban a punto de cenar cuando se presentó Elizabeth con la carta que había recibido aquel día. La señora Moritz y Justine ayudaban a servir la comida mientras Claude llenaba los vasos de vino. Dejaron de comer, de servir la mesa y de seguir llenando los vasos y se pusieron a escuchar con gran interés mientras Elizabeth leía en voz alta la carta que le había escrito Victor... aunque no entera, por supuesto.

–¿Qué quiere decir disección? –preguntó Willie, echando una mirada furtiva a la carta que Elizabeth había doblado y dejado aparte.

Elizabeth la apartó con fingida severidad.

–Se trata de una cosa demasiado repulsiva para que la escuchen los oídos de un niño.

–Significa que abren a las personas para echar un vistazo en su interior –dijo a Willie su padre con un brillo un tanto perverso en la mirada.

Después cogió el cuchillo e hizo como si fuera a clavárselo a Willie. El niño, asustado, se cubrió la cara con las manos y comenzó a gimotear.

–¡Pero si es una broma! –exclamó el doctor Frankenstein como disculpándose.

Elizabeth y Justine se acercaron a consolar al pequeño Willie, a acariciarlo y animarlo, mientras murmuraban:

–No pasa nada, no pasa nada...

Elizabeth pensó que ya tenía una cosa divertida que contar a Victor en la próxima carta que le escribiera.

Entretanto, en Ingolstadt, la tragedia se había ensañado en la familia de la afectuosa Frau Brach. Su querida *Putzi*, su animal de compañía y su compañera, había sido atropellada por un carruaje y había quedado tendida, sangrando e inconsciente, en la calle. Histérica y desesperada, Frau Brach acudió a la única persona que tenía a mano, el simpático y joven doctor Frankenstein que vivía en el piso de arriba de su propia casa. Además de ser médico, quería mucho a *Putzi* y a lo mejor podía salvarla. ¡Debía salvarla! A Victor le bastó una ojeada para darse cuenta de que el animal estaba inconsciente y muy probablemente moribundo. Sacaba la lengua y le salía espuma por la boca. Las heridas que había sufrido eran muy graves, había perdido mucha sangre y estaba en estado de coma.

A Victor se le ocurrieron simultáneamente dos cosas. La primera era que aspiraba sinceramente a salvar la vida de *Putzi*, tanto porque apreciaba a Frau Brach como porque encontraba simpática a la perra. La segunda era que se le presentaba una ocasión inmejorable para poner a prueba el valor que pudieran tener las técnicas del profesor Waldman.

Con *Putzi* en brazos y seguido de la propietaria, que no paraba de sollozar, Victor fue recorriendo las serpenteantes callejuelas hasta llegar a la puerta de Waldman. Ante la insistente llamada, éste acabó por abrir la puerta. Victor consiguió pronunciar apenas unas palabras cuando el profesor asintió con la cabeza.

También Frau Brach había llegado a la casa del profesor Waldman y, como estaba sin aliento, no pudo hacer otra cosa que dejarse caer desplomada en una silla. Sin embargo, no se le permitió que se quedara porque lo que Waldman y Victor pensaban hacer con el perro debía quedar en el más absoluto de los secretos.

—Se lo ruego, Frau Brach —dijo Victor tratando de calmarla, ayudándola a levantarse de la silla y empujándola con amabilidad pero con firmeza hacia la puerta de la casa—, váyase. El profesor Waldman y yo haremos todo cuanto esté en nuestra mano para salvarla.

—El coche no se ha parado... y el pobre animal no ha tenido tiempo... —sollozaba la pobre mujer.

—Lo sé, lo sé —dijo Victor tratando de calmarla mientras la conducía hacia la puerta. Estaba desesperado por que se fuera a fin de reunirse con Waldman en el laboratorio.

—¿Me dejan que la vea?

—De veras que usted no puede hacer nada —dijo Victor con energía—. Váyase a casa, le conviene por su bien que lo haga. Nosotros cuidaremos de *Putzi* y haremos todo lo posible para que se ponga bien. Usted estará mejor en su casa. —La empujó fuera de la casa y cerró la puerta de inmediato haciendo girar después la llave en la cerradura.

En el laboratorio de Waldman los dos científicos se pusieron a trabajar frenéticamente dispuestos a salvar a *Putzi*. La perra, cuyo cuerpo estaba parcialmente vendado, había sido conectada al panel eléctrico y tenía multitud de cables e hilos unidos a diferentes partes del cuerpo, que se contraía como resultado de la circulación de la corriente. Waldman la observaba a través de una lente quirúrgica.

—Vamos a perderla —dijo de pronto el profesor.

—Debemos correr el riesgo de aplicarle otra descarga.

Parecía que quien daba las órdenes era Victor, que accionó otro conmutador.

Waldman apartó el instrumento.

—¿Pulso? —preguntó Victor.

—Arritmia y en disminución.

—¡Maldita sea! —exclamó Victor, desesperado y furioso.

Le aplicó otra descarga y el cuerpo de *Putzi* se retorció de forma incontenible ante la nueva oleada de electricidad. Victor se inclinó sobre la perra, la acarició, trató de tranquilizarla, le habló, la miró a los ojos.

—¡Buena chica! Muy bien, todo va bien. ¡Tranquila!

Waldman sacudió la cabeza con aire pesimista.

—Haría falta otra fuente de energía alternativa —dijo.

—Por supuesto, y usted sabe cuál es —replicó Victor con tono decidido.

Sorprendido ante la vehemencia del muchacho y contrariado por la dirección que seguían sus pensamientos, Waldman contestó lentamente:

—Sé algunas cosas y me contento con que Dios se guarde las otras.

Victor comenzó a moverse de un lado a otro del laboratorio, accionando conmutadores y comprobando esferas e indicadores.

¡Dios, siempre Dios! Cuando una persona carecía del valor moral para seguir adelante en pos de lo desconocido se escudaba en Dios. Aquello enfurecía a Victor.

—Dios nos ha dado la peste, Dios nos ha dado la guerra, Dios nos ha dado la muerte, Dios nos ha dado un mundo imperfecto, pero Dios también nos ha dado la capacidad de mejorarlo. ¡Venga! ¿Qué es? ¿Dónde está... ese constituyente primordial... ese vínculo entre la materia y la vida?

Lo dijo casi gritando, tan desesperado estaba. Waldman le dirigió una mirada cargada de preocupación. Tenía la impresión de que el muchacho había perdido el control sobre sí mismo. Pese a todos sus arneses eléctricos, las convulsiones y estremecimientos de *Putzi* indicaban que su vida se estaba apagando. La dura porfía de la perra por vivir y la de ellos por evitar aquel final, había terminado.

La muerte de *Putzi* golpeó a Victor como un puñetazo en el pecho y sus ojos se llenaron de lágrimas. La perra no debería haber muerto. Cualquiera que pudiera ser la fuente de energía alternativa, no sólo habría salvado su vida, sino que podía salvar otras muchas.

–¡Ahora debemos encontrarla! –exclamó Victor empujando a Waldman a un lado y saliendo de la habitación a grandes zancadas.

El profesor se quedó mirándolo, sorprendido e impresionado a la vez ante tanta pasión por parte de Frankenstein.

Aquella noche los tres –Victor, Henry y el profesor Waldman– se reunieron a cenar en el comedor de este último. Después de cenar se quedaron largo rato charlando, mientras los dos jóvenes se servían generosas raciones de vino de la botella que tenían a mano en la mesa. Waldman, más moderado, iba tomando pequeños sorbos del único vaso que se había servido y guardaba un prudente silencio. Ya al borde de la borrachera, Victor y Henry insistían en el tema favorito del primero: que la muerte no tenía por qué ser un mal necesario en el mundo moderno.

–Hablo en serio –decía Victor–. Pongamos como ejemplo las vacunas. Hace treinta años que nadie había oído hablar de ellas, mientras que ahora todos los días nos ayudan a salvar miles de vidas. Sin embargo, no reside sólo en esto la respuesta.

–¿Qué quieres decir con esto? –preguntó Henry.

–Que tarde o temprano, la mejor manera de burlar a la muerte consistirá en crear vida –dijo Victor simplemente, aunque con absoluta convicción.

–En esto creo que vas demasiado lejos –protestó Henry con voz ahogada–. Dios sólo hay uno, Victor.

Otra vez Dios. Victor lo miró con ceño.

–Deja en paz a Dios. Escucha una cosa, si quieres a una persona y esa persona tiene el corazón enfermo, ¿no harías lo que fuera para darle uno sano? –Se inclinó sobre la mesa y buscó la respuesta en los ojos de Henry Clerval.

Éste miró a su vez a su amigo con expresión de sorpresa.

–Es... imposible –dijo tartamudeando,

—No, no lo es –replicó Victor con expresión de iluminado–. Sólo nos faltan unos pasos para conseguirlo. ¡Podemos hacerlo! –Su voz temblaba a causa de la emoción–. ¿Y si además de sustituir una parte de un hombre pudiéramos reconstruirlo en su totalidad? Pues bien, si logramos esto también podemos crear vida, hacer que un ser humano no envejezca ni enferme, que sea más fuerte que nosotros, mejor...

—¿En el curso de nuestra vida? –preguntó Henry, estupefacto.

Victor ya estaba a punto de contestar cuando, con sorprendente vehemencia, Waldman exclamó:

—¡No!

Hubo un momento de embarazoso silencio durante el cual los dos alumnos intercambiaron algunas miradas; segundos después Henry exclamó con una carcajada estrepitosa:

—Menos mal, porque nos quedaríamos sin trabajo.

La risa fue entonces general. Sin embargo, Victor miró intensamente a Waldman y preguntó:

—¿Se ha acercado usted mucho, profesor?

Waldman se estremeció ante el recuerdo y en su rostro apareció una expresión de vergüenza y repugnancia.

—Demasiado... –dijo con voz ronca.

Victor miró fijamente a Waldman; sentía una ardiente curiosidad, necesitaba saber... Se levantó precipitadamente de la mesa, se acercó a la librería y sacó de ella el mismo viejo volumen que había abierto Henry días atrás.

—Profesor, se lo pido por favor, déjeme revisar estas notas –le rogó en tono insistente.

Waldman negó enérgicamente con la cabeza.

—No, el trabajo que actualmente estoy llevando a cabo y su aplicación se centran exclusivamente en la conservación de la vida. Hace muchos años que he abandonado las demás investigaciones.

—¿Por qué?

El profesor Waldman clavó en Victor sus ojos hundidos.

—Pues porque el resultado fue abominable –respondió. Luego se puso de pie, cogió el libro de manos de Victor y echó a andar lentamente hacia el laboratorio.

—Buenas noches, caballeros.

Capítulo 8

SE INICIA EL TRABAJO

La última década del siglo XVIII fue una época maravillosa caracterizada por la erudición y los avances científicos. La medicina y los conocimientos técnicos ayudaron a paliar en parte la crueldad de la naturaleza, aunque no llegaron a conquistarla, ya que ésta fue la causante de grandes desastres. En menos de cien años, se produjo una serie de catástrofes naturales que acabaron con la vida de cientos de miles de personas. En 1737 el asolador terremoto de Calcuta mató a más de trescientas mil personas entre hombres, mujeres y niños. En Japón, norte de Persia y Guatemala hubo otros terremotos que también provocaron innumerables pérdidas en vidas humanas. En 1750, la ciudad de Lisboa sufrió los efectos de un seísmo y el posterior incendio de la ciudad, fenómenos que dejaron tras de sí más de sesenta mil muertos. Hubo erupciones de volcanes en Islandia, del Fujiyama en Japón y del Cotopaxi en América del Sur y, debido a ellas, murieron decenas de miles de personas.

Las epidemias –viruela, tifus, fiebre amarilla y, sobre todo, el temible cólera– también se cobraron importantes tributos tanto en las ciudades como en los pueblos. El hacinamiento, unido a la falta de higiene adecuada y a una limitada comprensión de las causas de estas enfermedades, provocaron epidemias por contagio que más tarde se convertirían en pestes generalizadas que se ensañaban en poblaciones enteras. En 1730, el zar de Rusia Pedro I murió de viruela el día de su boda, mientras que en 1749 una epidemia de cólera acabó con la vida de muchos millares de habitantes de Berlín.

Ahora la viruela había llegado al sur de Alemania y las víctimas caían como moscas. Darmstadt, ciudad situada a menos de setenta y cinco kilómetros de distancia, ya había conocido el azote de la viruela y era muy probable que la próxima ciudad en caer fuera Ingolstadt.

Sin embargo, existían esperanzas, puesto que ya se estaba utilizando una vacuna efectiva gracias a la antigua práctica turca de inocular a los niños pequeñas dosis de viruela con miras a prevenir afecciones más serias en una época más avanzada de su vida. Unos setenta y cinco años más tarde se sometió la vacuna a la atención de Lady Mary Wortley Montagu. Dicha dama, esposa del ministro inglés de Constantinopla, había sido testigo de la efectividad de las inyecciones de viruela. En 1718 publicó *Inoculación contra la viruela* y tres años más tarde, durante la epidemia de viruela de Londres, su hija de cinco años fue sometida a inoculación; gracias sobre todo a sus esfuerzos, el rey Jorge I hizo también inocular a dos de sus nietos para que cundiera el ejemplo; muchas familias lo imitaron. Los niños sometidos a inoculación sobrevivieron a la epidemia y el método de la vacunación se difundió por toda Europa.

Ante la posible difusión de la epidemia, la facultad de la Universidad de Ingolstadt y sus alumnos unieron sus esfuerzos para acudir en ayuda de los ciudadanos. Mediante una inoculación a todos los habitantes de la ciudad, de manera particular a los viejos, a los muy jóvenes y, sobre todo, a los pobres, que vivían en condiciones sanitarias verdaderamente espantosas, hubo un puñado de médicos que consiguieron prevenir la propagación de los pocos casos de viruela que se dieron y evitar que degeneraran en epidemia.

Se instalaron en la ciudad varios centros de vacunación, atendidos principalmente por estudiantes encargados de realizar servicios comunitarios, que trabajaron febrilmente en la vacunación de millares de personas.

Victor, Henry y Schiller formaron un equipo que se encargó con presteza y discreción, de vacunar a los internos del asilo de la ciudad. Muy cerca, desde su puesto de trabajo, el profesor Waldman también procedió de manera rápida y eficaz y preparó dos o tres inoculaciones para cada uno de sus estudiantes. Los ciudadanos, presa del pánico, se sometían a exámenes de ojos, nariz y oído y a vacunaciones masivas.

Mezclado con la multitud podía verse a un hombre de rasgos duros, que caminaba con ayuda de muletas. Era tuerto, le faltaba una pierna y estaba borracho, pero rebosaba una energía feroz e imprevisible. Aunque era delgado y de baja estatura, su torso denotaba una fuerza envidiable. Le aterraba que lo vacunaran y tuvo que ser conducido a rastras hasta Waldman.

–¡No me clave eso! –vociferaba al tiempo que apartaba la mano del profesor–. Me han dicho que te mete la viruela en el cuerpo.

Una mujer gruesa y de facciones toscas que estaba cerca de él aguzó el oído ante aquellas palabras.

–¿La viruela? ¿Que aquí te meten la viruela?

–¡Sí, eso! ¡La viruela! –aseguró el hombre de rasgos duros, asintiendo con un gesto airado de la cabeza.

Waldman, impaciente, blandía la aguja.

–No, no es la viruela, sino una vacuna para impedir que se propague una epidemia en la ciudad.

–¿Y qué es eso de una vacuna? –preguntó la ignorante mujer con expresión de desconfianza.

–Pues una pequeñísima cantidad de suero para combatir la viruela.

–¡Nos quiere meter viruela en el cuerpo! –exclamó el hombre de rasgos duros. Su cuerpo ya había sufrido los efectos de una enfermedad que venía arrastrando desde hacía años, el llamado «mal francés» o sífilis, enfermedad que le había costado la pérdida de un ojo y la pierna, que debió ser amputada a causa de la gangrena.

La porfiada ignorancia del hombre empezaba a sacar de sus casillas a Waldman.

–No, no, la inyección es completamente inofensiva. Se trata de una precaución necesaria sin la cual esta desgraciada ciudad debería ser sometida a cuarentena. ¿No se han enterado de lo que ha ocurrido en Darmstadt? ¿No saben lo que se están jugando?

Al oír que el profesor Waldman levantaba la voz, Victor y Henry, preocupados, interrumpieron su trabajo y se acercaron, inquietos ante los rumores de «epidemia de viruela» que circulaban entre la multitud. El hombre de rasgos duros seguía debatiéndose, acorralado, sin conseguir desasirse. Waldman cogió la aguja.

—Vosotros, los médicos, matáis a la gente —exclamó con voz estridente el cojo—. Ya podéis contarme lo que queráis que a mí no me metéis eso en el cuerpo.

—¡Pues te lo pienso meter! —exclamó Waldman con voz perentoria—. Lo manda la ley. Que alguien haga sentar a ese hombre. ¡Enseguida!

Se acercaron un par de estudiantes que agarraron a aquel hombre que se debatía para que no lo sujetaran y seguía gritando sin parar:

—¡A mí no me metéis eso en el cuerpo!

Finalmente, cuando consiguieron vencer su resistencia, lo colocaron en el banco, donde Waldman se dispuso a vacunarlo.

De pronto, sin que el profesor tuviera tiempo de reaccionar, el cojo sacó una navaja del mango de la muleta y se la hundió en el estómago. Después, con sorprendente presteza para un hombre que sólo tenía una pierna, desapareció renqueando.

El profesor Waldman se llevó la mano al vientre y cayó sobre el banco, con los labios apretados y el rostro lívido.

Henry se acercó a él.

—¿Profesor?

—¡Oh, Dios mío! —dijo Waldman con un hilo de voz. Miró la herida y la sangre que huía entre sus dedos y se extendía por su camisa tiñéndola de escarlata. Con un leve gemido casi inaudible, Waldman se desplomó en el suelo. Una oleada de frenética inquietud comenzó a recorrer el asilo.

Los estudiantes levantaron al moribundo del suelo, lo trasladaron rápidamente al quirófano de la universidad y lo tendieron en la mesa de operaciones. Ayudados por Schiller, Victor y Henry Clerval luchaban desesperadamente para salvarle la vida.

Sin embargo, el cuchillo de aquel hombre había segado las principales arterias y Waldman había perdido gran cantidad de sangre. A pesar de los esfuerzos de los jóvenes médicos por detener la hemorragia, la herida continuaba palpitante y la mesa de operaciones estaba cubierta de sangre, que resbalaba por uno de los lados y goteaba sobre el suelo tiñéndolo de rojo y tornándolo resbaladizo. También los tres médicos estaban manchados de sangre.

–¡Vamos, vamos! –murmuró Victor haciendo rechinar los dientes. Hundió las manos en la cavidad del cuerpo del profesor y palpó su interior. Al encontrar la arteria cortada, la sacó a través de la herida y cosió rápidamente los dos extremos dando muestras de una gran habilidad. Pero Waldman seguía tendido en silencio, extremadamente pálido.

–Todo es inútil, Victor –dijo Henry en voz baja–. Ha muerto.

–¡No, no! –exclamó Victor sacudiendo frenéticamente la cabeza y apretando con fuerza una esponja en la herida, que no paraba de sangrar.

–Déjalo morir.

–¡No, no, Henry! ¡No puede ser, Henry, no puede ser!

Todo había terminado. Victor volvió a mirar a Waldman, tendido en la mesa, y ya no vio en él a su amado mentor sino un cadáver exangüe. Con los ojos arrasados en lágrimas de desesperación y desaliento, comenzó a moverse de un lado a otro como un loco hasta que al final empujó con fuerza la mesa cargada con todos los instrumentos, que se vino al suelo con gran estrépito al desparramarse todos los escalpelos y agujas.

–¿Cómo es posible que haya podido ocurrir?

Victor Frankenstein tenía muy claro lo que tenía que hacer. Estaba convencido de que los acontecimientos no sólo habían determinado que llevara adelante la obra de Heinrich Waldman sino también que la perfeccionara. La puerta que conducía al laboratorio del profesor no era una barrera para su fuerza, su decisión ni la poderosa palanca que llevaba. Cuando consiguió desencajar la puerta de sus goznes, Victor penetró en el laboratorio y lo despojó de todo lo que encontró necesario.

Arrancó de la pared el dibujo anatómico de Leonardo de Vinci, descolgó el gráfico chino de acupuntura e hizo un rollo con los dos. Acto seguido se lanzó a la búsqueda del objeto más preciado: el libro de notas de Waldman. Sostuvo largo rato el precioso diario en sus manos y valoró la importancia que tendría aquel momento para él y para las futuras generaciones. Después lo abrió. Gracias al cielo, Waldman no había escrito sus notas en clave como hacían algunos científicos para mantener sus experimentos protegidos de miradas curiosas. La caligrafía de Waldman era decidida, clara y fácil de leer y estaba escrito en alemán, lengua que junto con el francés era la nativa de Victor.

Incapaz de esperar por más tiempo, Victor encendió unas cuantas velas y se sentó ante la mesa del laboratorio dispuesto a leer. Empezada la lectura, se vio incapaz de suspenderla y lo que leyó lo dejó sin aliento. Después de realizar numerosos experimentos, el profesor Waldman había documentado unos resultados jamás conseguidos por científico alguno. Todo estaba contenido en aquel denso diario.

—¡Oh, Dios mío, cuán cerca había llegado! ¡Claro, la energía! Se equivocó con los materiales... necesitaba ayuda exterior. —Cogió el dibujo anatómico de un hombre, plagado de símbolos, fórmulas matemáticas y conexiones eléctricas y lo estudió atentamente, después de lo cual volvió a las notas de Waldman—. Sí: «Experimento fracasado. Reanimación resultante es una malformación. Horrible a la vista. Factor claramente dependiente de los materiales básicos...» —Cerró el diario, se frotó la nariz y se quedó pensativo—. Materiales básicos... sí, claro, pero ¿dónde se pueden conseguir? ¿Y cómo?

No fue difícil para la policía de la ciudad dar con el asesino de Waldman. ¿Cuántos hombres podía haber en Ingolstadt tuertos y con una sola pierna? ¿Hasta dónde podía llegar un hombre de tales características? No sometieron al acusado a algo tan complejo como un proceso. Un magistrado lo encontró culpable en el término de cinco minutos y lo sentenció a ser ahorcado. Entonces, ¿para qué esperar? El día siguiente, un día gris por cierto, el hombre cojo ya estaba junto al patíbulo de la plaza de la ciudad. Había un gran número de espectadores reunidos para arrojarle verduras podridas y abuchearlo. Pero los delirantes gritos del hombre sofocaban el griterío de la muchedumbre.

–No quiero morir… Decid lo que queráis pero, por mucho que digáis, sé muy bien que vosotros, los médicos, matáis a la gente… sois unos asesinos, unos criminales… la personificación del mal… los que merecéis morir sois vosotros… y Dios os castigará… Dios os castigará… ¡os pudriréis todos en el infierno!

Tan ampulosas palabras quedaron ahogadas y sofocadas por la negra capucha con que le cubrieron la cabeza y el dogal que ciñeron alrededor de su cuello. Sin más ceremonia, sin que mediara siquiera una palabra de consuelo ni la oración de un cura, unos agentes de la guardia de la ciudad empujaron al hombre de rasgos duros hacia la horca. Después se oyó el golpe sordo del cuerpo al caer, seguido del impresionante crujido del cuello al fracturarse. La multitud estalló en aclamaciones.

El cadáver permaneció todo el día colgado de la horca levantada en la plaza, pese a que el cielo encapotado cumplió con su amenaza y descargó un enorme chaparrón. Azotado por los vientos de otoño y golpeado por la lluvia, el cadáver se balanceaba en el extremo de la cuerda, inerte pero convertido en símbolo de una extraña amenaza. A consecuencia del tiempo, los curiosos ya se habían retirado a sus casas y la plaza estaba desierta.

Era una noche tan oscura como la antesala del Hades. El silencio quedó roto por el fragoroso estruendo de un trueno y la horca se iluminó con el resplandor de un relámpago. Victor salió de las sombras, donde permanecía a la espera desde hacía unos minutos. Sumido en sus pensamientos, observó con atención al muerto y después sacó un cuchillo del bolsillo del abrigo y cortó con él la cuerda. El cadáver cayó al suelo y Victor lo levantó con grandes esfuerzos. Seguidamente, balanceándose ligeramente, inició el largo y dificultoso camino de regreso al desván donde vivía, con el rígido cadáver del asesino sobre sus hombros. El pulso le latía locamente y el miedo le había dejado la boca seca. Por fortuna, la noche era tan oscura y llovía tanto que ningún curioso reparó en él. Victor Frankenstein necesitaba que absolutamente nadie supiera lo que se disponía a hacer.

La epidemia de viruela seguía haciendo estragos en Ingolstadt ya que no se había podido vacunar a toda la población. Los ciudadanos eran presa del pánico y casi todos permanecían encerrados en sus casas, esperando que la epidemia pasase por delante de su puerta pero sin entrar, al igual que había ocurrido con el pueblo de Moisés en Egipto, según aseguraba el Antiguo Testamento. La mayor parte de las calles estaban desiertas y en ellas sólo se veían los carros cargados con los cadáveres de las víctimas. Los sepultureros trabajaban durante las veinticuatro horas del día y daba la impresión de que eran los únicos habitantes de la ciudad que sacaban provecho de la epidemia. La basura iba acumulándose en las calles y, como no había nadie que se encargara de retirarla ni quemarla, las inmundicias putrefactas convertían la calle en terreno abonado para todo tipo de enfermedades mortales.

El siguiente paso del plan de Victor consistía en someter a reanimación el cadáver robado, si bien se trataba de una tarea abrumadora por su complejidad y que exigía la ayuda de otra persona. Como era lógico, los pensamientos de Victor se volvieron hacia Henry Clerval, ya que estaba seguro de que podía confiarle sus secretos y, además, había estado presente en muchas de las importantes conversaciones que había sostenido con el profesor en aquellas cenas memorables. Así pues, en la noche que siguió a la ejecución del asesino de Waldman, Victor le reveló sus planes a Henry mientras compartían una botella de vino del Rin en una taberna.

–¡Vamos, Henry! –lo instó Victor–, colabora conmigo, te aseguro que necesito tu ayuda.

Henry sacudió la cabeza cubierta de rizos al tiempo que sus ojos se negaban a sostener la mirada de su amigo.

–No, Victor, lo siento pero no puedo hacerlo.

–Lo que ocurre es que no quieres. ¿De qué tienes miedo?

–¡De todo! ¿Qué te figuras? Si las autoridades descubrieran...

Pero Victor negó enérgicamente con la cabeza.

–Mira, nadie tiene por qué enterarse. Cuento con los materiales necesarios y estoy en posesión de los diarios de Waldman. Entre los dos sabemos más cosas que todos los que componen el equipo de Krempe juntos.

La sorpresa dejó boquiabierto a Henry.

–¿Has robado los diarios de Waldman?

Victor cerró los labios con fuerza. Luego de una pausa dijo:

–Hemos contraído una deuda con él y debemos finalizar su obra. Él iba un paso por delante de todos.

–Pero él no quería esto –se limitó a decir Henry.

Victor se inclinó hacia adelante y miró fijamente a su amigo.

–Se veía incapaz de llevarlo a cabo –dijo–, lo que es muy diferente.

Pero Henry no parecía convencido.

–No, Victor, Waldman había previsto lo que tú te niegas a ver. No es posible hacer trampas con la muerte.

–Henry, ¿cómo podrás mirar a tus hijos a los ojos y decirles que tuviste la posibilidad de salvar a las personas que más querías, que habrías podido infundirles nueva vida, pero que tuviste miedo de hacerlo?

–Aunque fuera posible...

–Estoy seguro de que lo es –lo interrumpió Victor.

–Aunque fuera posible –repitió Henry con seguridad–, y aun suponiendo que tuvieras el derecho, que en realidad no tienes, de tomar esta decisión en nombre de los demás, ¿no te parece que el precio que deberías pagar sería excesivamente alto? Waldman sabía que si conseguía eliminar la frontera entre la vida y la muerte, el resultado sólo podía ser la abominación. –La expresión de Henry reflejaba una gran tensión y su mirada denotaba preocupación y miedo.

Pero también Victor estaba serio.

–Pues a mí me parece que si existe una posibilidad de vencer la muerte y la enfermedad, de conseguir que todos los hombres de la tierra tengan la oportunidad de vivir, llevar una vida saludable, lograr que las personas que se quieren puedan estar siempre juntas... vale la pena correr el riesgo. De todos modos, es algo que no sabremos hasta que hagamos la prueba.

Henry negó con la cabeza.

–Ésta es la diferencia que existe entre tú y yo, Victor: yo prefiero no saberlo.

Victor frunció el entrecejo ante la renuencia de Henry. ¿Acaso no entendía que era imposible progresar si uno se dejaba

arredrar por la cobardía, ya fuera moral o física? Sólo los que se
atrevían a buscar lo infinito podían conseguir lo infinito. Se
puso de pie.

—Bueno, entonces lo intentaré solo.

Victor abandonó la taberna y se perdió en la noche.

Era mejor así. Victor quedó plenamente convencido de ello
cuando volvió al desván y vio el cadáver del asesino tendido en
la losa y cubierto con una sábana. Mejor hacerlo solo, mejor
que Henry Clerval se hubiera retirado vencido por los recelos
porque, ¿quién podía compartir la pasión de sus convicciones?
Tal vez Waldman, pero había muerto y, además, había retroce-
dido cuando ya se encontraba en el mismo umbral del descubrimiento, atormentado por escrúpulos de conciencia. ¿Qué tenía
que ver la conciencia cuando de lo que se trataba era de conce-
der aquel don inestimable a la raza humana?

No, el único que podía encargarse de aquella misión era Víctor Frankenstein. ¡Qué irónico resultaba, sin embargo, qué burla del destino que fuera precisamente el hombre que había arrebatado la vida a Waldman quien sirviese para demostrar las
teorías de éste! Si por lo menos no hubiera sido un cuerpo tan
defectuoso... un hombre con un solo ojo, una sola pierna, víctima de una enfermedad terrible. Pese a todo, cuanto mayores
fueran los obstáculos, más satisfactorio sería el triunfo.

Victor levantó el borde inferior de la sábana a fin de examinar el muñón de la pierna amputada. Habría que encontrar otro
miembro de repuesto, cercenar el muñón e injertar la pierna
nueva al tronco del cadáver. Levantó totalmente la sábana y observó de cerca la cara del muerto. Pese a que la muerte depara
siempre una paz eterna, el hombre de rasgos duros seguía mostrando una expresión indignada.

Tenía el rostro cubierto de cicatrices y pústulas sifilíticas,
mientras que el ojo ciego estaba hundido en la cuenca. También
el brazo izquierdo mostraba signos de enfermedad, lo que de-
mostraba que habría que encontrar otro nuevo. Sería necesario
un gran trabajo preparatorio. Tras mojar un punzón en tinta,
Victor hizo una marca en la zona de la pierna amputada por

donde había que cortar y después señaló los puntos de incisión en el rostro enfermo del cadáver, alrededor del ojo ciego y en torno al hombro izquierdo.

Pero lo más importante era saber en qué condiciones estaba el cerebro y, por tanto, debía averiguarlo.

Victor cogió unas tijeras y comenzó a cortar el cabello del asesino. Era áspero y grueso, y lo sentía sorprendentemente vivo entre sus dedos. Cuando ya tuvo gran parte del cabello esparcido por el suelo del laboratorio, sacudió con la mano los restos, preparó espuma de jabón en un cuenco a fin de afeitar la cabeza y la enjabonó. Con un instrumento quirúrgico de hoja muy cortante, rasuró la cabeza hasta dejarla totalmente calva. Ahora veía claramente el lugar donde debía practicar la incisión, por lo que trazó un círculo alrededor del cráneo, tal como Waldman solía hacer en la facultad.

Victor engrasó después la sierra y, con suma precaución, aserró el cráneo y lo abrió para examinar el cerebro. Encontró una masa amorfa, afectada por la enfermedad, absolutamente inútil, por lo que la retiró de la caja craneal y la arrojó al cubo de la basura.

Ahora había que ocuparse de los miembros. Victor dio una vuelta en torno a la mesa, observó el tronco por la parte de la pierna derecha y se sirvió de la sierra para eliminar la zona desechada. Pasó después a aserrar con energía la articulación del hombro izquierdo, hasta que cedió y pudo separar del cuerpo el brazo enfermo. Tras arrojar también el brazo al cubo de los desperdicios, se dejó caer en la mesa. Estaba agotado. Pero se sentía satisfecho, puesto que había dado el primer paso. Lo que quedaba del cadáver estaba libre de enfermedad y listo para que se le hicieran los trasplantes necesarios.

Con todo, aún había que encontrar los miembros a trasplantar.

Victor no tenía muchas opciones. El único sitio donde podía encontrar miembros humanos era el cementerio. Amparado en la oscuridad y armado con una palanca, Victor se las arregló para abrir las puertas de un panteón que mostraba signos de un entierro reciente. Estaba nervioso y tuvo que armarse de valor para retirar las cadenas que lo mantenían cerrado. Le costaba aceptar que él, Victor Frankenstein, de Ginebra, licenciado en medicina y perteneciente a una distinguida familia, se había convertido en saqueador de tumbas.

—No son más que materia prima —murmuró para sí, aunque en voz alta—. Eso es todo. Sólo tejido para ser reutilizado.

Tras entrar en el panteón, miró a su alrededor. Sí, el ataúd era nuevo y, por tanto, era indudable que los miembros del cadáver estarían bastante frescos. Aspiró profundamente, separó un poco la tapadera del ataúd y atisbó en su interior. El sobresalto le obligó a dar un paso atrás. El cadáver tenía los ojos cerrados y la mandíbula vendada, según correspondía a las prácticas habituales entre los sepultureros, pero no cabía duda de que se trataba del cuerpo de Jacob Heinrich Waldman.

Victor cerró los ojos por un instante, incapaz de soportar aquella visión, pero ya era demasiado tarde para volverse atrás.

—La mejor —dijo en voz alta—, lo que significa el mejor cerebro... Perdóneme usted, profesor...

Dos horas más tarde, el cadáver de Waldman estaba tendido en la mesa del laboratorio y tenía la cabeza afeitada. Victor trazó las marcas en el cráneo y colocó el escalpelo en los lugares marcados para la incisión. No le tembló la mano y la tapa del cráneo cedió fácilmente dejando al descubierto el cerebro de Waldman en toda su magnitud y perfección. Victor sintió que había una especie de justicia poética en el hecho de que el cerebro de Waldman fuese reanimado como parte del plan para beneficiar al mundo que había concebido su discípulo.

Después de retirar intacto el cerebro, Victor lo envolvió en un trozo de tela y lo colocó con mucho cuidado en un cofre lleno de hielo. Pronto cobraría vida de nuevo, estaba plenamente convencido de ello.

Las atentas lecturas de los diarios de Waldman y las anotaciones que tomaba de libros arcanos así como las notas que añadía a los textos de su profesor, mantenían ocupado a Victor hasta altas horas de la madrugada. Se proponía hacer una cosa muy arriesgada, estaba preparándose para un experimento importantísimo basado en cosas que él mismo había hecho y leído y en todo lo que Waldman había hecho y registrado antes que él. La llama de la vela empezaba a oscilar y Victor seguía sentado ante sus muestras cotejando las notas de Waldman. Recortó por fin las páginas de los libros de éste y, con grandes precauciones, las pegó en su propio diario, después de lo cual leyó de nuevo sus conclusiones.

—«Así pues —leyó en voz alta—, las descargas eléctricas deben proceder de más de una fuente. La energía galvánica por sí sola es insuficiente. Los órganos trasplantados deben contar con los nutrientes y el calor designados y, en caso necesario, con más energía directa.»

Victor cerró el diario y se puso a meditar. Nutrientes, calor, más energía directa. Energía directa quería decir descargas de electricidad aportadas directamente al cerebro, músculos y miembros... ondas poderosas introducidas en los mismos tejidos...

¡Sí, él tenía una idea! Una idea extraña, tal vez nunca puesta a prueba, pero que podía funcionar. Sabía de dónde podía sacar energía directa.

Victor cogió un trozo de carne sanguinolenta y la puso sobre un tajo de carnicero. Cogió la misma cuchilla utilizada con el cadáver de Schiller y se dispuso a partir el trozo de carne por la mitad.

—Más energía directa —dijo en voz alta al tiempo que levantaba la vista y la fijaba en la bolsa impermeable que colgaba de un gancho suspendido del techo. Una vez que hubo cortado la carne, la metió dentro de la bolsa. Al instante ésta comenzó a sacudirse. Lo que pudiera haber dentro de ella se había arrojado sobre la carne fresca con repulsiva y frenética avidez, y ahora de ella salían unos ruidos que producían náuseas.

—Energía —murmuró Victor en voz baja—, energía...

Por la mañana muy temprano, Victor estaba inclinado sobre su cuaderno de apuntes. Estaba pálido y demacrado y no paraba un momento de garrapatear notas junto a una reproducción de un cuerpo humano. Al amanecer Henry había golpeado a su puerta y él lo había dejado entrar, aunque a regañadientes, pero desde entonces no le había prestado la menor atención.

Henry Clerval no hacía más que formularse preguntas y sacudir la cabeza con aire dubitativo. Apenas reconocía a su amigo. ¿Qué había sido del Victor Frankenstein que conocía? ¿Cuánto tiempo hacía que no se afeitaba ni se bañaba ni se cambiaba de ropa? ¡Victor, que siempre había sido pulcro y remilgado como un gato, ahora iba sin afeitar, despeinado, sucio y andrajoso! La camisa que llevaba, antes de un blanco deslumbrante, ahora presentaba un color grisáceo en el cuello y la pechera. Y en cuanto a la casaca y los pantalones, en otro tiempo escrupulosamente limpios y entallados, ahora estaban llenos de manchas y colgaban de su figura huesuda dándole la apariencia de un espantapájaros. ¿Qué comía Victor? Apenas nada a juzgar por su delgadez. Lo más probable era que se alimentase únicamente de pan y queso, suponiendo que lo hiciera.

Henry paseó los ojos por los estantes del desván, ahora atestados de tarros dentro de los cuales había animales y órganos flotando en formaldehído. En el desván reinaba una insoportable fetidez, pero, aunque el olor era sofocante, Victor no parecía percibirlo. Había otras cosas —bolsas y recipientes— que no soportaban un examen detenido. Del techo colgaba una bolsa que no paraba de agitarse y que a Henry le producía náuseas. ¿Qué demonios podía haber en aquel saco? Prefería no saberlo.

—Mira, Victor, hay que poner coto a todo esto. En las últimas semanas nadie te ha visto el pelo. Te has saltado todas las clases.

—He tenido problemas —murmuró Victor sin mostrar interés por sus palabras.

Su indiferencia disgustó a Henry.

—No me trates como a un imbécil, por favor —le rogó.

Victor levantó los ojos de sus notas.

—Henry, vete, ¿quieres?

Clerval, ofendido, se levantó y se dispuso a marcharse.

—Mira, quería decirte otra cosa.

—¿Qué? —preguntó Victor apartando los ojos de sus papeles y un poco sorprendido por la inquietud que había percibido en la voz de su amigo.

—¿Te acuerdas de Schiller?

—¿Cómo quieres que lo olvide?

—Pues anoche murió —dijo Henry con tono de tristeza—. Se cree que de cólera.

¿Cólera? ¿En Ingolstadt? Victor levantó los ojos de sus notas, pero Henry ya se había marchado.

Se acordaba muy bien de Schiller, un tipo alto y fornido, uno de aquellos con mucho músculo y muy poco cerebro. ¿Qué había dicho de él Henry? ¡Ah, sí! Que era el «florón del campo de juegos». Efectivamente debía de serlo, con aquellos brazos y piernas tan poderosos. Brazos y piernas, brazos y piernas...

El depósito de cadáveres estaba repleto. Había cuerpos por todas partes y las mujeres que se encargaban de la limpieza estaban ocupadas en robarles todo lo que llevaban en los bolsillos. No hicieron caso alguno de Frankenstein cuando entró en la sala y comenzó a examinarla. El olor que reinaba allí era repugnante, pero Victor apenas lo notaba.

En un rincón había un cadáver enorme y musculoso. Victor se acercó a él y le levantó el fornido brazo izquierdo, en el que se apreciaban las marcas dejadas por el cólera. Pero los músculos del cadáver estaban intactos. Observó la pierna izquierda y vio que estaba perfecta. Sacó un cuchillo de carnicero, que fulguró un momento, y volvió a bajarlo.

Mientras le amputaba los miembros, Victor no miró la cara de Schiller sino únicamente su cuerpo.

A centenares de kilómetros de la epidemia de Ingolstadt y del laboratorio de Victor tenía lugar otra desgracia, una desgracia cuyo fondo era el magnífico escenario formado por las montañas y un cielo azul y sin una sola nube. Justine Moritz corría detrás de Elizabeth e intentaba atraparla antes de que rompiera las preciosas cartas que Victor le había enviado. Pero Elizabeth corría más deprisa, con la amplia falda y la cabellera ondeando al viento como si fueran banderas, siguiendo la orilla del lago, mientras iba rompiendo las cartas y las dejaba reducidas a inútiles trozos de papel que la brisa se llevaba.

–¡No lo entiendo! –protestaba Justine–. ¡Si nos leías las cartas todas las semanas...!

A Elizabeth le temblaron los labios.

–Era yo quien las escribía. Victor hace meses que no envía ninguna.

–¡Elizabeth! –exclamó Justine, atónita.

Ahora Elizabeth se volvió hacia Justine y ésta pudo ver el profundo sufrimiento que reflejaban sus enormes ojos negros. Desvió la mirada y contempló las lejanas montañas que la separaban de Victor.

–Le ha ocurrido algo horrible. Lo presiento. Al principio no estaba del todo segura, aunque sabía que debía ocultárselo a su padre. Corren rumores de que hay una epidemia de cólera... –El llanto le impidió continuar.

–Yo me ocuparé de papá y de Willie. Tú ve a Ingolstadt –dijo Justine con voz segura, resuelta y enérgica.

Elizabeth negó con un gesto de cabeza.

–No, no puede ser. Él no quiere que vaya. Seguro que ya tiene a otra...

Justine reaccionó al oír aquellas palabras y, cogiendo a Elizabeth por el hombro, la obligó a volverse y a mirarla a la cara.

–Si fuera mío yo ya lo habría dejado. Pero él no es mío, sino tuyo. Tienes que correr a su lado.

Por vez primera en su vida Elizabeth advirtió el alcance de los sentimientos que Justine abrigaba por Victor.

–¡Oh, Justine, yo no sabía lo que significaba Victor para ti! –exclamó.

Ahora le tocaba a Justine volver la cabeza.

–No digas nada, Elizabeth –le rogó llena de dignidad–, limítate a buscarlo y a traerlo a casa.

De pronto el rostro de Elizabeth reflejó una gran decisión.

–Lo encontraré. ¡He de encontrarlo!

Las dos mujeres se abrazaron afectuosamente y, sin añadir nada más, encaminaron sus pasos hacia la casa. Ahora ambas sabían perfectamente qué debían hacer.

Capítulo 9

EL ALBA DE LA CREACIÓN

El ámbito de la existencia de Victor iba reduciéndose día a día hasta que su vida quedó limitada a su trabajo en el laboratorio. Se olvidó de todo y de todos los que hasta entonces habían formado parte de su mundo exterior, e incluso dejó de escribir cartas a Elizabeth y al resto de su familia porque debía ocultarles la verdad de lo que estaba haciendo. Poco a poco Ginebra se convirtió en un recuerdo amable pero distante, algo así como una de esas maravillosas escenas encerradas en un huevo de Pascua hecho con azúcar, mientras que la casa en la que Victor había pasado su infancia se hacía cada vez más pequeña y se alejaba en sus recuerdos hasta quedar reducida a una imagen remota y antiquísima.

Dejó de asistir a clase, pues para él ya no tenían ninguna importancia aquellos divertidos duelos verbales que en otro tiempo mantenía con el profesor Krempe ni su amistad con Henry Clerval y demás amigos de la universidad. Su trabajo, y sólo su trabajo, ocupaba todos los minutos de su vida.

Ni siquiera se le había ocurrido preguntarse dónde estaría la propietaria ni por qué hacía tantos días que no la veía ni oía moverse por la casa cuando lo normal era que fuese a llamar a su puerta con una taza de té o un exquisito *bratwurst*. En realidad, desconsolada por la muerte de *Putzi* y temiendo por su propia vida a causa de la epidemia que asolaba Ingolstadt, Frau Brach había decidido trasladarse a vivir al campo. La ausencia de la mujer, que Victor no había advertido, le permitió subir al desván los artilugios más voluminosos y complicados de su equipo sin atraer la curiosidad de nadie.

Ocho años atrás, en ocasión de la muerte de su madre, Victor se había propuesto secretamente descubrir la inmortalidad y soñaba con que las personas que amaba pudiesen vivir eternamente. Con la mejor de las intenciones, Victor Frankenstein soñaba con el día en que pudiera regalar al mundo el preciado don de la inmortalidad y, a medida que los años pasaban, aquel deseo se convertía en esperanza, la esperanza en ambición y la ambición en decisión, hasta que llegó un día en que esta última ya no fue más que obsesión, una obsesión que le robaba el sosiego. La búsqueda de un método de reanimación se había convertido en un fin en sí misma y lo empujaba a seguir adelante y a no dar ninguna importancia a nada que pudiese distraerlo de la misión que se había propuesto.

Tal vez si Henry Clerval hubiese aceptado su ofrecimiento y se hubiera avenido a trabajar con él, la obsesión de Victor no habría tomado con tanta fuerza posesión de su mente. Pero, solo en su desván, con los esquemas anatómicos y sus diarios como única compañía, por no hablar, además, de sus aparatos eléctricos, de su equipo de química y biología, de sus agujas de acupuntura, de unos cuantos miembros amputados, del cerebro de su profesor y del cadáver de un asesino, no era de extrañar que Victor se hubiera deslizado, casi sin darse cuenta, hasta las fronteras que separan el imperio de la razón del oscuro reino en que la mente racional pierde toda autoridad.

Todo científico es, de por sí, desapasionado, y tiene el hábito de cuestionarlo todo, de observar, anotar y experimentar, aunque siempre con una mentalidad abierta. No es propio de un científico perder el norte y aferrarse a una sola idea con exclusión de todas las demás. Pero en Victor se había encendido un fuego peligroso que había inflamado su cerebro y arrasado por completo su objetividad científica. ¿Estaba loco quizá? No, no lo estaba, al menos de la manera que normalmente definimos la locura, pero sí había perdido el sentido de la ecuanimidad racional y la capacidad de dar un paso atrás para detenerse a repensar las cosas. Estaba a punto de perder el control sobre sí mismo.

Los elevados principios morales y la perseverancia de Victor, combinados con su decisión de crear vida, se habían aglutinado de manera parecida a como ocurre en los experimentos químicos y se habían plasmado en fanatismo. Estaba en el buen camino, de esto estaba seguro. Sabía que no tardaría en acabar con la muerte. No se interrogaba acerca de la licitud o ilicitud de su empresa, tampoco le pasaba por la cabeza que la muerte pudiera ser el último estado natural, que el final de la vida se equilibraba con el inicio de la misma y que morir era un aditamento necesario de la vida o –lo que es más importante– que sin la muerte la vida se convertiría en un marasmo, en algo inalterable, y que de bien poco habría servido a las nuevas generaciones nacer en un planeta ya excesivamente poblado de seres humanos.

Ni un solo momento dudó de que estaba haciendo un bien a la humanidad. Sin que se apercibiera de ello, su bondad intrínseca estaba a punto de traicionarlo. De lo único que era consciente era de la acuciante necesidad de crear vida, y ni por un instante se detuvo a pensar que se había arrogado unas prerrogativas que sólo pertenecían a los dioses, que reservan sus peores castigos a aquellos mortales que se atreven a demostrar tal arrogancia.

Victor se aventuraba a abandonar su estudio sólo para encargar y adquirir los complicados artilugios que le hacían falta; daba instrucciones precisas acerca de la manera de construirlos, de su forma y tamaño, de los materiales con que debían estar hechos, detalles, todos ellos, basados en las pormenorizadas notas de su diario. En todos los meses que llevaba en Ingolstadt viviendo frugalmente y gastando muy poco, Victor no había recurrido a la carta de crédito bancario que su padre le había dado; sin embargo ahora se había lanzado a gastar aquel dinero a espuertas y a pagar generosamente a los operarios que realizaban sus proyectos al pie de la letra sin hacer preguntas.

En la herrería, el herrero y su aprendiz ya estaban a punto de poner término a la tarea encargada. Se encontraba dando forma a martillazos a una enorme plancha de cobre cuando llegó

Victor. Aquellos operarios no tenían la menor idea de la finalidad de lo que estaban haciendo; si lo hubieran sabido, sin duda se habrían negado a cooperar y habrían abandonado horrorizados tales abominaciones. Pero como no estaban al corriente, saludaron a Victor con el entusiasmo con que los comerciantes acogen a un cliente con los bolsillos bien provistos y que sabe lo que quiere. Acariciando la superficie de una pieza terminada, Victor hizo un gesto afirmativo con la cabeza.

–Exacto, muy bien –dijo–. Pero tiene que ser más resistente.

Prácticamente cada día los operarios subían trabajosamente las escaleras que conducían al desván de Victor para trasladar a su laboratorio un gran número de piezas. Victor había hecho una lista con los objetos que necesitaba y los iba tachando a medida que los adquiría. Tenía ya las pilas voltaicas, un tipo primitivo de batería que proporcionaba un flujo continuo de corriente eléctrica. En el fondo de la pila había puesto unos discos de cobre –que producían una carga positiva–, cubiertos por unos discos de zinc –que producían una carga negativa– que a su vez estaban cubiertos por unos discos de cartón impregnados de una solución salina. La pila estaba formada por diversas capas de los tres materiales. Tanto de la parte inferior como de la superior de las pilas salían unos cables que, al establecer contacto, cerraban el circuito y hacían que la corriente eléctrica fluyera de forma ininterrumpida.

Había ruedas para generar vapor, cubetas y retortas de vidrio, una gran cantidad de cadenas metálicas recién forjadas, trozos de cuerda de cinco centímetros de diámetro y cables de todos los grosores y medidas. Había también una enorme parrilla metálica, fuerte y pesada. También un tajo y aparejos y una polea sujeta a la pared, conectada a unos rieles que recorrían el techo a lo largo de todo el desván. Del techo colgaba una gran anilla de hierro que servía para sostener una serie de botellas con diversas sustancias químicas.

Victor también había mandado fabricar una máquina especial de inducción para almacenar cargas de electricidad estática; se trataba de un montaje de rueda y polea accionado a mano, con cepillos de alambre que soltaban chispas y que creaban cargas de electricidad dinámica, las multiplicaban muchas veces y almacenaban las cargas potenciadas en dos botellas de Leiden incorporadas.

Hicieron falta cuatro hombres para trasladar la enorme tina de bronce y, más tarde, la colosal pieza de cobre ya acabada. Cuando el aparato estuvo totalmente montado, Victor se sintió ansioso por poner manos a la obra de inmediato. Conservaba el cadáver y también el cerebro de Waldman a una temperatura extremadamente baja, pero sabía que no podría guardarlos mucho tiempo más. En cuanto al brazo y la pierna que había cercenado, Victor los había conectado a unas baterías que los mantenían estimulados mediante impulsos eléctricos, del mismo modo que había procedido Waldman con el brazo del chimpancé, si bien se trataba de una solución temporal.

Antes de intentar la reanimación, lo primero que debía hacer era reconstruir el cuerpo, completarlo. Tenía preparadas fuentes de energía y calor. El calor es sinónimo de vida de la misma manera que el frío lo es de muerte. El cuerpo del asesino cobraría vida cuando pasara de la temperatura de congelación a la temperatura vital, lo que se conseguiría mediante la aplicación de calor. La energía eléctrica estimularía los músculos y el sistema nervioso. Sin embargo, aún faltaba un ingrediente vital: energía, calor, sustancias nutrientes... pero ¿qué sustancias nutrientes? ¿Qué sustancia vital podía alimentar y nutrir el tejido muerto y devolverle la vida?

–¿Qué puede ser? ¿Qué puede ser? ¿Qué puede ser? –se preguntó Victor en voz alta. Se tiró de los cabellos y se golpeó la frente con el puño cerrado, pues no atinaba a encontrar la respuesta. ¿Cuál era la sustancia nutriente? Ni en las notas de Waldman ni en todo lo que había leído se hablaba de ello–. ¿Cuál es el fluido biogénico apropiado?

En ciencia hay algo que se conoce con el nombre de «accidente feliz». Por ejemplo: se deja olvidada toda una noche una cubeta con determinadas sustancias químicas y, como resultado, se produce una reacción inadecuada. Sin embargo, el error conduce a un descubrimiento nuevo y valioso. Un matemático se sienta debajo de un árbol y de él se desprende una manzana que le da en la cabeza, con lo que toma cuerpo la Ley de la Gravedad de Newton.

Victor Frankenstein tuvo la suerte de sufrir uno de estos accidentes felices. Incapaz de pensar con claridad debido al estado de agotamiento en que se encontraba, se acercó a una ventana y la abrió para que entrara un poco de aire; sin prestar atención, echó un vistazo a la calle.

Y en ese momento la idea surgió como un relámpago. Vio a una mujer embarazada que iba caminando lentamente calle abajo y que con una mano se oprimía la región lumbar. A su lado, su marido, solícito y atento, la ayudaba a proseguir su camino.

Victor tuvo de pronto una visión, ya que su imaginación penetró en el vientre hinchado de la mujer y vio claramente el niño que flotaba allí dentro, en un cálido mar de sustancias nutrientes, creciendo y desarrollándose, adquiriendo forma humana en el interior de la placenta llena de líquido amniótico.

«¡Ya está! –pensó–. Ésta es la solución biogénica. ¡Claro, el líquido amniótico!»

Y sabía dónde podía encontrarlo.

A pesar de la epidemia de cólera que asolaba la ciudad y de que era noche cerrada, la sala de partos del hospital de beneficencia seguía funcionando. Los nacimientos de los seres humanos no saben de relojes y no hay epidemia que pueda impedir que ocurran.

En la sala había una mujer que estaba a punto de dar a luz. Entre gritos de dolor, rompió aguas y el líquido cayó como una cascada dentro de un cubo de acero. Una de las ayudantes lo retiró bruscamente y se perdió con él tras un ángulo del pasillo. Victor aguardaba apostado en la sombra. Una cantidad de dinero cambió de manos y el cubo con el líquido pasó a ser de su propiedad.

Victor volvió corriendo a su casa y subió en un momento las escaleras que conducían al desván. Debía procesar y someter a prueba aquel precioso líquido amniótico mientras todavía estaba fresco. Tras hervirlo, lo redujo a una mezcla espesa y viscosa que sometió a examen. Apenas la sustancia se hubo enfriado un poco, llenó con ella un cazo de metal y lo llevó donde tenía un sapo muerto pero palpitante en una caja de Petri de vidrio, atravesada por agujas conectadas a una fuente de corriente eléctrica.

Tras verter el líquido en un embudo, lo hizo penetrar en la carne del sapo a través del tubo. Mientras iba trabajando no paraba de murmurar palabras por lo bajo y de revisar todos los pasos de la operación para consignarlos posteriormente en su diario.

–El líquido amniótico a la densidad y temperatura óptimas... agujas de cobre para acupuntura hincadas en la carne en todos los puntos energéticos clave... a fin de transmitir un voltaje máximo durante el período de tiempo especificado. Sí, muy bien. Ahora, una vez retirada la corriente, la animación del sujeto debería mantenerse, aunque independientemente de fuentes de energía exteriores.

Interrumpió el fluido eléctrico retirando el conector de la corriente. Se produjo una chispa y, después, nada.

Se inclinó sobre la caja de Petri y buscó con avidez el menor signo de vida.

–¡Venga, venga!

De pronto las patas traseras del animal se distendieron en una sacudida; había dado una patada, una verdadera patada. Victor lanzó una carcajada de triunfo. Para su inmensa alegría, el sapo había cobrado vida. Ahora vivía sin necesidad de estimulación eléctrica. El líquido biogénico había dado resultado.

–¡Sí, era lo que me hacía falta! ¡Ésta es la combinación apropiada! ¡Sí, el líquido amniótico! ¡Ha actuado! ¡Era lo que necesitaba! ¡Esto era lo que me faltaba! ¡Ha dado resultado...!

Apenas podía reprimir su excitación. Habría comenzado a dar saltos por el desván, habría abierto la ventana y anunciado la buena nueva a toda la población de Ingolstadt. Pero no hizo ninguna de esas cosas, sino que procedió a registrar todos aquellos resultados en su diario, razón por la cual no pudo ver que las patas traseras del sapo, a sus espaldas, se doblaban de pronto y se distendían en una fuerte y poderosa sacudida capaz de hacer pedazos la tapadera de la caja de Petri.

¿Habría establecido alguna relación, en caso de haberlo visto, entre la potencia de la sacudida del sapo resucitado y la fuerza con que el brazo del chimpancé había apretado la mano de Henry en el laboratorio de Waldman? ¿Habría formulado la hipótesis de que, quizá, el sujeto reanimado adquiriría una fuerza física desmesurada? ¿No se habría preguntado si podía dotarlo de algo más? Pero como no lo vio, no pudo establecer aquella relación ni hacerse tampoco todas aquellas preguntas.

El tiempo se estaba agotando. Si había que hacerlo, tenía que ser inmediatamente. En menos de una hora podía estar de vuelta del hospital con más fluido biogénico, con lo que quedarían ultimados todos los preparativos.

Era muy tarde y Victor Frankenstein seguía trabajando. La enorme tina de cobre que el herrero había construido con tantas precauciones estaba ahora llena de líquido amniótico ya procesado. Hundió la mano en él y estudió su consistencia y su olor. Era preciso que todo estuviera perfectamente a punto. No era mera coincidencia que la tina tuviese forma humana. En realidad, se trataba de un sarcófago que albergaría un cuerpo de la misma manera que hace el útero con el feto, rodeándolo de líquido nutriente. El cobre, el mejor conductor de la electricidad conocido entonces, contribuiría a producir la energía necesaria.

Ahora había que ensamblar las diferentes piezas para formar el hombre.

Victor estudiaba ahora las diferentes reacciones del brazo amputado de Schiller, que estaba sujeto por unas bandas metálicas conectadas mediante cables a las pilas voltaicas. Al accionar el conmutador, el brazo comenzó a moverse y a retorcerse bajo el impulso de la corriente eléctrica. La mano se cerró en un puño y los fuertes músculos del antebrazo se flexionaron. De pronto, la banda metálica se rompió. Al parecer, el aumento de la fuerza demostrada por el brazo del chimpancé y por las patas del sapo era un hecho que se había repetido con el brazo de Schiller. La energía eléctrica se había transformado en fuerza muscular, pero Victor no valoró el significado del aumento de ésta. De lo único que se dio cuenta fue de que el brazo todavía era viable desde el punto de vista biológico y de que seguía reaccionando. Sin embargo, ¿durante cuánto tiempo? Arrancó un pequeño jirón de tejido y lo echó en la solución. Con el corazón encogido pudo comprobar que el tejido se desintegraba. No tenía buen aspecto, la carne había empezado a descomponerse, los tejidos estaban degradándose rápidamente, dentro de unos momentos el brazo sería completamente inservible. Miró febrilmente a su enemigo, el reloj, y tomó una decisión repentina. En su diario, Victor garrapateó: «Defectuoso, pero tengo que usarlo. No hay tiempo de sustituirlo. Los demás órganos no pueden esperar.»

Tras coger una aguja curvada de suturar enhebrada con gruesa cuerda de tripa, Victor cosió burdamente el brazo al torso del cadáver procurando dejar la cuerda bien tirante. Los puntos eran enormes y la carne quedaba horriblemente fruncida. Sin embargo, no había tiempo para la estética ni para hacer puntos pequeños y bien hechos, como si fuera un bordado. Trabajaba deprisa, librando una carrera contra el tiempo, y los puntos eran enormes y la cicatriz resultante extremadamente visible.

Desde la calle llegaba mucho alboroto, como si hubiera cundido el pánico. Pero Victor no oía nada y continuaba trabajando sin descanso, cosiendo la pierna al torso, encajando el cerebro en el cráneo y cosiendo nuevamente el cuero cabelludo con gruesas líneas de puntos alrededor de la cabeza y de las cuencas de los ojos a través de la cara siguiendo la mandíbula. Esos puntos también eran grandes e irregulares.

Por fin esta parte del trabajo quedó terminada. El cuerpo ya había quedado montado, de forma bastante tosca y grosera, pero por lo menos ya estaba cosido y formaba una sola pieza. El brazo y la pierna que Victor había cogido del cuerpo muerto de Schiller eran grotescamente desproporcionados comparados con el tronco, más pequeño y delgado, del asesino de Waldman, pero lo único que contaba para Victor era que funcionasen.

Ahora aquella criatura estaba colocada sobre un montón de cajas de embalar, cubierta con burda arpillera, y parecía el Cristo de la *Piedad* de Miguel Ángel. En la mesa del laboratorio había varias cubetas con fluido de batería, soluciones salinas y otros líquidos, que burbujeaban y goteaban. Victor dirigió una mirada a las botellas llenas de líquidos que se balanceaban en el anillo de hierro que colgaba del techo. Unos hilos conectaban las botellas con las agujas hincadas en diferentes partes del cuerpo. Retiró las grapas que mantenían los líquidos dentro de los tubos intravenosos a fin de que pudieran penetrar en el cuerpo en proporciones pequeñas pero constantes. Una neblina formada por un gas químico flotaba en el aire como una miasma.

Ahora sólo era cuestión de horas. El goteo iría penetrando

lentamente en el cuerpo e impregnando los tejidos muertos con los productos químicos necesarios. Cuando todas las botellas estuvieran vacías, Victor podría finalizar su trabajo. Hasta entonces lo único que podía hacer era esperar. El repentino fulgor de un relámpago iluminó el desván casi en penumbras. Vencido por el agotamiento, Victor Frankenstein sintió que se le distendían los músculos y quedó sumido en un profundo sueño.

El goteo intravenoso había terminado y la creación de Victor había absorbido completamente los líquidos que aportarían a sus tejidos los electrólitos y la rehidratación necesarios. Tenues y grisáceos rayos de sol entraban por la ventana y Victor Frankenstein continuaba durmiendo como un tronco a los pies de la Criatura, en el mismo sitio donde la noche anterior había caído rendido por el sueño. Hacía muchas horas que dormía.

En la calle reinaba una extraordinaria conmoción: gritos, ruidos de cascos de caballos al golpear el empedrado, alaridos, lamentos. Pero Victor no se movía; estaba muerto para el mundo.

De pronto, un puño golpeó con fuerza la puerta del desván. Victor se levantó y durante unos momentos tuvo que hacer grandes esfuerzos para recordar dónde estaba y cómo había llegado hasta allí, pero en cuanto vio al hombre confeccionado a base de retazos, repantingado sobre las cajas, a su mente acudió el recuerdo de lo ocurrido la noche anterior.

Se dirigió tambaleante hacia su creación y la cubrió con la arpillera para ocultarla de la vista. ¿Cuánto hacía que dormía? Empezaban a llegar a sus oídos los ruidos que venían de la calle: el retumbar de los carros, los golpes de los cascos de los caballos, el sonido de pasos en el empedrado. ¿Qué ocurría en Ingolstadt? ¿Quién demonios podía estar llamando a su puerta nada menos que en aquel momento?

Henry Clerval estaba en lo alto de la escalera de la pensión y golpeaba furiosamente la puerta tratando de que Victor respondiera. En la ciudad reinaba un pánico que crecía por momentos. Cada vez se hacía más difícil, e incluso peligroso, moverse por las calles. No había tiempo que perder. «¡Venga, hombre, maldita sea, abre la puerta de una vez!», pensaba Henry.

Victor se acercó corriendo a la puerta del interior del desván, ahora abierta. Gracias al cielo, la puerta que daba al exterior estaba bien cerrada y echado el cerrojo. Dadas las circunstancias, no podía correr el riesgo de que entrara nadie. De pronto, oyó la voz de Henry que le gritaba:

—¡Victor, abre!

Desde el otro lado de la puerta cerrada a cal y canto, Victor respondió:

—¿Qué quieres?

En la voz de Henry se advertía auténtico pánico.

—¡Es el cólera! ¡La epidemia se extiende cada vez más! Se han suspendido las clases y se ha decretado la ley marcial. ¡Dentro de tres horas cerrarán las puertas de la ciudad! ¿Me oyes, Victor?

—¡Sí! ¿Y qué?

Las frenéticas palabras de Henry significaban muy poco para Victor, suponiendo que significaran algo.

Henry se sintió indignado. ¿Cómo era posible que su amigo se mostrara tan necio? Nada que estuviese haciendo detrás de aquella puerta cerrada podía ser más importante que la tragedia que se había abatido sobre Ingolstadt.

—Van a llegar los soldados y la ciudad será puesta en cuarentena. Casi todo el mundo huye ahora que todavía es posible. Krempe sabe que estás aquí. ¿Qué pasará si te denuncia a las autoridades?

Victor no podía seguir conversando con Henry Clerval. Tenía demasiadas cosas pendientes.

—Adiós, Henry —dijo a través de la puerta, dando por terminada la conversación.

—¡Victor! —gritó de pronto otra voz, esta vez dulce y en tono muy bajo—. Soy yo, Elizabeth.

¿Elizabeth? ¿Cómo era posible? ¿En Ingolstadt? Victor, sorprendido, vaciló un instante, y su mente fatigada quedó un momento suspendida entre la angustia y la indecisión.

—¿Me oyes, Victor? Tengo que verte.

¡Oh, Dios! Elizabeth estaba allí, al otro lado de la puerta. Victor sentía que una parte de su persona anhelaba abrir la puerta de par en par y estrecharla entre sus brazos... pero la otra parte le decía que aquello no era posible. No, tendría que despedirse de ella sin verla. Recordó vagamente que Henry acababa de decirle que el cólera hacía estragos en Ingolstadt. Así pues, Elizabeth no podía seguir en la ciudad puesto que en ella no estaba segura. ¡Oh, qué ganas tenía de verla! Pese a ello, apoyó la frente en la puerta que se interponía entre los dos como preparándose a recibir la puñalada que él mismo se infligiría, y dijo:

–Vete, por favor.

Elizabeth palideció. ¿Cómo podía pedirle tal cosa después del largo viaje que acababa de hacer sólo para verlo? ¿Por qué? ¿Qué le estaría ocultando?

–Te lo pido por favor, Victor. No me iré hasta que no te haya visto.

Así pues, Victor no tenía más salida que enfrentarse a Elizabeth, le debía aquella consideración. De todos modos, no podía dejar entrar a Henry porque, incluso sin ver el laboratorio, se daría cuenta de lo que Victor estaba haciendo y sabría hasta qué extremo había llegado.

Salió, pues, del laboratorio y se dirigió al zaguán. Tras cerrar las puertas interiores, descorrió el cerrojo de la puerta exterior.

–Entra por la puerta lateral –dijo, y se metió en el dormitorio.

Henry y Elizabeth entraron.

–Tú sola –dijo Victor con tono decidido.

Henry permaneció atrás y Elizabeth siguió a Victor al dormitorio. Al ver el aspecto de su amado y percibir el olor hediondo del desván, la muchacha se quedó atónita. Pese a todo lo que había temido cuando estaba en Ginebra, nunca habría imaginado que lo hallaría viviendo en medio de tanta sordidez. Victor iba cubierto de harapos y tenía el rostro demacrado y lívido; era evidente que hacía mucho que no se afeitaba ni se bañaba. Sus hermosos y dorados cabellos –aquellos cabellos que a Elizabeth tanto le gustaba acariciar– ahora estaban excesivamente crecidos, y sucios.

Sin embargo, lo peor de todo era la expresión de la cara, ya que Victor daba la impresión de estar distraído, como si no la viera.

De hecho, la miraba como si no la conociese, como si Elizabeth acabara de llegar de un planeta distante y desconocido, tan lejano estaba el mundo de la muchacha del que ahora él habitaba. Victor seguía amándola y deseándola desde lo más profundo de su alma, pero era un deseo que había sido sustituido por otra pasión, la de la creación.

–¡Oh, Dios mío! –exclamó Elizabeth desesperada–, ¿qué te ha pasado? ¿Cómo puedes vivir de esa manera? ¿Qué es este hedor insoportable?

Avanzó unos pasos en dirección a la puerta del laboratorio, pero Victor le cortó el paso de un salto y la empujó hacia atrás.

–¡No entres ahí! –la conminó.

–Debemos abandonar enseguida la ciudad –dijo Elizabeth–, es peligroso seguir aquí.

–¡No! ¡Yo debo quedarme!

La muchacha lo miró con ojos atónitos.

–¿Aunque te cueste la vida?

–Sí –respondió Victor rehuyendo su mirada.

Elizabeth estaba aturdida, le costaba reconocer a su amado. ¿Qué le había ocurrido para que hubiese cambiado tan radicalmente? Aquello era absurdo, no tenía sentido. Para Elizabeth era evidente que Victor padecía alguna extraña enfermedad, pero en ese caso, ¿cómo podía abandonarlo en aquel estado después de que un día le jurara amor eterno? Avanzó hacia él.

–Déjame que te ayude.

Victor dio un paso atrás y se apartó de Elizabeth al tiempo que negaba enérgicamente con la cabeza.

–No, es imposible.

–¿Recuerdas la promesa que nos hicimos?

–No… –le imploró él. De pronto se sintió abrumado; se sentó en el borde de la cama y ocultó la cabeza entre las manos.

Los ojos de Elizabeth se llenaron de lágrimas; lo amaba profundamente y por eso se apiadaba de él. Estaba claro que Victor pasaba por una especie de infierno personal y, por tanto, Elizabeth no podía permitir que la hiciera callar, ya que de lo contrario se encontraría solo en aquel infierno y ella no quería que ocurriera tal cosa.

–¡Victor, te lo pido por favor…!

Él levantó los ojos y cuando se miraron tuvieron un atisbo de lo que cada uno sentía por el otro. Victor habría preferido que su amada no sufriese, pero no podía decirle –ni a ella ni a nadie– cuál era la razón que lo obligaba a quedarse allí ni tampoco qué gran obra estaba haciendo. Aquélla era una carga que debía soportar él solo. Lentamente y con grandes dificultades, Victor habló.

–Sé que es duro para ti, pero debes comprender que no puedo abandonar mi trabajo ahora. Es muy importante, y no sólo para mí, sino para todos, y está antes que nosotros y que todo lo demás.

Elizabeth suspiró y con voz llena de dolor dijo:

–¿Antes que nosotros?

El sufrimiento que reflejaban los ojos de Elizabeth no hacía más que aumentar el de Victor. Pero ahora él veía su futura vida al lado de ella, la paz y la belleza de Ginebra, la armonía doméstica compartida y los hijos que pudieran tener, como algo vago y remoto, como si lo contemplara a través del extremo erróneo del telescopio. Lo único que contaba era el aquí y el ahora, y en aquel aquí y ahora Elizabeth no tenía sitio alguno. Más adelante, cuando hubiera dejado atrás todo aquello, cuando la raza humana disfrutase de la inmortalidad y aclamase a Victor Frankenstein como a su genio salvador, dispondrían de tiempo de sobra para los dos y para su felicidad. Pero todavía no. Ahora había cosas más importantes.

Victor se acercó a Elizabeth atraído por su irresistible magnetismo, pero con gran esfuerzo se abstuvo de tocarla. Si hubiese sentido el tacto de su suave piel, habría estado irremisiblemente perdido.

–Elizabeth, te amo tanto... pero...

Ella lanzó otro suspiro. ¡Cuánto significaba aquel «pero»! Las cuatro letras que la formaban eran una puñalada asestada al corazón de Elizabeth, aunque la aceptó con dignidad.

–Yo también te quiero, Victor –dijo–. Adiós.

Henry seguía esperando junto a la puerta; Elizabeth le pidió con un gesto que se apartara, y salió. Henry dirigió a su amigo una mirada cargada de reproche y la siguió. Victor permaneció largo rato donde estaba, abrumado por la angustia. Acababa de perderla; había perdido a su amada, la había despreciado. Abrió la puerta del laboratorio para contemplar su creación. Desde debajo de la arpillera el cuerpo parecía atraerlo con fuerza tan irresistible como la propia Elizabeth. Victor Frankenstein apartó de su mente todos los demás pensamientos, y entró en el laboratorio.

En las calles de Ingolstadt reinaba la más absoluta confusión, que se propagaba de una persona a otra tan rápidamente como el cólera. Como quedaban pocas horas para que la ciudad cerrara sus puertas, el pánico había empujado a la población a las calles y plazas y los habitantes de la ciudad –hombres, mujeres y niños–, cargados con todas las posesiones que podían transportar, se disponían a abandonarla, algunos a pie, la mayoría a lomo de caballo, de asno, en carreta, en lo que fuera... Elizabeth y Henry estaban atrapados entre la aterrada multitud y se dirigían a las puertas de la ciudad con toda la rapidez de que eran capaces sus piernas.

–Quédese aquí, yo la ayudaré a escapar... –le gritó Henry a Elizabeth.

La gente se arremolinaba a su alrededor, empujándolos por todos lados, y él temía perderla entre la multitud.

Sin embargo, Elizabeth acababa de tomar una decisión: no pensaba volver a Ginebra sin Victor. Después de haberlo visto, se había dado cuenta de que no podía abandonarlo. Comprendía que se encontraba metido en un problema serio y no había poder en la tierra –epidemia, fuego, diluvio, nada– capaz de apartarla de su lado. Volvería al laboratorio y hablaría con él. Esta vez no pensaba salir de él con un no, sino permanecer al lado de Victor hasta que accediera a volver con ella o, en el caso de que se resistiese, se quedaría a su lado para compartir su infierno.

Con toda intención, se apartó de Henry Clerval y se abrió paso entre la muchedumbre sin saber muy bien adónde iba, dejándose arrastrar por ella. De pronto Henry la perdió.

–¡Elizabeth! ¡Elizabeth! –gritó, angustiado.

Pero no hubo respuesta, Elizabeth ya no estaba.

Capítulo 10

LA CREACIÓN

Apenas Elizabeth y Henry se hubieron marchado, Victor se puso a trabajar sin detenerse siquiera a comer o a descansar. Se maldijo por haber dormido tanto; era probable que todo su experimento se viera ahora comprometido. Apartó enérgicamente de sus pensamientos el recuerdo de Elizabeth y centró toda su atención en el trabajo que tenía por delante. Tal vez nunca volviera a presentársele una oportunidad como aquélla de demostrar que sus teorías eran válidas, aunque todo debía ser hecho con gran precisión y en el orden científico correcto.

El primer paso a seguir era elevar la temperatura del cuerpo. Victor encendió la caldera y la puso a la máxima intensidad. El desván era muy espacioso y tardaría bastante tiempo en calentarse, pero entretanto tenía muchas cosas que hacer.

Fuera, en la calle, la gente porfiaba por escapar de la ciudad; había gritos, peleas. Las antorchas iluminaban el techo del desván. En cierto modo, aquella epidemia era para Victor un regalo que el cielo le enviaba. ¿Quién prestaría atención ahora a lo que pudiera hacer una persona encerrada en su laboratorio cuando toda una ciudad se daba a la fuga, empujada por el pánico?

Victor impulsó los fuelles con el pie e hizo crecer la intensidad de las llamas, que proyectaron sombras en las paredes. Las sombras aleteaban sobre el dibujo de Leonardo de Vinci que Victor se había llevado del estudio de Waldman. Observó la reproducción de *El estudio del hombre*, en el que había hecho unas marcas con pintura roja para indicar los puntos en que debían ser aplicadas las agujas de acupuntura. Aquella figura de proporciones perfectas parecía desangrarse. Victor mojó una torunda en un cuenco que contenía yodo e hizo unas marcas idénticas en el cuerpo muerto que tenía delante. Aquéllos serían los puntos sometidos a acupuntura a través de los cuales fluiría la corriente a fin de propiciar la creación. Ahora había manchas de yodo en los hombros, en la coronilla, en las rodillas, en el cuello y en los pies; no eran muy diferentes de los estigmas, las heridas de Cristo.

La temperatura del desván iba en aumento. El momento culminante se acercaba. Victor se sentó y garrapateó en su diario: «Se agota el tiempo. Hay tumultos en la ciudad. Se acelera la descomposición de la carne. Es preciso actuar de inmediato...»

Todo estaba preparado. Victor Frankenstein se levantó y cruzó el laboratorio como un Merlín moderno. Puso en marcha el aparato de inducción e imprimió a la rueda un poderoso impulso que la puso en movimiento. Luego hizo lo propio con las ruedas de la máquina de vapor. La caldera estaba generando una enorme cantidad de calor, que alcanzaba límites insoportables. Victor se quitó la camisa y la dejó caer al suelo. Justo en aquel momento, con el pecho al descubierto y el rostro encendido y febril, olvidada toda fatiga, dejó atrás el punto a partir del cual ya no podía echarse atrás.

–¡Ahora! ¡Vive ya! –gritó, exultante de gozo–. ¡Que se inicie la Creación!

En el laboratorio se generaba energía y calor, en tanto que en el interior del sarcófago, provisto de unas lumbreras de vidrio, la valiosísima sustancia nutriente estaba alcanzando la temperatura óptima gracias al lecho de brasas que tenía debajo. Adosada al sarcófago había una gran tina a la que iría a parar el líquido excedente. La luz de un relámpago iluminó la estancia. Se acercaba una tormenta. Para Victor, sin embargo, el relámpago era una obertura significativa y apropiada, ya que su poder y majestad simbolizaban la vida misma.

Frankenstein se acercó a su obra, a aquel ser que había creado y que ahora estaba tumbado de espaldas sobre una gran parrilla metálica, cubierto con una sábana que parecía un sudario. La parrilla estaba rodeada por toda una red de pesadas cadenas, idea que Victor había copiado de las grúas de carga que había visto en los grandes barcos. Comprobó las cadenas para asegurarse de que estaban firmes y de que aguantarían. Se acercó a la pared y soltó una cadena unida a la polea. Tiró con fuerza de aquélla y las demás cadenas se tensaron mientras, lentamente, la Criatura iba subiendo hacia el techo, todavía sujeta a la parrilla metálica. Tenía los brazos y las piernas abiertos y extendidos, lo cual hacía que recordase vagamente el dibujo anatómico de Leonardo de Vinci. Lo único que asomaba por debajo de la sábana eran los miembros mal emparejados: una pierna más corta que la otra, un brazo más flaco y musculoso que el otro.

Apenas la Criatura hubo alcanzado el techo, Victor se colocó debajo de ella y miró hacia arriba. Balanceándose levemente, sostenido por toda aquella red de cadenas, el cuerpo visto desde abajo se parecía realmente al dibujo de Leonardo de Vinci, aun cuando sus proporciones estaban muy lejos de la perfección representada en éste. Victor se puso de puntillas, cogió el borde de la parrilla y le dio un poderoso empujón. Ésta inició su recorrido a través del techo del desván transportando el cuerpo hacia el sarcófago de cobre.

Mientras la parrilla avanzaba, Victor echó a correr detrás del cuerpo, se situó delante de él y lo vio recorrer el laboratorio en toda su longitud. Al llegar a la pared opuesta, justo encima del sarcófago, el cuerpo chocó con los topes de madera colocados en la pared y se detuvo.

Victor se subió al sarcófago y se situó en el extremo del mismo, precisamente allí donde estaba la cabeza de la Criatura, observó el líquido burbujeante y levantó los ojos para ver el cuerpo que ahora bajaba tan lentamente como había subido. Soltó con mucho cuidado la cadena e hizo descender el cuerpo tendido en la parrilla hasta que tocó el líquido oscuro que había dentro del sarcófago. Una vez que estuvo en la posición adecuada, Victor retiró la tela que cubría el cuerpo y lo dejó desnudo.

Poco a poco, respirando afanosamente debajo del peso

muerto, Victor fue bajando el cuerpo el resto del camino hasta que quedó sumergido en el líquido oscuro, que no era otra cosa que el fluido biogénico ya procesado. A continuación empujó el sarcófago a lo largo del raíl en dirección al lecho de brasas debajo de la tapadera del mismo. Tras alinear el sarcófago con la pesada tapadera, fue bajando ésta hasta que la tuvo en su sitio. Después la encajó y aseguró los tornillos y los cerrojos. El cuerpo estaba ahora totalmente encerrado en el útero metálico, como un feto que esperase el momento de nacer. Victor atisbó por la lumbrera lateral y vio el brazo del cadáver flotando en el líquido.

Una tras otra, fue retirando las agujas de acupuntura que colgaban de un artilugio de madera y las fue introduciendo a través de los agujeros del sarcófago en los puntos del cuerpo de la Criatura marcados con yodo: una en el cuello, otra en la coronilla, una en el hombro, otra en la rodilla. La última la introdujo en el pie.

Había llegado el momento de aplicar energía. Victor se acercó a los terminales correspondientes y estableció los conectores a fin de que la electricidad circulase desde los condensadores a través de las baterías voltaicas y de los cables que llegaban al sarcófago.

Tras aumentar la intensidad del lecho de brasas colocado debajo del sarcófago, Victor se dirigió a la caldera y observó la aguja del indicador. La temperatura era alta, pero aún se necesitaba mucho más calor. Se dirigió al generador de vapor y ajustó el volante. Salió una bocanada de vapor con un potente siseo y la rueda empezó a girar cada vez a mayor velocidad, mientras la aguja de la caldera comenzaba a desplazarse hacia el nivel máximo.

Luego, Victor dio varias vueltas a la manivela del generador de inducción y puso en marcha la rueda con sus escobillas de alambre móviles. Entre los brazos del conductor saltaron varias chispas que iniciaron un camino en espiral a través de los cables que iban desde el conductor a las pilas voltaicas y que volvieron a emitir chispas desde las pilas en batería a los aparejos situados arriba.

El laboratorio estaba lleno de fuentes de energía generadas desde todas partes. La electricidad estaba controlada por los cables que llevaban a un panel de control y que volvían a salir del mismo mediante otros cables conectados directamente con el sarcófago y con las agujas de acupuntura que se introducían en éste y en el cuerpo de la Criatura. En el panel había una válvula que en aquel momento mantenía abierto el circuito y que permitía la entrada del voltaje pero no su salida. A través de las nieblas emanadas por el vapor y la bruma provocada por los productos químicos, Victor cruzó corriendo el laboratorio en dirección a la válvula, la sujetó con unas pinzas y la abrió. Al cerrarse el circuito eléctrico se produjo un fulgor deslumbrante como un relámpago. De hecho, *era* un relámpago, heraldo de la tempestad que se avecinaba.

Dentro del sarcófago de metal, el cuerpo comenzó a sufrir convulsiones como consecuencia de las oleadas de electricidad que circulaban por él. Los miembros se estremecían y agitaban y la cabeza golpeaba con fuerza el vidrio de la lumbrera debido a las poderosas sacudidas que la movían hacia arriba y hacia abajo. Sin embargo, sólo se trataba de un movimiento reflejo, tal como había ocurrido con las patas amputadas de la rana galvanizada. La Criatura aún no había cobrado vida.

Victor sabía por qué y estaba preparado para aquel resultado. Era preciso un paso final, hacía falta energía auxiliar, la fuente de energía alternativa que el propio Waldman no había podido encontrar. Se dirigió corriendo al sarcófago y, con una gruesa cuerda, sacó un grueso tubo de vidrio de una gran bolsa que colgaba del techo; la bolsa se agitaba furiosamente. Lo que fuera que hubiese dentro de ella, era evidente que estaba vivo. El tubo de vidrio encajaba perfectamente con un saliente de la tapadera del sarcófago. Victor lo unió y comprobó que estuviera bien acoplado. Sí, lo estaba.

Cuando el tubo de vidrio estuvo perfectamente afirmado en la tapadera del sarcófago, Victor tiró de una cadena que retiró la cubierta del gran recipiente y permitió la entrada en el sarcófago de docenas de enormes anguilas eléctricas, rabiosas y hambrientas, que abrieron con furia sus voraces bocas y empezaron a dar dentelladas con sus afilados dientes. Mientras mordían ávidamente el cuerpo de la Criatura, despedían chispas que transmitían a éste toda la electricidad que tenían almacenada.

La presencia de las anguilas eléctricas era una curiosa idea que se le había ocurrido a Victor y que se remontaba a experimentos que había realizado siendo niño. Estas anguilas, sin embargo, eran muchísimo más largas y peligrosas que aquellas minúsculas que él mantenía en un cubo en los tiempos en que era un colegial. Hacía días que las guardaba vivas en una enorme bolsa y las alimentaba de carroñas sanguinolentas que despedían un olor nauseabundo. De hecho, aquellos bichos estaban bien alimentados y en el interior de sus cuerpos habían transformado la carne cruda en electricidad. Las anguilas se convirtieron, pues, en otra fuente de energía auxiliar.

Victor se subió al sarcófago. Se arrastró boca abajo sobre la tapadera y atisbó por la lumbrera situada en el extremo donde estaba la cabeza. Las anguilas pululaban en torno a la criatura, se movían ágilmente recorriendo su cuerpo de pies a cabeza, mordiéndolo locamente con sus dientes afilados como cuchillas, aportando a su carne fuentes directas de energía. Victor veía la electricidad palpitando a través del líquido amniótico.

–¡Vive! –murmuró, primero en voz baja, pero después en voz cada vez más alta–: ¡Vive! ¡Vive!

De pronto, la cabeza de la Criatura golpeó la lumbrera. Victor aguardaba sentado sobre el sarcófago, expectante. ¿Podía ser aquello una manifestación de vida? ¿Era posible que hubiera ocurrido tan deprisa? Saltó al suelo y corrió hacia la fuente de energía, retiró las grapas y la energía fue aminorando. Al cabo de unos instantes todo quedó sumido en la quietud y la inmovilidad. Las ruedas ya no giraban, no había chisporroteo alguno, el zumbido de los hilos eléctricos y el siseo del vapor habían cesado. En el interior del sarcófago, la Criatura seguía inerte.

Victor se acercó lentamente a su creación y miró a través de la lumbrera situada delante de la cabeza. El cuerpo estaba inmóvil y los brazos y las piernas flotaban en líquido biogénico. No se movía; no había vida.

Victor sintió que se le vencían los hombros, estaba agotado. Todo había terminado, había hecho cuanto sabía y podía y no había servido de nada. Se había ocupado de la reconstrucción del cuerpo, había encontrado las partes necesarias para formar el conjunto, le había aportado los tres elementos básicos –calor, energía y sustancias nutrientes–, pero había sido en vano. Todas sus teorías, todos sus estudios, todo el trabajo que se había tomado habían acabado en nada. Así pues, Victor Frankenstein no era un genio, sino un fracasado. Sintió que le invadía el desaliento y notó en la boca un sabor amargo, como de ceniza.

Se volvió lentamente y se alejó; se resistía a volver a mirar el sarcófago y su contenido de muerte. Sabía que debía deshacerse del contenido del sarcófago y limpiar el laboratorio, pero no se sentía con fuerzas para hacerlo. No, ahora ni siquiera tenía fuerzas para pensar, lo único que quería era dormir.

De pronto, con un ruido casi imperceptible, la mano de la Criatura golpeó al cristal de la lumbrera. Dentro del sarcófago, los ojos de la Criatura, llenos de pánico, se abrieron antes de que volviera a dar unos golpes en el vidrio.

Al oír el ruido, Victor se volvió. ¿Lo habría imaginado? No, era verdad. El sarcófago metálico estaba empezando a moverse, a agitarse locamente como si algo lleno de fuerza intentara escapar.

El rostro de Victor se encendió como una llama y sus ojos brillaron como faros. Era tal la exaltación que sentía que se olvidó por completo del agotamiento que sentía.

—¡Vive! ¡Vive! —gritó. Con el corazón palpitante de emoción, se acercó a toda prisa al sarcófago, que ahora se sacudía violentamente, como si el cuerpo de la Criatura fuera presa de convulsiones. Victor retiró las agujas de acupuntura y fue apartándolas a un lado una por una. Después desatornilló la tapadera y, cuando ya se disponía a abrir el cierre principal, saltaron todos los cerrojos, tan poderoso era el impulso ejercido desde el interior del sarcófago.

De pronto, también saltó por los aires la tapadera, tumbando a Victor de espaldas contra el recipiente utilizado para recoger el líquido amniótico. La tapadera del sarcófago salió despedida por los aires y derribó las estanterías con todos los enseres del laboratorio, haciendo trizas las retortas y cubetas de vidrio, que quedaron reducidas a centelleantes fragmentos. Al final de su recorrido, la tapadera dio contra el estante donde Victor había dejado su abrigo, tirándolo al suelo.

Se oyó el fragor de otro trueno y al instante todo el laboratorio quedó iluminado por la luz de un relámpago. Victor contempló, aterrado, el sarcófago. ¿Qué fuerza era aquélla capaz de causar tales estragos? Lentamente se puso de pie, se acercó a la tina, ahora inmóvil, y se detuvo junto a ésta. Miró el interior en la esperanza de ver que su creación había cobrado vida, pero dentro del sarcófago todo estaba inmóvil y no se apreciaba ningún signo de vida.

Súbitamente, sin que le diera tiempo a preverlo, la Criatura se enderezó ante la misma cara de Victor y, con manos pringosas, asió fuertemente a su creador. Al hacerlo, el sarcófago se salió del raíl y se volcó, provocando con ello que Victor y la Criatura cayeran sobre la tina utilizada como vertedero y quedaran sumergidos en aquel líquido pegajoso donde se agitaban las anguilas, la Criatura boca abajo y Victor de espaldas.

Éste se puso trabajosamente de pie y se volvió para observar a la Criatura. Al ver que se debatía en el líquido, intentó acercarse a ella para ayudarla a ponerse de pie, pero sus zapatos de cuero patinaron en el líquido resbaladizo y volvió a caer. La Criatura parecía tan desvalida como un recién nacido. ¿Por qué había de ser de otro modo si, efectivamente, acababa de nacer?

–¡Ponte de pie! ¡Por favor, ponte de pie...! –gritó Victor, que trataba de animar con sus palabras a aquel ser como si fuera un niño.

La Criatura, que apenas si podía ver debido a la viscosa máscara de líquido amniótico que ocultaba sus rasgos y enturbiaba sus ojos, porfiaba por levantarse sin conseguirlo. Con la ayuda de Victor, tan pronto resbalando como sosteniéndose en pie, se las arregló para moverse. Victor estaba delante de él, aguantándolo con los brazos, empujándolo hacia la pared. El cuerpo de la Criatura se balanceaba pesadamente; costaba muchísimo moverlo.

Tras conseguir que la Criatura se pusiera de pie, Victor dio un paso atrás con una sonrisa a fin de admirar su obra, pero al contemplar su creación, desnuda y viscosa, la sonrisa se borró inmediatamente de sus labios y en su rostro se dibujó una expresión de horror.

Lo que tenía delante era una parodia grotesca, monstruosa y odiosa de un ser humano, un ser cubierto de cicatrices largas e irregulares, con la cabeza, el cuerpo y la cara mutilados y recorridos por costurones de carne arrugada y zurcida. En las cuencas hundidas asomaban unos ojos desorbitados, mientras que los brazos y las piernas desaparejados parecían burlarse de su creador exhibiéndole su fealdad. Victor Frankenstein entendió entonces qué había hecho. Desalentado, comprobó que había creado un monstruo, aunque no era ésa su intención. Pero aún le aguardaban horrores mayores; Victor tendría que apurar hasta las heces aquella abominación de la que era autor.

Lentamente quiso apartarse de la Criatura pero ésta, que no conocía a otra persona más que a Victor, se acercó a él con paso titubeante y con sus manos enormes y desaparejadas intentó alcanzarlo. Victor tenía detrás el sarcófago volcado y dio un paso a un lado para evitarlo, por lo que la Criatura se vino hacia adelante y se estrelló contra él. Con su enorme fuerza volcó el recipiente, pero con el poderoso impulso rompió una de las bisagras que lo mantenían en el raíl y el sarcófago se venció hacia el otro lado y fue a dar contra las hileras de pilas voltaicas, que salieron despedidas y quedaron reducidas a añicos.

La Criatura se arrojó contra el raíl y cayó pesadamente sobre el lecho de brasas que habían servido para calentar el sarcófago. La Criatura lanzó un extraño alarido de dolor, se puso de pie de un salto y echó a correr. Victor, horrorizado, se apartó de su camino.

Agitando locamente los brazos, el monstruo se abalanzó renqueando, aunque con extraordinaria rapidez a pesar de tener una pierna más corta que la otra, contra la parrilla sostenida por las cadenas que manejaban la polea. La fuerza del descomunal embate hizo que la Criatura se precipitase contra las cadenas, que se le enredaron en los brazos y las manos trabando sus movimientos. La polea comenzó a girar y fue elevando poco a poco a la Criatura en el aire, a la vez que hacía que la parrilla girase lentamente. El monstruo estaba atrapado entre las cadenas, y su repugnante cabeza cubierta de cicatrices cayó hacia adelante.

El resplandor de otro relámpago reveló en todo su horror su abominable aspecto y lo mostró suspendido a media altura, gimiendo y retorciéndose. Victor estaba debajo, por su cuerpo se escurría el pegajoso líquido biogénico, respiraba pesadamente y tenía los ojos clavados en la Criatura. El resplandor de un nuevo relámpago le permitió contemplar una vez más el horroroso ser que había creado. ¡Era un monstruo, un auténtico monstruo! La Criatura volvió a retorcerse y quedó inerte. Su agonía había cesado de pronto.

Durante un largo rato en el desván reinó el silencio más absoluto. Por fin, Victor, con la voz turbada por el horror, dijo en voz baja para sí:

—¿Qué he hecho?

Pero el cielo no le respondió.

Lanzó un profundo suspiro, rendido de pronto por un mortal cansancio. Se apartó de la Criatura que ahora yacía sin vida, colgada de las cadenas, cogió el diario, y escribió: «Fallos importantes de gestación. Fuerza física enormemente potenciada, pero el ser resultante presenta disfunciones e impulsos destructivos... y está muerto. Fin de los experimentos.»

De pronto se acordó del profesor Waldman y comprendió que éste había querido ponerlo en guardia precisamente contra esto. Ése era el motivo de que Waldman hubiese abandonado sus experimentos. ¡Ojalá que lo hubiera escuchado!

«Mañana este diario y este hecho abominable habrán terminado... para siempre...», escribió.

Dejó la pluma a un lado, cerró el diario y fue a buscar su abrigo. Guardó automáticamente las notas en el bolsillo de la chaqueta, donde siempre las tenía. Recogió el abrigo del suelo y lo colgó del gancho acostumbrado, junto a la puerta donde solía dejarlo, pero no era más que otro acto automático, ya que en realidad no sabía muy bien lo que hacía. Sentía tal opresión en el pecho que parecía que el corazón le iba a estallar.

Sobre su cabeza, la Criatura seguía suspendida, inerte, de las cadenas. Pero Victor se dio la vuelta sin levantar la vista y salió del laboratorio. Entró en su dormitorio casi a rastras. Fuera reinaba una furiosa tempestad y la lluvia golpeaba contra el tejado y los tragaluces del desván. Él, sin embargo, no percibía la lluvia, ni los relámpagos ni nada de lo que estaba ocurriendo en el exterior. Se encontraba sumido en la más negra de las depresiones, estaba contrariado, profundamente humillado, insoportablemente cansado. Siempre se había dejado llevar por las mejores intenciones y, aunque sus teorías eran demostrables, no había tenido en cuenta las consecuencias, y éstas habían sido catastróficas. Waldman había querido advertírselo, pero Victor había sido tan porfiado, se había mostrado tan seguro de sí mismo y de sus ideas que no había querido escucharlo.

Victor Frankenstein siempre había rendido culto a la ciencia y había considerado que la ciencia pura era algo perfecto, total, y alcanzable. Ahora, sin embargo, la veía con ojos muy diferentes, le parecía que aquella perfección que le había atribuido era una celada, un engaño, un canto de sirena. La ciencia no era más que un medio que conducía a un objetivo, y el objetivo en sí mismo era imprevisible para las mentes mortales. ¿Existiría, quizá, en el cielo aquel Dios del que algunos hablaban? Sin duda debía de existir y probablemente ahora se estaría riendo de él.

Al verse en el espejo retrocedió ante lo que vio. Estaba sucio, demacrado, ojeroso. ¿Era así cómo lo había visto Elizabeth? No era de extrañar que se hubiera horrorizado. Su bondad y su pureza quedaron plenamente demostradas cuando le dijo que quería quedarse a su lado y ayudarlo. Al pensar en Elizabeth se le hizo un nudo en la garganta. Él, que había esperado conseguir honores y laureles, fama y riquezas, para ponerlas como un tributo a sus pies, lo único que había conseguido era hacerse indigno de ella.

Victor se apartó del espejo, se dirigió a la cama y se desplomó en ella, lloroso y agotado. Corrió las cortinas del dosel, apoyó la cabeza en la almohada y se perdió inmediatamente en la oscura espiral del sueño.

Con todo, el sueño de Victor Frankenstein estaba poblado de inquietudes y la pesadilla no tardó mucho en atravesar la legendaria Puerta del Cuerno para acecharlo y torturarlo. Buscaba en sueños a Elizabeth porque quería implorarle su perdón.

De pronto la encontró, flotando en un paisaje vacío, pero ella tenía el rostro contraído por una horrible mueca de dolor, su hermosa cabellera oscura y rizada estaba húmeda y enmarañada y tenía los expresivos ojos desorbitados por el pánico. Al ver a Victor, lanzó un grito de espanto.

–¡Victor! ¿Qué has hecho? –le preguntó–. ¿Por qué lo has hecho? No podré perdonarte nunca. –Le tendió sus maravillosas manos, pero el terror que había asomado en sus ojos era tan espantoso que resultaba intolerable para él–. ¡Te lo pido por favor, Victor! ¡Ayúdame porque viene por mí! ¿Por qué lo has hecho?

Antes de esfumarse le dirigió una última mirada de reproche.

–¡Elizabeth! ¿Dónde estás? –gritó Victor.

Tenía que volver a encontrarla, debía decirle algo que disipara sus temores, dirigirle unas palabras de consuelo que la liberaran de sus angustias, buscarla para decirle que la Criatura había muerto, que todo había vuelto a sus cauces, que sus vidas podían continuar como antes.

Ahora se vio corriendo por una calle de Ingolstadt camino de la universidad. Llamaba a voces a Elizabeth y, al llegar a la universidad, encontraba cerradas las enormes puertas de hierro. Sin embargo, al otro lado de éstas podía ver al profesor Krempe vestido con la toga académica y hablando exactamente en el mismo tono pomposo y de impaciencia que empleaba cuando daba sus clases en el anfiteatro del aula de cirugía.

–No será porque no le avisé, ¿verdad, señor Frankenstein? Pero usted quería jugar a ser Dios y ahora tiene miedo –le decía.

–Está muerto –respondió Victor con hosquedad.

–¿Cómo lo sabe? –dijo Krempe con una sonrisa burlona–. ¿Cómo sabe que no está vivo y no va a engendrar toda una tribu de demonios?

Victor sintió un estremecimiento sólo de pensarlo.

–Lo he visto morir.

La sonrisa se hizo más despreciativa.

–Esta… cosa no está sujeta a las leyes normales que rigen la naturaleza. Usted mismo ha podido comprobarlo.

–Yo no quería… –comenzó a protestar Victor.

–Lo que usted quería no tiene ninguna importancia –lo interrumpió Krempe con frialdad–. Ha hecho tratos con el demonio, Victor Frankenstein de Ginebra, y su nombre estará unido al mal para siempre.

–¡Pero si está muerto! –exclamó Victor.

Krempe sacudió la cabeza con un gesto de profundo desprecio.

–Es usted un necio, señor Frankenstein. El mal nunca muere. ¿Cómo se figura que esa cosa monstruosa le agradecerá el que le haya dado vida? El mal se cobrará venganza. Sólo Dios sabe qué clase de monstruo ha desencadenado y qué puede hacer con usted y con las personas que ama. ¡Que Dios ayude a los suyos! –En su voz no había ni sombra de lástima, sólo desprecio.

¿Que las personas que amaba estaban en peligro?

–¡¡No!! –gritó Victor, aunque nadie lo oyó.

Krempe se había desvanecido, Ingolstadt se había desvanecido.

Lo que vio ahora fue su casa de Ginebra y el rayo que caía de nuevo sobre el viejo roble, como aquella noche en que su madre murió. Victor, con el torso desnudo, se dirigía montado a caballo hacia la mansión de los Frankenstein, a través de la lluvia. Al llegar a un alto, se apeó y sintió que un estremecimiento de pánico recorría todo su cuerpo.

Oía la voz de Elizabeth que salía del interior de la casa y que gritaba su nombre, llena de miedo.

–¡Victor!

Sonaba muy lejana, pero era evidente que estaba asustada. Tenía que buscarla y decirle que no había nada que temer.

Las piernas le pesaban como si fueran de plomo y le costaba un esfuerzo enorme moverse. Empapado y sin camisa, Victor estaba ahora en el corredor que salía del salón de la casa y, aunque no veía ninguna orquesta, oía música. De pronto, se sintió engullido por las parejas que bailaban el vals a su alrededor, ignorantes, al parecer, de su presencia, como si no lo vieran.

¡Por fin la vio! Elizabeth estaba entre las parejas que bailaban y, aunque se hallaba de espaldas, Victor la reconoció enseguida por su cabellera negra, rizada y abundante, por sus hombros blanquísimos, por su vestido. Sí, porque Elizabeth llevaba el mismo vestido que la noche anterior a que él se marchase a Ingolstadt, la noche en que Victor le pidió que fuese su esposa. Ahora, sin embargo, Elizabeth bailaba con otro.

Victor corrió hacia ella, la llamó por su nombre y ella se volvió. Él retrocedió horrorizado, porque aquélla no era su hermosa Elizabeth, ¡sino un asqueroso cadáver! Entonces se dio cuenta de que todos los hombres bailaban con cadáveres magníficamente vestidos y con peluca. Victor volvió a oír la voz de Elizabeth que lo llamaba desde algún lugar de la casa y subió de dos en dos los peldaños de la escalera.

Siguiendo la voz de su amada, llegó al desván. Allí estaba Elizabeth, radiante y hermosa. ¡Gracias a Dios que la había encontrado!

–Elizabeth… no sabes cuánto lo siento… –exclamó Victor–. ¡Perdóname, Elizabeth! ¡Gracias a Dios que estás bien!

Cuando se disponía a acercarse a ella, una mano surgió sin que él supiera de dónde y le tapó la boca al tiempo que la Criatura se abalanzaba sobre él y lo apartaba del lado de Elizabeth.

Victor despertó sobresaltado y temblando. Aguzó el oído para tratar de percibir cualquier ruido que pudiera poblar la oscuridad reinante, aunque lo único que pudo oír fue la lluvia que caía sobre el tejado y el leve tintineo de las cadenas de la parrilla al balancearse. Pero el desván estaba vacío y en él no se movía nada. No, allí no había cambiado nada, la Criatura estaba muerta. Con un profundo suspiro de alivio, Victor volvió a dejarse caer en la cama y a luchar nuevamente con sus inquietantes sueños.

Capítulo 11

LA CRIATURA

Victor durmió profundamente durante varias horas, aunque no por ello dejó de temblar de pánico, torturado por pesadillas de remordimiento. De pronto, lanzó un grito desgarrador, abrió desmesuradamente los ojos y, ya totalmente despierto, escrutó la oscuridad que rodeaba la cama. El sueño lo había abandonado y seguía presa de un indescriptible terror. Contuvo el aliento y se dispuso a moverse, pero estaba paralizado de miedo. Tenía la impresión de que sobre su piel se proyectaba una sombra, como si algo o alguien lo tocase, y notó que se le erizaban los pelos de la nuca. Trató de gritar pero de su garganta no salió sonido alguno. Incapaz de soportar aquel estado por más tiempo, tendió el brazo y apartó bruscamente la cortina.

El cuarto estaba vacío, allí no había nada. Victor sacudió la cabeza como quien se saca un peso de encima. «Estoy demasiado agotado, eso es todo», pensó. Necesitaba descansar, comer y, por encima de todo, recuperar la serenidad espiritual. Volvió a tumbarse en la cama y miró hacia el otro lado.

Allí estaba la Criatura, acechando junto a la cama, como un espectro de la muerte, desnuda, implorante. Victor dio un respingo y se echó hacia atrás, aterrado. ¿Cómo era posible que estuviera allí si él la había visto morir? ¡Volvía a estar viva, viva!

Con el cuerpo cubierto de cicatrices y horribles costurones allí donde habían sido toscamente trasplantados los nuevos miembros, la Criatura parecía un muñeco monstruoso atado con alambre de espino. La mirada implorante que se leía en sus ojos era grotesca a la vez que digna de compasión.

La Criatura tendió la enorme mano en dirección a Victor, como si intentase tocarlo.

–¡No! –chilló Victor con los ojos desorbitados, derribando el lavamanos al tratar de apartarse.

La jofaina y el jarro de porcelana se estrellaron con estrépito contra el suelo, derramando toda el agua. Temiendo por su vida, Victor se levantó y se dirigió a toda prisa al laboratorio. La Criatura lo siguió con paso vacilante pero con sorprendente rapidez. Victor cruzó corriendo el laboratorio con la Criatura pegada a sus talones y a punto de alcanzarlo. Frenético y presa del pánico, Victor derribó a su paso un estante lleno de frascos de vidrio.

Nada podía detener a la Criatura, ni siquiera los cristales rotos que cubrían el suelo. Inexorable como Némesis e igualmente devastadora, siguió avanzando. Rodeó la tina, pasó por encima de los estantes aplastados, siempre detrás de Victor, en dirección a la puerta que conducía a las escaleras.

Pero Victor llegó a ella antes que el monstruo, la abrió de un tirón, salió y la cerró de golpe a sus espaldas. No se detuvo a coger el abrigo, que cayó al suelo con la fuerza del portazo. Mientras Victor Frankenstein bajaba corriendo las escaleras que lo conducían a la calle, la Criatura se quedó al otro lado de la puerta cerrada, aunque presionó el cuerpo contra la rígida madera y permaneció apoyada en ella, lloriqueando.

Abandonado y solo, aquel ser se dejó caer al suelo. Estaba temblando, pues en el desván hacía un frío terrible. La Criatura tenía frío, mucho frío. No comprendía aquella sensación para la cual no tenía palabras, lo único que sabía era que era desagradable, casi dolorosa. Por instinto, trató de proteger su carne desnuda de las crueles corrientes de aire que circulaban por las habitaciones cuando sus ojos se posaron en el abrigo de Victor que seguía en el suelo; lo cogió y se envolvió en él.

Pero la Criatura aún sentía los pies helados, por lo que comenzó a revolver las cosas del laboratorio en busca de algo para calentárselos. Sólo encontró ropa manchada y unos rollos de vendas, que utilizó para envolverse los pies. Por su cabeza circulaban extrañas imágenes, como figuras en movimiento. ¿Eran pensamientos? ¿Impresiones? ¿Recuerdos? ¿O sólo era miedo? La imagen más poderosa era la del rostro de Victor, retorcido en una expresión de miedo.

Medio desnudo y calado hasta los huesos, Victor Frankenstein comenzó a buscar frenéticamente en las cuadras detrás de la casa de Frau Brach. El pulso le latía tan deprisa que a duras penas conseguía ordenar sus pensamientos. Sin embargo, había algo de lo que estaba plenamente seguro: el ser abominable aún vivía, aunque no tardaría en morir, ya que el propio Victor se encargaría de poner fin a su odiosa existencia; era una deuda que tenía con el mundo. Debía enmendar el terrible error que había cometido y del cual él era el único responsable. Estaba avergonzado de su cobardía; había huido tal como lo habría hecho un niño, pero debía superar aquella actitud cobarde. A partir de ahora se portaría como un hombre, si bien necesitaría un arma poderosa, porque era evidente que la Criatura poseía una fuerza increíble.

Por vez primera Victor reflexionó acerca de pequeños detalles que, unidos, completaban una imagen que había ignorado hasta aquel momento. El brazo del chimpancé tenía una fuerza tal que obligó a Henry Clerval a caer de rodillas en el suelo cuando estrechó su mano. La rana había roto la tapadera de la caja de Petri de una patada. ¿Por qué no había hecho caso de todos aquellos indicios? ¿Por qué? Le escocía la vergüenza como sal que escaldara una herida. Victor se veía obligado a reconocer su error, su empecinamiento, su insensatez. La desesperación que se había apoderado de él lo impulsaba a terminar cuanto antes con la vida de aquella Criatura. Sí, debía hacerlo aunque le fuera la vida en ello. No podía permitir que aquel ser bestial anduviera suelto por el mundo.

De pronto vio lo que buscaba: un afilado y pesado zapapico que estaba colgado de una cuerda al lado de uno de los pesebres. Era el arma perfecta. Victor lo cogió y salió corriendo bajo la lluvia en dirección a la pensión. Las calles estaban desiertas y en silencio. Hacía horas que las puertas de la ciudad habían sido cerradas. Los pocos que aún permanecían en Ingolstadt estaban encerrados en sus casas, aterrados por la epidemia. Ahora, con la ciudad sometida a cuarentena, nadie más podría huir, puesto que cuando volvieran a abrirse las puertas no sería para dejar paso a los vivos sino a los muertos.

Victor corrió hacia la escalera que conducía al desván, con el zapapico en la mano, pronto para la batalla y dispuesto a morir si era necesario. Pero tendría que posponer el Armagedón porque descubrió que la puerta había sido arrancada literalmente de sus goznes por una fuerza sobrehumana. Atónito, entró y echó una mirada en derredor, después inspeccionó el laboratorio y el dormitorio. La Criatura había desaparecido.

«¡Oh, Dios mío, debo encontrarlo, es muy peligroso!», pensó. Con el alma en vilo, Victor salió corriendo bajo la lluvia torrencial. ¡Ni rastro de la Criatura! No sabía qué dirección tomar ni dónde iniciar la búsqueda, pero era consciente de que no podía renunciar a sus propósitos. Si un ciudadano de Ingolstadt sufría algún daño, la culpa sería de él. Victor recorrió las calles y avenidas de la ciudad mirando por todas partes, inspeccionando las entradas de los edificios, aunque sin encontrar a nadie.

Finalmente decidió abandonar la búsqueda. Le dolía la cabeza y notaba que el cuerpo le ardía de fiebre. Se sentía débil y enfermo. Estaba mareado y le temblaban las piernas. Algo le ocurría, trataría de volver a su desván, a lo mejor a la Criatura se le ocurría regresar. Una vez más, se propuso poner fin a la abominación que había creado. ¡Qué ironía! Victor Frankenstein había querido dar al mundo el preciado don de la inmortalidad y ahora tendría que destruir al ser inmortal que había creado.

–¡Escúchame, demonio del infierno! ¡Te encontraré y te mataré! ¿Me has oído? –gritó en medio de una calle desierta. Estaba con los brazos extendidos y la lluvia le chorreaba por el rostro. ¿Acaso alguien lo oía? Y en caso de que ese alguien fuera la Criatura, ¿le entendería?

El día amaneció nublado. Las piedras de la calle estaban húmedas y resbaladizas debido a la intensa lluvia de la noche anterior.

En las calzadas y las aceras se amontonaba la basura que un ejército de ratas devoraba con fruición. De pronto, se produjo un repentino movimiento y las ratas se dispersaron; la Criatura había despertado, había abierto los ojos y ahora miraba por debajo del pesado abrigo. Desorientada y confundida, experimentaba una sensación nueva y dolorosa: un hambre acuciante que le roía las entrañas. Sin ponerse de pie, comenzó a hurgar entre la basura y a buscar algo para llevarse a la boca. Por fin encontró un trozo de carne que prácticamente no era más que cartílago y hueso con un poco de grasa adherida, y lo saboreó con deleite.

La Criatura oyó ladridos y levantó la cabeza. En la esquina aparecieron dos perros flacos y hambrientos que estaban en busca de algo que comer. Hasta su sensible olfato había llegado el olor rancio de la carne que la Criatura tenía en las manos y, lanzándose a la carrera, se abalanzaron sobre ella, gruñendo y lanzando dentelladas. La Criatura se puso torpemente de pie; aquellos animales le daban mucho miedo. Por fin, los perros le arrebataron la carne de las manos, después se disputaron rabiosamente el miserable hueso y se alejaron.

La Criatura no sabía que lo que sentía era simplemente miedo, pero su instinto la empujó a huir en sentido opuesto. Como antes, primaba en ella el instinto de conservación. Huyó rápidamente, arrebujándose con el abrigo y cubriéndose la cabeza con la capucha. Aquel abrigo, elegante cuando lo llevaba Victor, aunque siempre le había quedado grande, resultaba grotesco en la Criatura. Sin embargo, le proporcionaba calor y lo protegía frente a los elementos. Además, era el único objeto que conocía, su primera pertenencia y, por el momento, la única.

Un sonido distante sorprendió a la Criatura. Era una carreta cargada de muertos que pasó ruidosamente por la esquina; el conductor iba tocando la campana. La Criatura la miró pasar sin saber de qué se trataba y después continuó su camino. Por supuesto que no sabía dónde iba, ni conocía su destino ni tenía un propósito especial. Todo era extraño y nuevo para ella, ya que no tenía ningún recuerdo.

Siguió caminando hasta que llegó a la plaza de la ciudad. Continuaba siendo el centro de la actividad de Ingolstadt, aunque en ella no había tanto bullicio como antes de la epidemia. Pese a todo, en la plaza reinaba mucho más movimiento que el que la Criatura había podido presenciar durante las breves horas que llevaba de vida. La visión de tantos hombres y mujeres pregonando sus mercancías, hizo que se sintiese inquieto.

En la ciudad seguía viviendo gente, aunque no tanta como antes, y la vida comercial de la plaza del mercado seguía más o menos el ritmo de siempre. La Criatura se movía con cautela, llevaba puesta la capucha y tanto sus rasgos como su figura quedaban disimulados debajo del abrigo. Pasó inadvertida entre la multitud y a la gente no le llamó la atención el que cojeara.

La Criatura se detuvo y olisqueó el aire. La boca se le hizo agua al percibir un delicioso e intenso aroma que lo atrajo hacia un puesto del mercado. Vio en él un montón de hogazas de pan y, aunque ignoraba qué era aquello, sí sabía que olían muy bien. Cogió una hogaza, le pegó un mordisco y, al masticarlo, experimentó una sensación de extraordinario placer. Le dio otro mordisco.

—¡Oiga! ¿Se puede saber qué está haciendo?

Aquella voz cogió a la Criatura por sorpresa y la obligó a levantar los ojos, que encontraron los de una mujer enfurecida y con la cara roja como la grana. Aunque el monstruo tenía la cabeza prácticamente oculta por la capucha, lo poco que la mujer vio de aquel odioso rostro le bastó para lanzar un grito de espanto.

El monstruo, que tenía más miedo de la mujer enfurecida que ella de él, se apartó sólo para tropezar con un hombre tosco que, cogiéndolo por el abrigo, hizo que le cayera la capucha de la cabeza.

—¡Serás hijo de puta! —rugió, furioso, el hombre.

Pero la Criatura se escabulló, asustada, mirando los rostros de todas las personas, uno por uno. Su cabeza afeitada había quedado al descubierto y en ella eran muy evidentes las horribles cicatrices que la recorrían de un lado a otro. Aquí y allá veía caras aterradas y oía expresiones de pánico o de asco. No sabía qué era la furia, pero las caras de aquellas personas no hacían más que aumentar su inquietud.

La mujer del vendedor avanzó hacia él cuchillo en mano y con la cara roja de ira.

–¡Es el cólera! –gritó–. ¡Ése es el culpable de la epidemia!

De inmediato la multitud montó en cólera y comenzó a gritar y a agitar los puños en dirección a la Criatura. Algunos blandían palos y cualquier cosa que pudiera servir de arma. La Criatura no entendía por qué la gente gritaba de aquel modo, aunque comprendía lo bastante para tener miedo. Aquella gente le recordaba los perros furiosos que le habían robado la carne y su instinto le decía que debía huir.

Dio media vuelta y echó a correr, pero la multitud se lanzó a correr detrás de él, armada con piedras y garrotes.

–¡Cogedle! ¡Cogedle! –vociferaba la mujer del vendedor animando a la gente.

Todos se lanzaron en persecución del monstruo que ahora corría por una calle cubierta que albergaba una hilera de tiendas. Los gritos airados le herían los oídos. Se volvió a mirar y tropezó con una estantería cargada de enseres de estaño, con lo que cayó estrepitosamente al suelo. La multitud se arrojó sobre él para matarlo. La fealdad de aquel ser era una afrenta, y resultaba evidente que mostraba todos los signos de padecer alguna enfermedad horrible y contagiosa. Lo echarían a patadas, le darían una lección a aquel engendro del diablo. ¿Cómo se atrevía a mezclarse con la gente decente un ser tan repugnante como aquél?

Comenzaron a apalearlo y con grandes esfuerzos el monstruo logró ponerse de pie y escapar. Con su andar tambaleante se metió de nuevo en el mercado perseguido por la multitud, que no paraba de darle garrotazos y lanzarle piedras. La Criatura siguió corriendo hasta que topó con una valla que cerraba la calle. Estaba acorralada. Un gemido de horror escapó de sus labios y se agarró a aquella barrera como si eso pudiese ayudarlo en algo. Pero la muchedumbre ya estaba otra vez encima de él, rodeándolo por tres lados. La barrera había cortado el paso de aquel ser extraño. Como un animal caído en la trampa, la Criatura se dio la vuelta y se enfrentó con sus perseguidores. Tenía muchísimo miedo y gimoteaba, implorante, pero todos se mostraban indiferentes a sus lamentos. Sólo querían vengarse de su fealdad.

Junto a la Criatura había una enorme carreta cargada de to-

neles. Era evidente que no podía saber que una carreta de aquellas dimensiones y peso sólo podía ser arrastrada por un fuerte
caballo de tiro, y aun lentamente y con dificultades, pero la agarró y la volcó fácilmente, proyectando sobre la multitud toda
una lluvia de verduras y de pesados toneles de madera.

La gente se detuvo un momento, que la Criatura aprovechó
para escapar moviéndose de lado junto a la barrera, pero un
hombre se separó de la multitud y comenzó a darle garrotazos
sin piedad. La Criatura estaba agachada y trataba de protegerse
la cabeza con las manos deformes, pero el hombre no paraba de
golpearle. Desesperada, la Criatura lo apartó de un manotazo.
La fuerza del empujón propulsó el hombre hacia atrás con fuerza increíble y, tras salir disparado por los aires, fue a estrellarse
contra la fuente, que, en realidad, no era más que un pozo profundo protegido por una tapadera de madera, con un cazo atado
con una cuerda a una espita.

Al golpear con la fuente, el hombre desplazó la tapadera y
cayó dentro del pozo, muriendo al instante. La muchedumbre
lanzó un grito y retrocedió, asustada. ¿Qué criatura era aquélla?
Era imposible que un ser humano pudiera tener tanta fuerza.

Pero el hermano del muerto, loco de furia y de dolor, se lanzó contra la Criatura. Con un rugido de terror, ésta levantó al
hombre como si fuera un gato y lo arrojó contra la multitud.
Varias personas cayeron al suelo como si fuesen bolos.

La distracción brindó a la Criatura una oportunidad para escapar, pero la multitud, cobrando nuevos ánimos al ver que
huía, salió en su persecución. Sin embargo, por prudencia, ahora
se mantenía a distancia y se contentaba con arrojar piedras y palos a la Criatura, algunos de los cuales dieron en el blanco.

El panadero y su mujer lo miraban impasibles y lo dejaron
escapar.

—¡Dejadlo! Venid a ayudar a esta gente.

Todos seguían gritando; algunos se detuvieron. Era el cólera, tenía que ser el cólera. Todo el mundo sabía que el cólera
enloquecía a las personas y que un loco tenía la fuerza de diez
hombres cuerdos. Mejor era dejar que aquella extraña criatura
huyera donde quisiera; la enfermedad no tardaría en acabar con
ella.

Tras doblar una esquina, la Criatura se lanzó contra una pared, casi sin aliento. Oía a sus perseguidores que gritaban y sabía que debía escapar. Vio un tramo de escaleras de piedra que llevaban a un nivel más alto de la ciudad y subió por ellas.

De pronto, sus pies tropezaron con algo que le cortaba el camino. Lanzó un grito de sorpresa y estuvo a punto de caer. Bajó la vista y volvió a gritar, asustada por las montañas de cuerpos sin vida que acababan de ser abandonados en la escalera y que esperaban la visita diaria de la carreta que había de transportarlos. Los cadáveres, que pertenecían a personas que habían sucumbido a la epidemia, yacían amontonados, con los brazos y las piernas rígidas y la boca abierta. Muchos tenían los ojos desorbitados y estaban completamente desnudos porque habían sido despojados de sus ropas contaminadas.

La Criatura se agachó, recogió algunas prendas que habían sido olvidadas y subió unos peldaños más. Oyó el crujido de ruedas sobre el empedrado: la carreta de la muerte, cargada de cadáveres, se estaba acercando. Se agachó a fin de que el conductor no lo viera, y así que éste hubo cargado todos aquellos cadáveres que esperaban en la escalera y que se hubo sentado de nuevo en el asiento del carro dispuesto a proseguir su lúgubre viaje, la Criatura se subió al carro y se escondió entre los cadáveres.

En el cerebro de la Criatura estaba comenzando a gestarse algo más grande y humano que el simple instinto. El instinto animal la empujaba a correr locamente, a huir de sus torturadores, pero lo que ahora la impulsaba a esconderse era la aparición de la inteligencia humana.

Cuando la Criatura se acomodó entre la montaña de cadáveres, el carretero se volvió pues le pareció oír un ruido extraño; al no ver nada anormal, se encogió de hombros. Algún cadáver que se había movido debido al movimiento del carro, no podía ser más que esto. ¡Vaya trabajo horrible aquél, pero estaba bien pagado! El hombre siguió su camino hasta reunirse con otras carretas que se dirigían a las puertas de la ciudad para arrojar fuera a los muertos. Durante la cuarentena sólo había una manera de salir de Ingolstadt: o llevabas la carreta o te llevaba ella.

Gracias a una especie de milagro, Henry Clerval había conseguido encontrar a Elizabeth y después de mucho rogar había logrado convencerla de que dejara para el día siguiente su visita a la buhardilla donde vivía Victor. Henry ya se imaginaba la naturaleza del trabajo que su amigo estaba llevando a cabo detrás de aquellas puertas cerradas con llave y sabía que Elizabeth no debía verlo.

Pese a todo, antes de que amaneciera Elizabeth estaba delante de la puerta de la casa de Henry para rogarle que la acompañara a buscar a Victor. Si Henry había pensado en salir de Ingolstadt sin su amigo, abandonó la idea al contemplar el hermoso rostro de Elizabeth. O se iban los tres juntos o ninguno.

Pero en cuanto subieron la escalera que conducía al desván de Victor quedaron atónitos. La puerta había sido arrancada de sus goznes –¿cómo había podido ocurrir tal cosa?– y el desorden que reinaba en el interior del aposento era realmente increíble. Por todas partes se veían cristales rotos y aparatos destrozados. Era como si un terremoto hubiera sacudido el desván, tan espantosos eran los estragos. Los dos se quedaron un momento en la puerta contemplando, estupefactos, todo aquel estropicio. De pronto, Elizabeth lanzó un grito:

–¡Oh, Dios mío!

Victor estaba tendido, inconsciente, en el suelo, con el rostro sudoroso y extremadamente pálido. Parecía medio muerto.

La carreta de los muertos iba recorriendo el camino de las afueras de Ingolstadt. La Criatura, medio asfixiada, salió a rastras del putrefacto montón de cadáveres y se dejó caer de la carreta sobre el fangoso camino. Cuando el vehículo ya se alejaba, se levantó y, cogiendo el hato de ropas, se dirigió carretera abajo.

Después de caminar unos minutos, la Criatura salió del camino y se encaminó a un pequeño bosque. No había más que árboles y silencio a excepción del canto de los pájaros en las ramas. Estuvo caminando un buen rato, disfrutando de la agradable caricia de la brisa fresca en el rostro. Al cabo de una hora llegó a un río. La sensación de sed también era nueva para ella. Gateó hasta el borde del agua y se agachó a beber como hacen los animales, a lengüetazos. De pronto vio que en el agua se movía algo; hizo una pausa y clavó la mirada en la superficie. Lo que vio fue el reflejo de su imagen fragmentada. Permaneció inmóvil un instante y el reflejo dejó de temblar y se reconstruyó. El monstruo se puso de pie y lanzó un grito, aterrado ante su propia imagen, incapaz de expresarse con palabras e incluso de formular conceptos, aunque sabiendo que su cara no era… normal. No, decididamente su cara no era como la de las personas que había visto en Ingolstadt.

Agitó el agua con las manos para borrar aquella imagen espantosa y después sus manos buscaron su cara, la tocaron, como si palpasen aquellas cicatrices dentadas y aquellas protuberancias. Se sentía vencido por una extraña sensación de «anormalidad» y de algún modo supo qué era sentir asco y horror de uno mismo. Se sentó, volvió a tocarse la cara y dejó escapar un gemido de dolor.

De pronto, se oyeron los ladridos de unos perros que no debían de estar muy lejos. La Criatura echó a correr de inmediato. La experiencia le había enseñado que los perros que ladran no anuncian nada agradable. Por eso corría cada vez más rápido entre los árboles, jadeando y aplastando ramas caídas a su paso. Los ladridos sonaban cada vez más cerca. La Criatura se ocultó entre unos matorrales y se cubrió totalmente con hojas secas. Experimentaba una mezcla de extrañas sensaciones, entre las que destacaba el pánico, el agotamiento y un terror mortal.

No lejos de donde se encontraba vio una cierva que acababa de morir, abatida por dos flechas que se habían hundido en su costado. Justo en aquel momento apareció un pequeño cervatillo que debía de tener muy pocos días y que al parecer buscaba a su madre. Temblaba de miedo y de cansancio.

Al ver al cervatillo la Criatura dejó escapar un gemido. Durante un buen rato se miraron y entre ambos circuló una corriente de simpatía. Uno y otro eran animales acechados, carne preparada para el sacrificio, los dos estaban solos en el mundo.

Los ladridos iban creciendo en intensidad, lo que indicaba que los perros estaban cada vez más cerca. A sus aullidos de excitación se sumaban los gritos de los cazadores. La Criatura se levantó, cogió el cervatillo en brazos y echó a correr. Ladrando y gruñendo, los perros se lanzaron en persecución de la Criatura, que echó a correr por la orilla del río buscando un sitio por el que vadearlo. Era sorprendente que pudiera correr más que aquellos perros de caza.

Por fin descubrió un lugar donde el río se estrechaba y lo atravesó con el cervatillo apretado contra su pecho. Por el otro lado venían los perros, que gruñían furiosamente. Durante un instante permanecieron en la orilla, pero la corriente de agua les había hecho perder el rastro y, como no les atraía la idea de cruzar el río, regresaron, hambrientos, al lugar donde había quedado la cierva muerta.

La Criatura apartó el cervatillo de su pecho, contenta de haber contribuido a que escapara de la persecución de los perros, pero se dio cuenta de que el animalillo estaba fláccido y sin vida. La Criatura no pudo reprimir un lamento, porque acababa de comprender que, al tratar de salvar al cervatillo, lo que había hecho era aplastarlo y provocar su muerte. Tuvo aquella misma sensación que había experimentado al reconocer su reflejo en el agua. No, aquello no era normal.

En su cerebro comenzaban a formarse rudimentarios pensamientos, aunque no podía expresarlos. La Criatura había recibido una serie de impresiones mentales y de sensaciones físicas en las que basaba conclusiones muy simples. El alimento y el calor eran cosas buenas; los rostros airados, los gritos, los palos y las piedras, los perros que ladraban y los ciervos muertos no eran cosas buenas. Había comprendido que él era más fuerte que la mayoría de las personas y que si éstas le temían era precisamente por su fuerza y también por su desagradable aspecto. No establecía conexión alguna entre él y los demás, salvo en el caso de un hombre, el que había visto al abrir los ojos por vez primera. La Criatura sentía una poderosa conexión con aquella persona, aunque no la comprendía del todo.

Estuvo caminando varias horas. El sol que se filtraba a través del follaje ya se hacía más tenue y el cielo se oscurecía poco a poco. No oía ni veía a nadie. Era una figura solitaria cubierta que se abría camino a través del bosque. Tenía frío, hambre, estaba mojado... agotado. Con todo, no se había desembarazado del hato de ropa. Se había levantado un poco de viento y no tardaría en hacerse de noche.

De pronto llegó hasta sus oídos una música leve, al parecer transportada por la brisa. La Criatura se detuvo al escuchar aquellas notas que parecían provenir de algún instrumento de viento, posiblemente una flauta. Se giró para ver de dónde procedía, pero no tardó en volver a emprender el camino, esta vez hacia el lugar de donde venían aquellas notas tan dulces. La música producía en ella la sensación de que todo iba bien.

En un claro del bosque se levantaba una casita de madera de cuyo interior salía la música que había escuchado. La Criatura se acercó con mucha cautela porque no tenía muchas ganas de volver a ver hombres. Se aproximó a una ventana, echó una mirada al interior y, sin dejar de escuchar, retrocedió un poco. La música cesó de pronto. Oyó un murmullo de voces y después unos pasos. La Criatura se retiró, temerosa, y echó a correr rápidamente en torno a la casa justo cuando se abría la puerta.

Salió un muchacho, un granjero pobre y delgado que se acercó al lugar donde estaba la Criatura. Bordeó el lado de la casa y siguió hasta el ángulo de la misma, mientras la Criatura se escabullía hasta una puertecita que daba a la pocilga. Ésta se encontraba adosada a la cabaña, separada de ella por un simple tabique.

—¡Felix! —gritó una voz de mujer desde el interior de la casa—. Acuérdate de las sobras que están en el cubo junto a la puerta. Son para los cerdos.

—¡Ah, sí! —respondió el joven—. Lo había olvidado.

—Pues ve a dar de comer a los cerdos y date prisa porque la cena está a punto.

—No tardo un minuto.

La Criatura consiguió abrir la puerta y meterse en la pocilga mientras Felix doblaba la esquina de la casa y se disponía también a entrar en ella. Se encontró, pues, en compañía de los cerdos. Al ver a la Criatura los animales empezaron a gruñir, asustados.

—¡Callad de una vez! Voy a daros la comida —les dijo Felix desde el exterior de la pocilga.

La Criatura se escabulló entre las sombras cuando entró el hombre con un cubo lleno a rebosar. Los cerdos olieron la comida y comenzaron a gruñir ruidosamente. Felix volcó el cubo y todas las sobras cayeron en la gamella; luego salió y los animales se abalanzaron sobre la comida.

La Criatura se inclinó llena de avidez. ¿Comida? También ella había percibido una combinación de sugestivos olores que la atraían como el imán al hierro. Se arrastró hasta la gamella y se apretujó entre los cerdos. Éstos intentaban apartarlo a empellones, pero la Criatura, enloquecida de hambre, volvía a meterse entre ellos. Daba lengüetazos en aquel mejunje y se lo metía en la boca con la ayuda de los dedos, mientras gruñía de placer al igual que los cerdos.

De pronto, se detuvo; acababa de percibir un sonido diferente. En la casa había alguien que cantaba. Era una voz de mujer. La Criatura sintió un placer tan intenso que le resultaba casi insoportable. Atraída por la música, se dirigió a rastras a los recintos más oscuros donde la pocilga estaba separada de la casa por un simple tabique y, ya allí, acercó un ojo a la rendija entre dos tablones al tiempo que se enjugaba los labios. A través de la rendija la Criatura atisbó el interior de la casa.

Lo que vio fue el ritual que se desarrolla cada noche en cualquier casa. El abuelo removía con una cuchara la sopa que se cocía en el puchero. La Criatura se desplazó a otro sitio para tener una visión diferente de la habitación y entonces descubrió a los niños. Maggie y Thomas, de seis y ocho años de edad, estaban poniendo la mesa para la cena. La esposa de Felix, Marie, ayudaba a su marido a limpiarse las manos desolladas por el trabajo.

—Otra vez me sangran —dijo Felix con un suspiro.

—¿Cómo están los cerdos? —dijo la mujer.

Felix se agitó al notar el escozor del ácido fénico.

—Muy bien. Les he dado de comer.

La visión de aquellos momentos de felicidad doméstica hicieron que la Criatura lanzara un suspiro de placer. ¡Qué amables, qué naturales eran esas personas! ¡Qué diferentes de aquellas otras, furiosas, que lo habían perseguido con bastones y piedras! Era una felicidad que casi podía compararse con la que había experimentado al comer aquella comida pegajosa y caliente de la gamella.

Había sido un suspiro tan leve que ninguna persona de la

casa lo había oído, salvo el abuelo. Como el viejo era ciego, tenía sumamente desarrollado el sentido del oído, como ocurre con las lechuzas de los graneros, capaces de detectar el susurro más imperceptible producido por una rata entre los sacos de trigo. El abuelo hizo una pausa para fijar sus ojos ciegos en el tabique que separaba la casa de la pocilga. Pero el suspiro no se repitió. Decidió que habían sido imaginaciones suyas.

—La sopa está a punto —anunció.

—Ven a sentarte, abuelo —dijo Thomas.

El anciano se dejó conducir por sus nietos hasta la mesa. Marie retiró el puchero de los fogones y toda la familia se sentó para bendecir el pan y dar cuenta de la frugal comida.

La Criatura se retiró de la rendija a través de la cual atisbaba y se sentó de espaldas a ella. Ya no tenía hambre, estaba satisfecha, en cierto modo tanto material como espiritualmente. Notó algo en el bolsillo y lo sacó. Era el diario de Victor. Lo hojeó pero no comprendió lo que tenía escrito y volvió a dejarlo. Sentía un horrible cansancio, era el primer día completo de su vida y había sido muy largo y agitado. Se puso el abrigo para entrar en calor, se tumbó en el suelo y se quedó dormida casi de inmediato.

Capítulo 12

EL DIARIO

Victor Frankenstein estuvo varios días debatiéndose entre la vida y la muerte. Elizabeth no se apartó ni un solo momento de su lado, haciendo oídos sordos a las palabras de Henry, que intentaba convencerla de que se tomara un descanso. Cuando el sueño y el cansancio la vencían, dormitaba a regañadientes en una silla junto a la cama de Victor. Henry se ocupaba de la salud de su amigo, para lo cual echó mano de todos los conocimientos médicos que había adquirido recientemente, si bien por momentos llegó a dudar de que Victor saliera con vida. Durante su delirio, éste profería amenazas de muerte y misteriosas frases que Elizabeth no entendía, tales como «líquido biogénico», «energía auxiliar», «fuerza potenciada», «abominación...»

Sin embargo, Henry imaginaba, al menos en parte, qué había ocurrido en el laboratorio y, aun cuando seguramente no podía prever el resultado del experimento de su amigo, le alegraba el que hubiera terminado. Siempre había pensado que era peligroso que Victor continuara con los extraños experimentos de Waldman, porque consideraba que éstos violaban las leyes de Dios y de los hombres.

Henry Clerval jamás podría olvidar la fuerza con que la

mano amputada del chimpancé había apretado implacablemente la suya, y tenía la impresión de que Victor había cruzado la línea entre la experimentación y jugar a ser Dios, con resultados catastróficos. El secreto de Victor debía de ser terrible para atormentar tan dolorosamente su alma incluso estando inconsciente.

Pero una mañana, cuando le acercaban una taza de caldo caliente a los labios, Victor abrió los ojos y los posó en el rostro angustiado de Henry.

–¿Qué pasa? –preguntó débilmente, mientras intentaba moverse.

Clerval volvió a empujarlo suavemente sobre las almohadas.

–¡Vamos, vamos, ahora descansa!

–Henry, ¿estás aquí? –dijo Victor con un hilo de voz, como si lo dudara.

Henry Clerval reprimió una sonrisa.

–¡Claro que estoy aquí! ¿En qué otro sitio podía estar? No sabíamos qué te ocurría, Victor. Anda, toma un poco más de sopa. Has estado muy enfermo. Temía que fuese el cólera, pero sólo era una neumonía.

¿Era posible que aquél fuese Clerval, un médico que odiaba hasta la idea misma de la gente enferma? Victor lo miró sorprendido.

–Sí, me he convertido casi en médico –dijo Henry, y se echó a reír–. Hasta Krempe está contento conmigo. Como siga así, incluso aprobaré anatomía.

Victor rechazó la sopa e hizo un esfuerzo para sentarse. A su cabeza acudían los recuerdos en tropel.

–¿Y la epidemia? ¿Qué ha ocurrido con la epidemia?

Henry dejó de sonreír y una expresión de preocupación se dibujó en su rostro.

–Es horrible, pero no se puede hacer nada. Todo el mundo está expuesto, los que no tienen comida ni casa morirán, especialmente los recién nacidos.

¡Los recién nacidos morirían! A Victor le dio un vuelco el corazón. Pensó en la Criatura, que, a pesar de ser fuerte, era como un recién nacido, incapaz de hablar ni de pensar, sin comida ni casa y con el cólera haciendo estragos a su alrededor.

No era posible que sobreviviera... Sin duda sería víctima de la epidemia; se imaginó su cuerpo mutilado y cubierto de cicatrices, inerte, inofensivo en la muerte. Era un pensamiento maravilloso que lo llenaba de consuelo. ¡Si fuera verdad...!

–¿Estás seguro? –preguntó a Henry.

–Sí, lo estoy.

–¡Dios lo quiera! –murmuró Victor.

–¿A qué te refieres? Victor, ¿qué ha pasado? –preguntó Henry, perplejo. Por una parte quería saber, pero por otra prefería no enterarse. Todo aquel destrozo que había presenciado en el laboratorio le había proporcionado muchas claves, sobre todo aquel enorme recipiente de cobre que parecía un gigantesco ataúd.

Victor se quedó dudando una fracción de segundo. Se moría de ganas de contarlo todo a su amigo, de compartir con él aquella carga que pesaba como una horrible losa en su corazón. Pero era consciente de que cometería un error si se lo decía. Por primera vez había comprendido las evasivas de Waldman y sus reservas. Había ciertas cosas que era mejor mantener en secreto.

–Nada –dijo Victor finalmente.

–Bueno, pues entonces se ha terminado mi turno –dijo Henry, muy contento–. Te veré después. –Cogió el cuenco de sopa y abandonó la habitación.

Victor estaba solo. Se dejó caer sobre las almohadas con un suspiro de alivio. Aún estaba débil y un poco mareado, aunque muy recuperado teniendo en cuenta que había estado a punto de morir de neumonía. En aquel momento casi se sentía eufórico. Estaba seguro de que la Criatura había muerto, y esta certeza operó en él un milagro más grande desde el punto de vista médico que las palabras de Henry y todas las medicinas, pociones y caldos que le había dado.

De pronto, llegó hasta él una música de piano, una melodía suave, dulce y serena. ¿Volvía a delirar? No, la música era real. Se trataba de aquella misma canción que Elizabeth había cantado en el baile de despedida: «Así pues nunca más ya de noche...»

Victor abandonó el lecho y con paso inseguro fue a averiguar de dónde provenía aquella música. La puerta de la habitación que daba al laboratorio estaba abierta y vio que todos sus aparatos científicos estaban metidos en baúles y que los cristales rotos habían sido retirados. ¡Qué inofensiva le parecía ahora aquella estancia pese a haber sido, hasta hacía muy poco, escenario de tantos actos repugnantes! Volvía a ser un desván, simplemente un desván.

La música sonaba cada vez más fuerte y lo atraía con su magnetismo. Entonces la vio: era Elizabeth y estaba sentada al piano, en el extremo más alejado del desván. No se trataba de una alucinación; era su Elizabeth de carne y hueso, real y con todo su esplendor y belleza. Victor sintió una alegría tan grande que a punto estuvo de desmayarse de emoción. Tuvo que apoyarse en la pared para evitar desplomarse.

–¡Elizabeth! ¡¡Elizabeth!! –exclamó, extasiado.

Ella se volvió y lo miró: estaba vivo, de pie y la llamaba por su nombre. La muchacha se levantó y corrió hacia él. La amplia falda de su vestido se hinchó con el aire. El rostro le resplandecía de amor y felicidad.

Victor corrió hacia ella con toda la rapidez que le permitieron sus débiles piernas, pero al abrazarla cayó al suelo, arrastrándola con él. Y allí quedaron fuertemente enlazados, besándose, tocándose, estrechándose con pasión. Toda idea racional quedó en suspenso y entre los dos la pasión se desató como un torrente. Eran como dos animales jóvenes, como dos niños, no podían ni querían detenerse, querían saciarse el uno del otro. Habían estado a punto de perderse para siempre y, puesto que habían vuelto a reunirse, ya no querían separarse nunca más.

–Elizabeth, creía que jamás volvería a verte –exclamó Victor, y de sus ojos brotaron lágrimas de felicidad mezcladas con hondos remordimientos. No le importaba que ella lo viera llorar.

–Calla, calla, no te excites, todo va bien… –Elizabeth quería tranquilizarlo dispensándole toda su ternura, acariciándole los hombros vencidos, besándole los cabellos.

–¡Por favor, perdóname, te lo pido por favor! –imploró él.

–¿Cómo quieres que no te perdone? –exclamó ella.

–¡Lo lamento tanto!

Victor continuaba llorando, pero besó a Elizabeth con toda su alma y ella le devolvió el beso con el mismo fervor. Ya no volverían a separarse nunca más. Elizabeth cogió la cabeza de Victor entre sus manos y lo miró fijamente a los ojos. ¡Qué indefenso le parecía ahora!

–Victor –le dijo–, no sé en qué estabas trabajando… no quiero saberlo… pero debes comprender que ha estado a punto de acabar con tu vida.

Victor asintió con un gesto.

–Sí, pero ya he renunciado a ello. Todo ha terminado. Nunca debí intentarlo, pero ya ha terminado. ¡Es cosa muerta! –Escrutó el rostro de Elizabeth, aquel rostro tan amado, tan suyo. Debió de haberse vuelto loco para olvidarse de Elizabeth, de Ginebra, su casa–. ¡Te amo! –murmuró.

Elizabeth sonrió, temblorosa.

–¡Yo también te amo!

Volvieron a besarse con pasión y ternura, ahora los dos reían y lloraban a un tiempo. ¡Qué felices eran, qué increíblemente felices!

Dentro de la pocilga, la Criatura y los cerdos dormían profundamente. De pronto, aquélla abrió los ojos, dispersó a los cerdos, se arrastró hasta las tablas de la porqueriza y miró al exterior. A través de las rendijas vio la parte externa de la casa e incluso el pequeño huerto frente a la puerta. A juzgar por la luz del sol, debía de ser tarde.

Mientras el monstruo estudiaba el pequeño mundo que lo rodeaba, Felix volvió del campo con la cesta a la espalda. Aunque estaba muy cansado, se agachó a recoger una de las flores alpinas que asoman siempre en la tierra cuando el otoño es frío.

Al oír pasos en el exterior, la Criatura volvió a atisbar por el agujero que había en la pared de la pocilga. Los placeres de su corta vida se habían limitado hasta entonces a estar caliente y a comer cuando tenía hambre, pero lo que ahora más le gustaba era contemplar a Felix y a su familia. Durante el breve espacio de tiempo que la Criatura había pasado confinada en la pocilga, aquella familia se había convertido en objeto de su adoración y cada día sabía más cosas acerca de ella. Aquella familia era como un libro de texto repleto de datos.

Aunque aún no había aprendido a hablar, ya comprendía que la mayor parte de las veces los seres se comunican por medio de palabras. Una persona emitía unos sonidos y, al parecer, otra los entendía y respondía con sonidos diferentes. Aquellas personas, además, no gritaban airadas ni levantaban los puños. Unas veces el ciego tocaba la flauta y otras la mujer guapa cantaba, y entonces la Criatura experimentaba la sensación más maravillosa del mundo.

En ocasiones se tocaban unos a otros cariñosamente, y la Criatura acabó por entender que aquellas caricias eran también una especie de lenguaje silencioso que era comprendido tanto por quien lo emitía como por quien lo recibía. Incluso había aprendido a captar las diferencias entre la manera en que los padres tocaban a sus hijos y la manera en que el hombre y la mujer se tocaban entre sí.

Vio que Felix entraba en la casa y vaciaba la cesta. Había muy poca cosa en ella y sobre la mesa de la cocina sólo cayeron unas patatas y unos nabos. El invierno se acercaba, las noches eran muy frías y la tierra se había helado, por lo que a aquel campesino le resultaba imposible herir la tierra con el azadón para extraer vegetales.

—Con tan poca cosa no sé cómo pasaremos el invierno. La tierra está demasiado dura.

—Habrá que vender otro cerdo en el mercado —dijo Marie con expresión de tristeza.

—No podemos —respondió Felix, sentándose y dejando escapar un suspiro de cansancio—, por lo menos hasta que acabe la cuarentena. Ahora mismo nadie puede entrar ni salir de Ingolstadt. Además, habría un cerdo menos para nosotros. Aún debemos el alquiler del mes pasado. El amo no tardará en pasar a cobrar... —dijo con amargura.

Marie se sentó al lado de su marido, cogió su mano entre las suyas y con voz dulce, dijo:

—¡Vamos, anímate, saldremos adelante!

—Tienes razón —asintió Felix, aunque cansado—, pero antes de que nieve hay que encontrar una solución...

La pareja guardó silencio disfrutando de aquel momento de ternura; él le dio la flor que había cogido pocos momentos antes.

–Es para ti.

A través de la rendija del tabique la Criatura contemplaba a Marie y a Felix, profundamente conmovida por las muestras de ternura que se dispensaban. La dulzura de sus voces sonaba maravillosamente a sus oídos y sus caricias le parecían algo extrañamente conmovedor, como también se lo había parecido el hecho de que él le regalara una flor a la esposa. De alguna manera el monstruo lo interpretaba como un símbolo del afecto que se profesaban. Todo aquello hizo que se sintiese muy sola. Anhelaba desesperadamente pasar a formar parte de aquella familia, un anhelo que por sí solo sirvió para elevar a un nivel superior su autoeducación.

El feto humano experimenta, en el interior del útero, la misma evolución que sufriera un día, hace muchos millones de años, la especie humana. En el momento de la concepción, un organismo unicelular se divide y se convierte en un organismo pluricelular. Le aparece un rabo y entonces se parece a un pez; pierde después el rabo y pasa a través de varios estadios que lo asemejan a un anfibio y que acaban, finalmente, por darle la apariencia de un mamífero, exactamente igual que les ocurrió a los antepasados de la raza humana cuando salieron del mar hace varios eones. Los científicos tienen una frase para explicar este hecho: «La ontogenia recapitula la filogenia», lo cual significa que el individuo pasa por el mismo desarrollo evolutivo que su especie en el breve período de los nueve meses que permanece en el útero.

Así fue el desarrollo de la Criatura. Al nacer, no hacía más que unos pocos días, tenía la mentalidad de un niño y sólo sabía de hambre y saciedad, de miedo y bienestar. Pero las facultades de su cerebro se desarrollaban con sorprendente rapidez y su inteligencia crecía con cada hora que pasaba. Sus dotes de comprensión ya empezaban a dar extraordinarios saltos y, aunque todavía debía aprender a hablar, ya empezaba a entender palabras sencillas.

Con aquellas personas como cuaderno de apuntes y desde el privilegiado puesto de observación que le ofrecía la pocilga, la Criatura ya había comprendido conceptos tan complejos como el de «casa» o «familia». Sabía que aquellas personas tenían unos nombres y que los utilizaban para llamarse entre sí: Felix, Marie, Thomas, Maggie, Abuelo. Él, en cambio, no tenía nombre alguno. Sabía que una familia no está sola en el mundo y que, en cambio, él lo estaba. Comprendió todas aquellas cosas en el transcurso de unos pocos días. La fuerza del cuerpo de la Criatura casi era superada por la fuerza de su cerebro.

—¡Vamos, pues! —dijo Marie tratando de mostrarse alegre.

Si debían extraer comida del suelo helado, mejor que fuera enseguida, antes de que cayera la noche. Se pusieron de pie, Felix cogió la azada y la pala, Marie las cestas y salieron de la casa.

La Criatura pasó a través de los listones, cogió una patata y entró nuevamente en la pocilga. Fue dándole vueltas en las manos, perpleja, sin saber qué hacer con ella y preguntándose por qué tendría tanta importancia.

En el campo, Felix golpeaba furiosamente la tierra mientras Marie se afanaba con la pala. El suelo estaba cubierto de una dura capa de hielo y sus herramientas resultaban prácticamente inútiles.

—La tierra está helada —dijo Felix con amargura—. No tenemos fuerza suficiente para cavar. Harían falta veinte hombres para remover la tierra. Es inútil. —Soltó la azada y en su rostro se reflejó toda la desesperación que le invadía.

Marie se irguió y se llevó la mano a la espalda, que le dolía terriblemente.

—Sí, será mejor que lo dejemos —dijo con voz cansada—, está haciéndose tarde.

Se miraron.

—No hay comida —dijo Felix, al borde de la desesperación. La idea de que su familia pudiera pasar hambre le resultaba insoportable. Se sentía impotente e indefenso.

—Nos arreglaremos —le tranquilizó Marie con voz suave—. ¡Vamos, Felix!

Cogieron las canastas casi vacías y emprendieron el camino de vuelta a casa con aire cansado pero cogidos de la mano. Sobre ellos planeaba una pregunta espantosa que no se atrevían a formularse en voz alta: ¿Cómo se las arreglarían para pasar el invierno sin comida?

Aunque no podían ver a la Criatura, ella lo veía todo. Y como lo veía todo, aprendía.

Más tarde, a través del ojo de la cerradura, vio también que la familia daba cuenta de la precaria cena consistente en patatas y nabos. Acababa de comprender una cosa: que el alimento de la familia era aquél, de la misma manera que los desechos que comían los cerdos era el suyo. Observó la patata cruda que había cogido de la casa y de pronto cobró sentido para él.

Se dio cuenta también de que Felix y Marie renunciaban a una parte de su ración para que el abuelo ciego y los niños dispusieran de más comida. Vio que los padres aprovechaban el momento en que los niños cerraban los ojos y el abuelo daba gracias a Dios por el alimento recibido para pasar parte de la verdura de sus platos a los de ellos.

–Gracias, Señor, por el alimento recibido. Gracias por tener una familia. Amén.

El anciano terminó la oración y la familia comenzó a comer lentamente y en silencio. Sabían que ésa era toda la comida que tenían.

Esa misma noche, en medio de la más absoluta oscuridad, la Criatura comenzó a cavar la tierra sirviéndose de la pala de Marie. Aunque iban pasando las horas, no sentía fatiga alguna, sólo una profunda paz interior. Aquel trabajo le producía una gran sensación de bienestar.

Por la mañana, todas las cestas del cobertizo esperaban, llenas a rebosar, delante de la puerta de la casa. Era una generosa cosecha de tubérculos. Cuando más tarde Felix y Marie salieron de la casa, se quedaron maravillados. ¿Quién habría sido el alma piadosa que les había hecho aquel regalo? La Criatura los vigilaba a través de la rendija de la pocilga y experimentaba una sensación de alegría al verlos tan alegres. Estaba empezando a sentirse uno de ellos.

Por la noche la comida fue mucho más abundante que el día anterior. Todos festejaron tanta prodigalidad y no paraban de hablar de lo sorprendidos que estaban y de cómo podía haber ocurrido aquello.

–Debe de ser un regalo del Espíritu Bueno del Bosque –dijo el abuelo lleno de confianza.

Pero Felix sacudió la cabeza y con aire dubitativo, dijo:

–En esta vida todo tiene un precio. Quisiera saber quién ha sido y por qué lo ha hecho.

–¿Es verdad que ha sido el Espíritu Bueno, abuelo? –preguntó la pequeña Maggie, ilusionada.

El ciego asintió con la cabeza.

–Sí, creo que sí.

–¿Queréis hacer el favor de no decir más tonterías? –refunfuñó Felix, irritado.

–¿Es verdad, mamá? ¿Ha sido el Espíritu Bueno el que nos ha regalado toda esta comida? –quiso saber Thomas.

Felix y Marie intercambiaron una mirada. A él aquello no le pareció tan divertido como a ella, pero lo dejó. ¿Cómo iban a explicárselo a los niños si eran incapaces de explicárselo a sí mismos? Con una sonrisa, les dijo:

–¡Claro que sí! Y ahora a comer antes de que se enfríe.

Desde la rendija del tabique por la que atisbaba, la Criatura sonrió. Sabía que había alegrado la vida de aquella buena gente.

El día siguiente, a última hora de la tarde, el abuelo cogió el bastón y la flauta y se fue andando hasta el estanque, se sentó en un tronco para disfrutar de los últimos rayos del sol de octubre que bañaron su rostro y su espalda y se puso a tocar el instrumento. De los arbustos situados detrás de él salió cautelosamente la Criatura y se dispuso a escuchar, atraída por aquella melodía sencilla y popular. El anciano advirtió su presencia y se volvió; la Criatura, que ignoraba que estaba ciego, huyó rápidamente a esconderse entre los arbustos.

–¿Quién está ahí? ¿Felix? ¿Sois vosotros, niños? –preguntó el abuelo, que no obtuvo respuesta alguna.

El anciano se sentía inquieto porque en los últimos días no era la primera vez que notaba la presencia de un desconocido. ¿Por qué no se manifestaba aquella persona? ¿Tendría algo que ocultar? Demasiado nervioso para quedarse en el bosque, el abuelo se levantó del tronco donde se había sentado, se metió la flauta en el bolsillo y emprendió de nuevo el camino hacia su casa. Triste y decepcionada, la Criatura se agachó entre la maleza y lo observó alejarse. Aunque se moría de ganas de seguirlo, no se atrevió a hacerlo.

En la cocina de la casa, Marie daba a su hija una lección de lectura. En noviembre los días eran muy cortos y era una lástima perder el tiempo. A través de la rendija de la pocilga, la Criatura atisbaba con gran interés. Vio una pizarra, y en ella escrita con tiza, la palabra «amigo», ininteligible para ella. Marie dejó la pizarra sobre la mesa, cerca de Maggie.

—¿Qué dice? —preguntó a la pequeña, señalando la palabra.

Maggie frunció el entrecejo al pronunciar la palabra.

—A... mi... go. ¿Amigo?

Marie sonrió y abrazó a su hija.

—¡Amigo! ¡Muy bien! Vamos a probar con otra palabra, ¿quieres?

Dentro de la pocilga, la Criatura, atisbando por la rendija, asistía también a la lección de lectura.

—A... mi... go... ¡Amigo!

Aquélla fue la primera palabra humana que aprendió.

A medida que los días se iban acortando, el tiempo transcurría más deprisa. Las noches traían heladas y los días eran mucho más fríos, razón por la cual los niños acompañaban a su padre al bosque a buscar la preciosa leña. Después de varias horas de partir leña de los árboles caídos que encontraba a su paso y ya con el hacha mellada por los golpes, a Felix le sangraban las manos. Por fin, se sintió incapaz de seguir.

—¡Niños, apilad la leña que volvemos a casa!

Thomas y Maggie hicieron un montón con la leña mientras su padre se ponía la chaqueta, agotado por el esfuerzo. Tras acomodar la leña sobre el lomo de la vaca, Felix y sus hijos emprendieron lentamente el camino de regreso.

Desde el interior de la porqueriza, la Criatura observó a Felix mientras iba amontonando los últimos troncos debajo de los aleros. Marie salió de la parte de atrás de la casa y cogió las manos del marido entre las suyas.

—¡Felix, ya basta! —dijo llena de ansiedad—, te sangran las manos. Vamos dentro, que te las lavaré.

Felix sacudió la cabeza con amargura.

—Esa madera está húmeda. No sirve para nada, no quemará.

Felix tenía la impresión de que cada día era menos capaz de cubrir las necesidades básicas de su familia.

–No tiene importancia –dijo Marie tratando de quitarle aquella preocupación de encima.

Sin embargo, los dos sabían que tenían de qué preocuparse, ya que la cabaña de madera donde vivían no los protegería del invierno a menos que contaran con una buena provisión de leña. El frío había empezado en octubre, y en noviembre ya habían quemado la última leña que les quedaba. Estaban a comienzos de diciembre y lo único que habían encontrado para hacer fuego eran unas cuantas ramas secas.

Entraron en la casa y cerraron la puerta. A la Criatura no se le ocurría preguntarse por qué razón entendía casi todo lo que decían, aunque así era. Lo comprendía casi todo, e incluso sabía pronunciar algunas palabras, las que había visto escritas durante las lecciones de Maggie o palabras de uso corriente que oía en boca de los miembros de aquella familia, como «amigo», «madre» o «árbol».

Aquella noche, mientras manejaba el hacha de Felix en el bosque, pronunció varias veces la palabra «árbol».

El día siguiente, cuando Felix abrió por la mañana la puerta se quedó de una pieza.

–¡Marie! –exclamó muy excitado–. ¡Marie! ¡Ven enseguida!

Marie salió de la cocina secándose las manos en el delantal y acudió a la puerta.

–¿Qué pasa?

–Mira.

–¡Jesús, María y José! –exclamó Marie al tiempo que se persignaba.

La era estaba llena de montones de leña, perfectamente cortada y ordenada. Había provisión suficiente para todo el invierno.

–Pero ¿se puede saber qué pasa? –exclamó Felix con voz jadeante.

Sin embargo, no era el momento de hacer preguntas que no se podían contestar, sino de alegrarse de su buena suerte. Primero la comida y ahora la leña. Incapaces de expresarse con palabras, Marie y Felix se abrazaron, después de lo cual se pusieron a entrar la leña en la casa.

—¡Vamos a encender el fuego! —dijo Felix pletórico de alegría.

—¡Sí, vamos! —respondió su esposa, tan feliz como él—. ¡Qué bien volver a estar calentitos!

«Volver a estar calentitos», dijo la Criatura para sus adentros, compartiendo la alegría de aquellas personas mientras las observaba a través del tabique de la pocilga. «Volver a estar calentitos...»

En la buhardilla de Frau Brach, Victor Frankenstein ya estaba empaquetando sus cosas, asegurándose de que las cajas que contenían su equipo estaban seguras y dando órdenes a un criado que estaba esperando. Victor se había restablecido por completo. Los últimos tres meses, durante los cuales había recuperado sus fuerzas y su salud, habían transcurrido con extraordinaria rapidez. Se había recortado la barba que le había crecido durante la enfermedad y, como le pareció que le sentaba bien, decidió que la conservaría. Hacía que pareciese mayor y le daba un aire más doctoral, un aire de mayor responsabilidad, o por lo menos eso creía él.

Ahora estaba ocupado dando instrucciones. En los tres lados de las cajas, con letras grandes y claras se leía: FRANKENSTEIN GINEBRA.

—Esto es sumamente importante —dijo al criado—, tienes que vigilar las cajas durante el viaje. Este equipo no se puede dejar desatendido.

—Sí, señor.

—Mi padre se hará cargo de él, personalmente, ¿entendido?

—Por supuesto, señor.

—Muy bien, gracias —dijo poniendo una moneda de oro en la mano del criado.

—¿Os vais? —preguntó Henry Clerval, que en ese momento entraba en la habitación.

—Sí —respondió Victor.

Elizabeth, que estaba exultante, corrió a saludar a Henry.

—Mira el medallón que me ha regalado Victor, ¿no lo encuentras maravilloso? —le preguntó.

Henry cogió el medallón que Elizabeth llevaba en el pecho y lo examinó. Era un delicado retrato de Victor, pintado sobre marfil y enmarcado en oro.

–Sí, es maravilloso. ¿En serio eres tú?

–Me parezco muy poco –dijo Victor con una sonrisa, al tiempo que se acercaba y miraba el medallón por encima del hombro de su amigo–, pero por el momento hará las veces de anillo.

–¡Vaya, compromiso a la vista! –exclamó Henry Clerval, y dio un fuerte y cordial abrazo a su amigo–. ¡Felicidades por el acontecimiento! ¿Cuándo va a ser, si puede saberse?

Elizabeth se les unió y abrazó a los dos.

–Apenas lleguemos a casa. Aunque no creo que estemos allí para Año Nuevo. Victor se hará cargo del consultorio paterno.

–Y lo ampliaré –dijo Victor.

–Yo me adelantaré aprovechando que han levantando la cuarentena –dijo Elizabeth–. La boda exige muchos preparativos.

Estaba radiante de alegría y se movía con una gracia que le había faltado por completo durante la larga enfermedad de su amado.

–Y ahora que lo digo, necesito un colaborador –dijo Victor, dirigiéndose a Henry y sonriéndole muy satisfecho–. El dinero no será mucho, pero la comida, el techo y la amistad están asegurados. Es un puesto perfecto para alguien que haya conseguido aprobar la anatomía. Nos preguntábamos si sabrías de alguien.

Elizabeth puso su blanca mano en el brazo de Clerval.

–¡Por favor, Henry! –exclamó, clavando en él sus ojos oscuros.

–Victor… no sé qué decir… –tartamudeó Henry, profundamente emocionado.

–Pues di sí.

–Sí –dijo, y al ver la sonrisa de Victor, añadió–: Pero hazlo constar en tu diario.

Victor palideció; hasta aquel momento no se había acordado del diario.

–¡Oh, Dios mío, el diario! –murmuró como hablando consigo mismo.

Era un documento comprometedor. ¿Y si alguien lo encontraba y lo leía? Pero no, era imposible. Hacía meses que había sido destruido... y no sólo el diario, sino también la Criatura.

Sin embargo, el diario no había sido destruido... ni tampoco la Criatura. En aquel momento el diario estaba tirado en la paja, a los pies de la Criatura, mientras ésta observaba a Thomas a través de la rendija de la pocilga durante la clase de lectura. El pequeño Thomas estaba tratando de deletrear la palabra «Ginebra».

–Gi... –decía el pequeño, y se quedaba atascado en la sílaba.

–Vamos, sigue, sabes leerlo –lo alentó Felix.

En la porqueriza, la Criatura también quiso pronunciar la palabra en voz alta.

–«Gi... –comenzó, y por sorprendente que pueda parecer, consiguió decirla entera antes que los niños–. Gi... ne... bra... Gi... nebra.

Sí, era una palabra que ya conocía. La Criatura rebuscó entre la paja y cogió el diario, abrió las cubiertas y volvió las páginas hasta que encontró escritas las dos palabras que buscaba: «familia» y «Ginebra». Pasó el dedo índice sobre las palabras y las leyó lentamente en voz alta:

–Familia... Ginebra...

Entonces hizo otro de sus saltos importantes. Pasando a la primera página del diario, leyó sin titubear:

–«Éste es el diario de Victor Frankenstein, de Ginebra.»

Y recordó la cara del hombre, la primera cara que había visto en su vida. Aquel abrigo que él llevaba y que lo protegía de las inclemencias del tiempo estaba ahora impregnado con su propio olor, pero antes tenía un olor diferente, el de aquel hombre que se llamaba Victor Frankenstein, de Ginebra.

Prosiguió la lectura aprovechando la luz que venía de la cocina y que se filtraba a través de la rendija.

–«Las primeras fases de los experimentos han sido terminadas con éxito. Estoy emocionado. Los conceptos de Waldman no eran absurdos. El camino estaba claro. Sus ideas me tenían obsesionado y yo disponía de la capacidad y decisión necesarias para llevarlas hasta su ejecución última y definitiva...»

Hizo una pausa para dejar que las palabras fueran grabándose en su mente. Algunas le resultaban incomprensibles, aunque la Criatura descubrió que, a fuerza de leerlas, iban dando forma a ciertas ideas. Y cuanto más las leía, más claras éstas se le hacían.

—«Sin embargo, incluso en este momento de triunfo mi corazón vuelve a menudo a mi familia y a mi querida Elizabeth, feliz y a salvo en Ginebra. He iniciado la fase final de los preparativos…»

Volvería a leer de nuevo aquellas páginas. Las leería hasta sabérselas casi de memoria. Y cada vez que abriera el diario de Victor Frankenstein y las leyera, se le harían más comprensibles las palabras.

Capítulo 13

GINEBRA

—¿Por qué hay tanta calma ahí fuera? —preguntó Maggie de pronto.

Los demás aguzaron el oído. Tenía razón. El mundo fuera de la casa había quedado de pronto en silencio y hasta los pocos pajarillos que pasaban el invierno en el norte —estorninos, grajos y cardenales—, habían dejado de piar. Todo estaba en silencio.

—¡Ya lo sé! —exclamó Thomas con el rostro radiante.

Los niños se levantaron de un salto, echaron a correr muy excitados y abrieron la puerta de par en par. Los adultos los siguieron para ver qué hacían.

También la Criatura, contuvo la respiración, sorprendida, y miró entre las rendijas de la pocilga. Como si de una lluvia mágica se tratase, del cielo caían copos de nieve blandos, silenciosos, bellísimos. La tierra había quedado cubierta por una alfombra de blancura. La Criatura no había visto nunca una cosa tan hermosa como aquélla y no pudo evitar sonreír al contemplar la densa nevada. Pronto el mundo quedaría totalmente blanco. Sacó los dedos entre las tablas y atrapó un copo de nieve, pero antes de que tuviera tiempo de examinarlo se fundió entre sus dedos y sólo se quedó con un poco de agua.

–¡Viva! –exclamó Thomas.

–¡Está nevando! –gritó Maggie, exultante–. ¡Tendremos nieve en Navidad!

–¡Maggie! ¡Thomas! ¡Vais a pillar un resfriado! –les gritó Marie desde la puerta, llena de ansiedad.

El abuelo sonrió.

–¡Déjalos que jueguen! No tardarán en calentarse. Tenemos leña abundante y no nos faltará el fuego.

Felix miró a Marie.

–Es verdad –dijo, y sonrió con ironía–, gracias al Espíritu Bueno.

Antes de que ella tuviera tiempo de reaccionar, la cogió por la cintura y la arrastró a la nieve. Marie comenzó a dar gritos de alegría; era su manera de festejar la llegada de las fiestas. Todos comenzaron a lanzarse bolas de nieve. Luego hicieron un muñeco de nieve, absolutamente desproporcionado pero encantador. Felix y Marie bailaron juntos mientras los niños jugaban entre gritos y risas. Faltaban pocos días para Navidad y contaban con una buena provisión de alimento y combustible para pasar el invierno. ¡Ahora ya podía nevar!

Desde la pocilga la Criatura contemplaba a aquella encantadora familia que retozaba en la nieve. Al ver la felicidad que transmitía aquella gente, a la Criatura se le iluminó el rostro de alegría.

–Está nevando –dijo para sí.

El día siguiente Felix fue al bosque con Marie y los niños para cortar un árbol. El sol centelleaba en la capa de nieve que acababa de cubrir la tierra. Todos estaban muy animados. Felix llevaba apoyada el hacha en el hombro derecho y del izquierdo le colgaba un trozo de cuerda. Marie llevaba una cesta para recoger bayas y ramas secas.

–¡Vamos, papá, date prisa! –decía Thomas con impaciencia, agarrado al blusón de invierno de su padre y metiéndose entre sus pies.

–¿Puedo ayudarte a coger bayas? –rogó Maggie.

–Sí, todos podemos coger bayas –respondió Marie con una sonrisa.

–Y acebo –intervino Thomas.

—Y el árbol de Navidad —añadió Maggie.

—Y muérdago —dijo Felix con un brillo de ilusión en los ojos.

—¿Qué es muérdago? —inquirió Maggie.

—Pregunta a tu padre —dijo Marie con un cierto recato y un tanto azorada, aunque complacida.

Quería mucho a su marido y recibía con gusto sus besos, con muérdago o sin él.

—¿Qué es? —preguntó Thomas a su padre.

—Pregunta a tu madre —replicó Felix un poco azorado—. Y ahora basta de preguntas y a correr todos…

Y echaron todos a correr, muy felices, por el bosque.

Aquella noche la Criatura atisbó por la rendija del tabique y una expresión de sorpresa se dibujó en su rostro cubierto de cicatrices. Dentro de la casa había un árbol cubierto de hermosos adornos. Era el primer árbol de Navidad que veía. La casa resonaba de canciones y alegría. El abuelo tocaba la flauta junto a un fuego crepitante y la familia cantaba *Noche de paz*. La Criatura no se había sentido nunca tan feliz. Le parecía que la alegría los había transformado en seres mágicos, igual que el árbol se había transformado en objeto de reverencia.

—Es el árbol… más bello… —murmuró; también ella se sentía profundamente feliz.

De pronto vio que los niños atravesaban corriendo la habitación. La Criatura se trasladó de la rendija a las tablas de la pocilga que daban al exterior a tiempo para ver que se abría la puerta y proyectaba un haz de luz cálida sobre la nieve.

El padre y la madre también se asomaron a la puerta.

—¡Venid aquí enseguida! —exclamó Marie—, antes de que cojáis frío.

Los niños dejaron algo en la nieve y gritaron dirigiéndose a la oscuridad:

—¡Feliz Navidad!

—Vamos, es hora de acostarse —dijo Felix, mientras Thomas y Maggie entraban corriendo en la casa.

La puerta se cerró y la Criatura se arrastró sigilosamente fuera de la pocilga con la intención de investigar. Sobre la nieve había un plato tapado y junto a él la pizarra de los niños. En la pizarra había un dibujo infantil que representaba un ángel y un letrero. La Criatura levantó la pizarra para que se iluminara con la luz que salía de la casa y leyó la frase en voz alta.

—Para el… Espíritu Bueno… de los… Bosques.

Cogió el plato y le quitó la tela roja que lo cubría. En el plato había una flor roja y todo un maravilloso surtido de pastelitos de Navidad. La Criatura olió la flor y los pasteles y se escabulló rápidamente hacia el interior de la pocilga con su preciosa carga. No se habían olvidado de ella. Incluso tuvo la impresión de que formaba parte de aquella familia.

El día siguiente, Felix, Marie y Thomas se dirigieron al bosque porque el primero quería poner trampas para atrapar algún animal y los demás querían seguir cogiendo bayas, muérdago y acebo para adornar el árbol de Navidad. Maggie se quedó sola con su abuelo. Así que se hubieron marchado, la niña se asomó a la puerta para ver si durante la noche el Espíritu Bueno se había llevado los pasteles.

¡Ya no estaban! Lo único que había quedado sobre la nieve era la tela roja con que habían cubierto el plato. La recogió y la contempló maravillada. Aquello quería decir que lo que había dicho el abuelo era verdad: el Espíritu Bueno existía.

De pronto, sobre ella se proyectó una sombra enorme y Maggie levantó los ojos. El sol que caía sobre la nieve era tan deslumbrante que apenas pudo ver el perfil de un cuerpo enorme, de pie junto al muñeco de nieve. Le resultaba imposible distinguir sus rasgos.

—¿Eres el Espíritu Bueno de los Bosques? —preguntó la niña, asombrada.

Pero el propietario de la casa, Herr Koretz respondió con una sonrisa sardónica:

—No exactamente. ¿Se puede saber dónde está tu padre? —Al ver que la niña no respondía, el propietario se agachó y, cogiendo la cara de la niña, le apretó cruelmente las mejillas. Maggie lanzó un grito de dolor—. Te he preguntado que dónde está tu padre.

La niña lanzó un grito que despertó a su abuelo. El anciano se asomó a la puerta. El propietario, al verlo, soltó a Maggie, que salió corriendo hacia el bosque llamando a su madre.

—¿Quién es? ¿Maggie? —preguntó el abuelo.

—Maggie no está —respondió el propietario.

El hombre no dijo su nombre, pero el anciano sabía perfectamente quién era por su manera de andar. Hasta en los pasos de Herr Koretz había prepotencia y arrogancia.

–¡Ah, es usted! –dijo el anciano con aire de desafío–. Herr Koretz, ¿qué le ha hecho a Maggie?

El propietario trató de entrar en la cabaña sin hacer ningún caso del abuelo. Buscaba a Felix.

–¿Está ahí? –preguntó–. ¿Se esconde detrás de un ciego?

–Mi hijo está en el campo –respondió el anciano con aire distante–. Todos están en el campo. Cuando vuelva, le pagará.

–Pues a mí no me gusta que me hagan esperar. Veamos qué encuentro por aquí.

El propietario intentó apartar al abuelo y meterse en la cabaña, pero éste, bien afirmado en el suelo, le cortaba el paso blandiendo el bastón con energía.

–¡Váyase! –le gritó el ciego–. ¡Váyase de aquí!

Colándose detrás del abuelo, el propietario le hizo dar un traspiés y se apoderó de su bastón. El viejo cayó de bruces sobre la nieve. Apoyando el bastón en su espalda, el propietario refunfuñó:

–A mí no me grite. ¡Culpe a su hijo por no pagarme el alquiler a su debido tiempo!

El propietario dio un golpe con el bastón en la cabeza del muñeco de nieve. Después se volvió y entró en la casa, pero se paró en seco con un grito de sorpresa y terror.

El hueco de la puerta estaba totalmente ocupado por el cuerpo enorme de la Criatura. Herr Koretz contempló la abominable figura y quedó paralizado de miedo. Su boca se abría y se cerraba sin que de ella saliese sonido alguno. La Criatura cogió al propietario, lo levantó en el aire y le apretó la cabeza contra la techumbre de bálago que cubría el porche. Después, como si el hombre fuera un muñeco de trapo, lo arrojó a la nieve.

Gritando como un histérico, Herr Koretz huyó corriendo hacia el bosque para salvar su vida. El abuelo estaba poniéndose trabajosamente de pie. Después de un momento de vacilación, la Criatura se inclinó para ayudarlo y le tendió el bastón.

Felix estaba poniendo trampas en el bosque, mientras Marie y Thomas recogían bayas y las metían en las cestas.

—Te apuesto lo que quieras a que cojo más bayas que tú —dijo Marie a su hijo.

De pronto, resonó un grito. Felix, sorprendido, apartó los ojos de las trampas. Marie soltó la cesta y se acercó corriendo a su marido; se miraron sin decir palabra. Su hijita pequeña y el abuelo ciego estaban solos e indefensos.

—¡Dios mío! —exclamó Felix.

Echó a correr hacia la casa a toda velocidad, seguido de Marie y Thomas.

Todavía sin aliento después de lo que acababa de vivir, el abuelo se quedó junto al fuego para calentarse los huesos. La Criatura permaneció en el umbral, no se atrevía a entrar en la casa.

—Gracias, amigo, muchísimas gracias. Acérquese y siéntese junto al fuego. ¡Por favor!

El abuelo dirigió su mirada ciega a la puerta, percibió el hedor propio de la pocilga y reconoció a su salvador por el olor y los ruidos que producía. Sabía que aquel hombre había estado merodeando alrededor de la cabaña, pero que no había hecho daño alguno a ningún miembro de su familia. Mejor dicho, quizá les había hecho algún bien, ya que el abuelo empezaba a tener alguna idea de quién podía ser, en realidad, aquel Espíritu Bueno de los Bosques.

Hizo un ademán y se sentó junto al fuego, en uno de los asientos colocados delante de éste. A manera de invitación, dio un golpe en la silla de al lado. La Criatura no se movió.

—Acérquese, por favor, no tenga miedo —le instó el anciano—. Acérquese y se calentará. Entre, se lo ruego. Estoy solo en casa, no tenga usted manías.

Muy lentamente, la Criatura entró en la casa y se sentó al lado del viejo. El calor del fuego le resultaba muy agradable.

—Así está mejor —dijo con una sonrisa el abuelo—. Me alegra que se haya decidido a entrar. Los hombres no deben esconderse en las sombras.

—Yo sí… —respondió la Criatura.

—¿Por qué? —preguntó el anciano, y volvió sus ojos ciegos hacia el sitio de donde venía aquella voz áspera, como si por el simple sonido de aquellas palabras pudiera enterarse de lo que quería saber.

–Pues porque yo… porque hay gente que me tiene miedo. Pero veo que usted es distinto.

El abuelo sonrió afablemente.

–¡No será tanto! –dijo como queriendo animarlo.

–Peor… peor… –dijo la Criatura en voz baja. Se sentía profundamente triste, nadie le había hablado nunca con tanta amabilidad, nunca se había mostrado nadie tan afable con ella, la generosidad de aquel ciego la había conmovido profundamente y aquella reacción lo había cogido por sorpresa. No sabía cómo reaccionar.

Cuando ya iban camino de casa, Marie y Felix vieron que Maggie corría hacia ellos. Se echó en brazos de su padre y se agarró a él con todas sus fuerzas.

–¡Papá, papá! Ha hecho daño al abuelo –dijo la pequeña.

Felix palideció.

–¿Quién ha hecho daño al abuelo? –preguntó.

–¿Qué ha sido todo ese ruido? –preguntó Marie.

–¿Quién ha hecho daño al abuelo? –repitió como un eco Thomas.

–¡Dime qué ha sido ese ruido! –Felix parecía enfadado.

–¿Quieres decir de una vez qué ha ocurrido? –chilló Marie.

Aquello era demasiado para la pequeña Maggie. Ella habría querido decir que había sido Herr Koretz, el propietario, pero como todos le hacían preguntas al mismo tiempo, se sentía confusa y asustada. Estaba tan nerviosa que se echó a llorar.

–¡Trata de recordar qué ocurrió! –la instó Felix.

–¿Está bien el abuelo? –preguntó Marie.

–¿Quién ha hecho daño al abuelo? –insistió Thomas.

Maggie seguía llorando, incapaz de responder.

No había tiempo para preguntas. El abuelo estaba en peligro. Felix y su familia echaron a correr hacia la casa.

–¡Padre, padre! –gritaba el granjero.

–¡Ya llegamos! –exclamó Marie.

–Yo veo con las manos –dijo el abuelo con tono afable–, siempre que usted confíe en mí, claro.

Con una reacción instintiva, la Criatura se apartó de las manos que lo buscaban, pero al cabo de un instante decidió cambiar de proceder y optó por confiar. Así pues, se adelantó para que el viejo pudiera tocarlo.

El abuelo recorrió el rostro de la criatura con los dedos y, al notar toda aquella maraña de cicatrices y aquella piel llena de arrugas y bultos, apartó las manos y dijo en voz baja:

–¡Pobre hombre! ¿No tiene amigos?

–Sí, algunos, pero no me conocen –dijo lentamente la Criatura, pensando en la familia del anciano.

–¿Vive usted cerca de ellos? –preguntó el abuelo.

–Sí, muy cerca.

–Pues entonces, ¿por qué no vive usted con ellos?

¿Cómo podía explicárselo? ¿Cómo iba a decirle que había estado allí escondido, espiándolos, durante un tiempo que no habría podido precisar pero que seguramente era de varios meses? ¿No se le ofrecía, quizá, la oportunidad de decirlo? ¿Por qué no decirlo ahora que la familia lo había acogido como el Espíritu Bueno y lo había obsequiado con aquella flor y aquellos deliciosos pasteles? En su cerebro bullían multitud de emociones contradictorias. ¿Debía decirlo o no? ¿Debía hablar o guardar silencio?

–Tengo… miedo –dijo, indeciso–. Tengo miedo… de que me odien… porque soy muy feo… y ellos son muy… bellos.

El abuelo tomó las manos de la Criatura entre las suyas y disimuló la sorpresa que le produjo el que una fuera más grande y fuerte que la otra, como si pertenecieran a individuos diferentes. Pese a ello, se limitó a decir:

–Las personas pueden ser más buenas de lo que usted cree.

La Criatura sacudió la cabeza y dijo:

–Tengo… miedo…

–Quizá pueda ayudarlo –dijo el anciano con voz tranquila.

Aquella amabilidad, nueva para la Criatura, la dejó sin aliento. Notaba una opresión en el pecho, un nudo en la garganta, los ojos se le llenaron de lágrimas al tratar de expresar con palabras lo que sentía.

–Los… quiero… mucho –dijo finalmente con un gran esfuerzo–. Me gustaría… que fueran mi familia… Los quiero… mucho…

Felix entró como una tromba por la puerta seguido de su esposa y los niños. La sangre se le heló en las venas y no pudo reprimir un grito ante aquella visión horrible. Lo que vieron sus ojos fue un ser espantoso, cubierto de cicatrices, deforme, que se había introducido en su casa y tenía agarrado fuertemente a su padre ciego por la mano. ¡Menos mal que el abuelo estaba vivo! Felix soltó otro grito, furioso.

La Criatura se volvió hacia los que entraban pero, al ver que Felix trataba de agredirlo con un atizador, retrocedió. El joven campesino le golpeó la espalda. La Criatura lanzó un grito de dolor e intentó huir.

–¡Vete, monstruo! ¡Vete! –gritó Felix, agitando el atizador.

–¡No! –imploró la Criatura, al tiempo que se escabullía hacia un rincón de la habitación, perseguido por el campesino.

Los niños y Marie se acercaron a su abuelo mientras Felix continuaba persiguiendo al monstruo, que trataba de protegerse. La Criatura chocó con el árbol de Navidad y lo derribó. El abuelo se puso de pie y con voz débil pero firme, dijo:

–¡Dejadlo!

Pero nadie prestó atención a las palabras del viejo. Felix seguía propinando golpes a la Criatura, que se retorcía y lanzaba gritos de dolor. Los niños también gritaban y se escondían detrás de su abuelo, que estaba aturdido y balbucía palabras incoherentes mientras Marie se agarraba a su brazo.

Aquello parecía un manicomio. A la Criatura le dolían más los gritos de la familia que los golpes que recibía. Las voces eran estentóreas y reflejaban indignación. ¡La aterraban! Se había figurado que allí estaría al abrigo de las voces, pero se había equivocado. Debía huir. Se puso de pie y salió corriendo de la casa.

Felix contempló al monstruo que huía y después se volvió a su familia.

–¡Tenemos que marcharnos de aquí ahora mismo! ¡Debemos hacerlo antes de que vuelva!

La familia, presa del pánico, comenzó a recoger sus pertenencias. Sólo cogerían lo que pudieran llevar encima, puesto que creían que la situación entrañaba mucho peligro. Su casa había sido invadida por un monstruo que a punto había estado de matar a un viejo ciego indefenso. ¡Sólo Dios sabía lo que podía hacer con todos ellos si regresaba!

La Criatura, sangrando y gimiendo, corrió ciegamente hacia el bosque para huir de los gritos. Corrió hasta que ya no pudo más, hasta que sintió que el aire le arañaba los pulmones.

Por fin se detuvo y se apoyó en un árbol en un intento por recobrar el aliento. Se llevó las manos al pecho, cayó de rodillas y bajó la cabeza, desesperada, deshecha en llanto. ¡Le habían golpeado, le habían gritado, le habían llamado monstruo! ¡Su propia familia! Sacó la flor que había guardado en el puño del abrigo. La contempló en la palma enorme y deforme de su mano. La flor había sido un regalo al Espíritu Bueno. Si ahora hubieran podido ver a la Criatura lo habrían comprendido todo, habrían sabido de dónde habían salido la leña y la comida que encontraron frente a la casa. Sí, tenían que saberlo. La Criatura, más aliviada después de haber tomado esta decisión, corrió hacia el claro del bosque.

El cielo estaba encapotado, no tardaría en caer otra nevada, seguramente antes de que anocheciera. La Criatura cruzó la era y se dirigió a la casa, sin aliento, sosteniendo la flor en la palma de la mano.

–¡Soy yo! ¡Soy yo! ¡Mirad!

Pero allí no había nadie. ¡Nadie! Todo estaba en silencio nada se movía. La Criatura abrió los ojos, primero sorprendida y después asustada. Entró en la casa y se quedó junto a la puerta. La familia se había ido abandonando gran parte de sus pertenencias, que ahora estaban desparramadas por el suelo: libros, ropa, incluso la flauta del abuelo. El hermoso árbol de Navidad también estaba tumbado en el suelo y los adornos rotos.

–¡No! –exclamó la Criatura, desesperada–. ¡No, no!

Otra vez estaba sola. Sola. Aquella familia tan maravillosa que había considerado suya se había esfumado, había huido ante su fealdad. Temían y odiaban su fealdad... como todo el mundo. Su fealdad...

Entró precipitadamente en la pocilga. Ya no había cerdos, pero la Criatura ni se dio cuenta. Se limitó a buscar el diario que tenía allí escondido. Con creciente recelo fue volviendo las páginas hasta que encontró lo que buscaba: el esbozo que Victor había hecho de la «construcción» de un hombre. La Criatura contempló largo rato el dibujo. Poco a poco se le fue revelando lo sucedido. Hasta que lo comprendió todo. Dejó caer el diario y, presa del pánico, se abrió el abrigo y dejó su pecho al descubierto. Quedaron a la vista las cicatrices dejadas por las suturas que le atravesaban el torso siguiendo exactamente las indicaciones del dibujo.

Él era «aquello», no un ser humano sino un experimento, el resultado de un montaje de trozos y fragmentos de carne humana, algo despreciable y repugnante que provocaba asco en todas las personas, un ser que no tenía amigos, ni derecho a vivir, ni alma siquiera. El hombre que lo había creado era aquél cuyo rostro recordaba, un hombre que le había dado el ser pero que seguidamente había huido horrorizado y lo había dejado indefenso.

De lo más profundo de su ser surgió un gemido que no tenía nada de terrenal, una queja desgarradora que helaba la sangre en las venas. La Criatura echó la cabeza hacia atrás y lanzó un grito animal y primigenio.

Ahora sabía qué debía hacer y dónde debía ir.

Regresó corriendo a la casa y, frenéticamente, metió en un talego bastante estropeado varios objetos, como libros, la flauta y un par de pieles de animales. Procedió con rapidez y determinación. Cuando hubo reunido todo lo que quería y necesitaba, se dispuso a completar su trabajo.

Rompió todo el mobiliario hasta dejarlo reducido a astillas, que dispuso en un montón dentro de la casa con la intención de hacer una hoguera. De un soporte que estaba en la chimenea, todavía encendida, cogió un puchero que contenía aceite, derramó su contenido sobre el montón de astillas y arrojó también el puchero. Encendió después una antorcha y prendió fuego al montón de madera y a todas las posesiones de la familia. Permaneció unos instantes mirando fijamente la hoguera, extasiado ante las llamas que no paraban de bailar.

Cuando el fuego prendió en el resto de la casa, la Criatura salió al exterior y contempló cómo ardía. Las llamas subieron muy altas hasta alcanzar el bálago del tejado, que no tardó en ser pasto de ellas. La cabaña donde vivía aquella familia que, desde su escondrijo en la pocilga, la Criatura había observado protagonizando tantos actos de amor y de afecto, aquella cabaña donde había aprendido a hablar y a leer, no tardó en quedar totalmente consumida por el fuego y en convertirse en un montón de humeantes cenizas.

Aquella fase había terminado, pero su obra no había hecho nada más que empezar. La Criatura volvió la cara y contempló el cielo oscuro y, levantando los brazos sobre su cabeza, quiso poner nombre a su ira: Frankenstein.

Se mantenía alejado de las ciudades y de las granjas, evitaba los lugares habitados y las personas pero, de manera especial, los perros, que podían olerlo. Atravesando bosques y arroyuelos que podían ocultar su rastro, se dirigió hacia el sudoeste. En su memoria había un solo rostro, que se perfilaba con trazos de fuego, y un único destino que lo empujaba a seguir adelante: Frankenstein y Ginebra.

Se movía con gran rapidez, más rápidamente que si hubiera viajado a lomo de caballo y se hubiera tenido que detener para descansar y dormir. La Criatura no tenía necesidad de descansar. Aunque hambrienta, no tardó en descubrir que podía prescindir de la comida durante largos períodos de tiempo. De cuando en cuando se atravesaban en su camino pequeños animales, conejos y ardillas, que atrapaba y consumía sin detenerse. En cuanto al agua, siempre encontraba algún río o arroyo y, cuando no disponía de ella, saciaba su sed metiéndose puñados de nieve en la boca. La nieve era abundante, ya que aquel invierno era duro pero, ¿qué eran la nieve, el hambre, la sed y la fatiga comparados con el fuego que ardía en su cerebro?

Llegó por fin a los Alpes. Por raro que pueda parecer, allí se sentía a gusto, atravesando el glaciar con su cayado y el abrigo ondeando al viento. Para la Criatura, aquella interminable extensión de nieve y la silenciosa majestad de las montañas tenían unos efectos apaciguadores. En aquellas regiones era posible estar a solas, permanecer solitario sin necesidad de temer u odiar el cuerpo cubierto de horribles cicatrices. Hasta el aire helado y los fuertes vientos le parecían agradables porque mantenían a la gente alejada de los Alpes. El frío era su elemento, no el elemento de los demás.

Desde el glaciar del Mont Blanc contempló aquella gran ciudad agazapada a la sombra de las montañas que se levantaba alrededor de un lago resplandeciente. La visión de la ciudad despertó un recóndito rencor en la Criatura.

—Ginebra —gruñó con voz cargada de odio—, Ginebra...

Atardecía cuando Elizabeth llegó a casa procedente de Ingolstadt. Todos bajaron corriendo la escalinata de entrada para recibirla. Hacía horas que esperaban oír el ruido de las ruedas del coche.

¡Qué feliz se sentía Elizabeth de volver a estar en casa! ¡Qué alegría contemplar de nuevo aquellos rostros amados! ¡Qué contenta de ver sus reacciones ante las maravillosas noticias que les había comunicado por escrito! Les había dicho que Victor estaba muy bien, que no tardaría en volver, que estaban comprometidos y que planeaban casarse dentro de muy poco tiempo.

—¡Ya ha vuelto! ¡Ya ha vuelto! —gritaba Willie, que fue el primero en bajar corriendo la escalera para recibirla, el primero que vio a Elizabeth cuando se apeaba del coche de la mano del criado—. ¡Recibimos tu carta! ¡Recibimos tu carta! Es la primera que me dejan leer.

Elizabeth lo abrazó riendo.

—Las noticias son estupendas, cariño —dijo el doctor Frankenstein, besándola en ambas mejillas.

Justine se le acercó no sin cierta timidez.

—¡Felicidades, Elizabeth! Me alegro mucho por ti.

Elizabeth sabía el dolor que causaban aquellas palabras a Justine, pero sabía también que la muchacha era sincera.

—Gracias, Justine —se limitó a decir.

—¡Ah! ¿Es el medallón? —preguntó Justine examinando el retrato de Victor, que colgaba del cuello de Elizabeth de una fina cadena de oro.

Pasándose la cadena por encima del sombrero, Elizabeth tendió el medallón a Justine.

–¡Felicidades! –exclamó la señora Moritz.

–Gracias, señora Moritz.

Justine mostró el retrato a Willie.

–¡Qué guapo está!

El chico cogió el medallón y preguntó:

–Elizabeth, ¿me dejas que lo enseñe a mi amigo Peter?

–Oye, Willie, esto no es ningún juguete –le riño Elizabeth cariñosamente.

Pero Williams ya corría por el prado con el medallón en la mano.

–¡Oh, déjalo! –exclamó el doctor Frankenstein con aire indulgente, y después gritó a su hijo–: William, no tardes mucho, porque pronto será de noche. –Después, volviéndose a Elizabeth, añadió–: Déjame que te mire. Hoy me siento el padre más feliz del mundo.

Elizabeth le dio un fuerte abrazo y los dos entraron en la casa.

Mientras el carruaje era conducido a los establos, Willie echó a correr por el camino de grava que salía de la casa rumbo al bosquecillo que había detrás de ésta; era su atajo favorito para ir a casa de Peter.

En cuanto Elizabeth abrió los baúles y mostró las blancas sedas y los encajes que había comprado en Ingolstadt, el salón de baile quedó totalmente reservado para las pruebas del vestido de novia, ya que aquella estancia, debido a los ventanales y a las enormes arañas colgadas del techo, era la que disponía de más luz. Como la celebración de la boda era inminente, la confección del vestido exigía la máxima prioridad. El gran salón no tardó en bullir de actividad.

La futura novia estaba de pie sobre una mesa delante de un gran espejo, probándose el vestido de novia. Justine y la señora Moritz se afanaban en coser parte de la cola del vestido, pero sin parar de reír y hablar. Justine cosía mientras su madre sostenía la tela en sus manos. Justine levantó los ojos para mirar a Elizabeth, y en ese instante de distracción pinchó a su madre en el dedo.

–¡Mira que eres idiota, Justine! –exclamó con brusquedad el ama de llaves, contrariada por la torpeza de su hija, a la que en cierto modo despreciaba–. ¿Por qué no te fijas un poco en lo que haces? ¡Cualquiera diría que eres tú la que se va a casar!

–Está bien, mamá –respondió Justine, resentida.

Elizabeth se dio cuenta de que la muchacha estaba ofendida.

–¿Qué pasa? –preguntó, realmente preocupada.

–Nada –dijo Justine desviando los ojos, al ver que Elizabeth estaba seriamente interesada–. Nada, de veras que no me pasa nada.

–¡Venga, cállate! –le soltó su madre–. Ahora ya lo has estropeado todo. –Luego en voz más baja, añadió–: ¡Cómo te aborrezco! ¡No sabes cómo te aborrezco!

¿Cómo era posible que hubiera tenido una hija tan estúpida como Justine? ¿Por qué no habría tenido una hija guapa e inteligente como Elizabeth?

Pese a que su padre le había advertido que no se entretuviese, William Frankenstein remoloneó por el camino como suelen hacer todos los niños, siempre con el medallón en la mano para admirarlo a placer. Apenas podía esperar a mostrar a su amigo Peter el retrato de su hermano mayor. De todos modos, no se daba prisa. Incluso se detuvo a cortar una rama de un árbol con ayuda de la navaja de plata de la que estaba tan orgulloso. Luego siguió andando, golpeando con la rama otras más pequeñas que encontraba en el camino.

Hasta él, arrastrada por la brisa, llegó una suave tonada misteriosa, parecida a la de una flauta. Willie se paró y aguzó el oído para escuchar... Después se internó en el bosque siguiendo el sonido.

En el gran salón Elizabeth se estaba probando el traje de novia, por el momento sólo hilvanado, mientras la señora Moritz se movía de un lado a otro poniendo alfileres y dando los últimos toques. Como nadie la necesitaba, Justine estaba aparte y sola, como siempre. Observaba con envidia los encantos de Elizabeth, su vivacidad y su belleza, aunque lo que más envidiaba era el amor que Victor sentía por ella. Justo en aquel momento entró en el salón el doctor Frankenstein acompañado de Claude. Los dos parecían preocupados.

—Elizabeth, ¿has visto a Willie? —preguntó su padre.

—¿Todavía no ha vuelto? —dijo Elizabeth, y dirigió instintivamente una mirada al reloj que estaba encima de la repisa de la chimenea. Era más tarde de lo que había supuesto. Las modificaciones del traje de boda habían acaparado toda su atención hasta aquel momento y el tiempo había volado sin que se diese cuenta de ello.

—No, Claude se ha acercado a casa de Peter para ver si se había entretenido más de la cuenta y le han dicho que Willie no había estado allí.

No había ido a la casa de su amigo y pronto sería de noche.

—Es muy tarde para estar fuera de casa —dijo ella sin disimular la ansiedad que sentía.

El doctor Frankenstein y Elizabeth salieron del salón seguidos de Justine. ¿Qué se podía hacer? Tenían que buscar a Willie, por supuesto. Los criados y los mozos se encargarían de hacerlo, pero Elizabeth insistió en acompañarlos y Justine no quiso ser menos. Elizabeth se quitó el vestido de boda y se lo dio a la señora Moritz. La muchacha se quedó en ropa interior, pero, como no tenía tiempo de vestirse, se limitó a echarse la capa encima.

—No tienes buena cara, papá —dijo Elizabeth al anciano con voz cariñosa—. Será mejor que te quedes en casa.

Pero el doctor Frankenstein se negó en redondo. Su pequeño Willie, que tanto le recordaba a su querida y malograda Caroline, era su tesoro más preciado, la alegría de su vejez. ¿Cómo iba a quedarse esperando en casa cuando a lo mejor el niño se encontraba en algún apuro?

No tardó en organizarse una búsqueda concienzuda por el campo y hubo todo un despliegue de gente dedicada a escudriñar, a pie y a caballo, cada rincón llamando a gritos a William.

—¡William! ¡Willie! Que todo el mundo lo busque... que alguien se acerque al puente... —gritó Claude, que se encargaba de dirigir la búsqueda.

—¡Willie! —gritaba Elizabeth, que iba en cabeza del grupo encargado de localizar al niño.

De pronto, se oyó el retumbar de un trueno a distancia. Se acercaba una tormenta. Debían encontrar al pequeño antes de que empezara a llover. Sólo tenía ocho años y lo más probable era que no sobreviviese una noche a la intemperie a causa del frío y la humedad. ¿Dónde podía estar?

Al rato de salir, el doctor Frankenstein tuvo que renunciar a seguir buscando a su querido hijito. Estaba pálido y respiraba con esfuerzo. La señora Moritz, atenta a todo, se dio cuenta de que su señor se encontraba indispuesto y le ayudó a regresar a la casa. Cuando empezaban a subir las escaleras de entrada oyeron los cascos de unos caballos que se acercaban. Era Victor, que llegaba acompañado de Henry Clerval.

–¡Padre! –exclamó Victor con voz afable–. ¡Qué contento estoy de verte! –Se apeó para abrazar a su padre, pero se detuvo al advertir que el doctor Frankenstein se sacaba la peluca. El anciano tenía la cabeza bañada en sudor y la expresión de su rostro expresaba una profunda preocupación.

–¿Qué ocurre? –preguntó Victor con voz anhelante.

Willie oyó la música mucho antes de ver nada. Era una melodía distante, dulce, delicada y llegaba a través de los árboles como si unas ninfas tocasen un caramillo. El niño no podía remediarlo, aquella melodía lo atraía irremediablemente. Parecía provenir del estanque, por lo que fue apartando las ramas que se interponían en su camino y pasando por encima de troncos caídos hasta que avistó el agua. Sentada en la orilla, medio oculta por los cañaverales, había una persona de cara al estanque que tocaba una sencilla melodía con un instrumento de viento del que arrancaba curiosas disonancias. Willie se acercó, lleno de curiosidad. No quería molestarlo, lo único que deseaba era escuchar aquella música tan bonita. La persona que se encontraba entre los cañaverales aún no había advertido su presencia.

De pronto, el hombre volvió la cabeza bruscamente. Aunque iba envuelto en un abrigo enorme, se distinguía claramente su cara. El niño y la Criatura se miraron un momento. Willie ahogó un grito de horror. ¡Jamás había visto un monstruo como aquél! Era una visión peor que la más horrible de las pesadillas.

Cuando el monstruo se puso de pie, el niño giró sobre sus talones y echó a correr.

¡Estaba de pie! ¡Caminaba! ¡Ahora se lanzaría tras él!

—¡No! —gritó Willie corriendo todo lo deprisa que sus piernas se lo permitían.

Las ramas de los árboles le golpeaban la cara, le pinchaban la piel, le desgarraban la ropa, pero el niño no se detenía.

—¡Espera! ¡No tengas miedo! —le gritaba el monstruo mientras corría detrás de él. Era incapaz de hacer daño a un niño. ¿Por qué la gente se negaba a entenderlo? Él no quería hacer daño a nadie... salvo a una persona, la que lo había creado. A esta persona sí, porque lo había hecho de aquella manera, tan feo que los niños huían despavoridos al verlo.

El niño seguía corriendo sin atreverse a volver la cabeza. Pronto se perdió de vista. La Criatura seguía caminando tristemente, arrastrando los pies mientras iba alejándose del estanque. Temía haber asustado al niño, pese a que él no quería hacerle ningún daño. De pronto vio un objeto en la hierba y lo recogió. Se incorporó y lo examinó; era el medallón que Willie había perdido al huir corriendo. Lo abrió y contempló la miniatura contenida en su interior.

Conocía aquel rostro. Lo había visto el mismo día en que había sido creado. Se trataba de la primera cara en la que había visto pintada aquella expresión de horror que tanto odiaba. Era Victor Frankenstein. La Criatura levantó los ojos para mirar al niño que escapaba.

—Frankenstein... —murmuró en voz baja sintiendo que por dentro le subía una oleada de rabia—. Frankenstein... —Se lanzó en persecución de William con el medallón fuertemente apretado en el puño. Su furia se había desbordado, rechinó los dientes enfurecido. Corría muy deprisa y las piernas infantiles del pequeño Willie eran muy cortas, tan cortas que sus pasitos harían que el monstruo muy pronto le diera alcance.

Capítulo 14

MONT BLANC

Hacía más de una hora que Justine andaba perdida por el bosque. Estaba sola y muy triste, iba de un lado a otro ansiosa y atemorizada. Se había separado del grupo que buscaba a Willie porque sabía que por allí había un atajo que el niño seguía siempre cuando iba a casa de Peter. Ahora, sin embargo, no encontraba ni el atajo ni al niño. Las palabras de desprecio de su madre todavía le quemaban en los oídos. ¿Por qué la odiaba tanto su madre? Justine jamás había entendido el porqué de aquellos repentinos accesos de odio que la señora Moritz descargaba sobre ella. Su madre era un verdadero enigma. A veces se mostraba afable y cariñosa con su hija, pero otras se transformaba en una especie de furia que insultaba a la pobre Justine y le deseaba la muerte. Ahora Justine se había perdido en el bosque y llovía torrencialmente. ¿Y si ya no volvía a encontrar el camino a casa? ¿Lo lamentaría su madre?

–¡La odio, la odio! –murmuró Justine entre dientes–. Voy a poner fin a la situación. ¿Por qué se comporta así conmigo? –Pero enseguida levantó la voz para llamar a Willie, aunque sólo le respondió el eco que retumbó a través del bosque–. ¡Willie! ¡¡Willie!! ¡Esto no es ningún juego!

Justine anhelaba desesperadamente ser ella quien encontrase al niño y lo devolviera a su familia sano y salvo. Tal vez entonces su madre, tan fiel a los Frankenstein, acabaría reconociendo que su hija servía para algo y le tendría un poco de aprecio.

–¡Willie!

Llovía con tanta fuerza que era imposible continuar caminando. Era una verdadera tempestad de rayos y truenos. Justine entrevió vagamente un viejo granero azotado por la lluvia e iluminado por los relámpagos. Se acercó a él esperando encontrar un lugar seco y abrigado donde poder refugiarse. A lo mejor encontraba a Willie dentro de él.

Iban pasando las horas y ahora el agua caía con más fuerza que antes y los árboles apenas ofrecían ninguna protección. La Criatura estaba calada hasta los huesos, el agua le había traspasado el abrigo y se sentía helada e incómoda. Se puso a buscar un sitio vacío donde poder esconderse hasta que dejase de llover.

Un granero. La Criatura sonrió porque le gustaban los graneros. Le gustaba el olor a paja y los movimientos tranquilos de los animales. Las vacas no se horrorizaban al verlo. Las cabras y las ovejas no huían, no le tenían miedo ni asco. Entró en el granero con muchas precauciones y buscó un sitio donde poder tumbarse.

Pero en aquel granero había alguien más. Justine dormía en el henil. Estaba mojada y exhausta y tenía el rostro demacrado; también ella había buscado refugio en el granero para protegerse de los rayos y de la lluvia.

La Criatura ya iba a huir, pero algo la retuvo. Se acercó a contemplar a la muchacha, ¡era tan bella! Le recordaba a Marie y las dulces caricias que ella y Félix intercambiaban a menudo. Aquellos contactos que el hombre y la mujer se dispensaban mutuamente en la intimidad, lejos del resto de la familia, producían en la Criatura una extraña sensación, que ahora volvía a sentir al ver a la muchacha dormida. Se acercó un poco más a ella en silencio, temiendo despertarla, pero Justine estaba tan profundamente dormida que no se movió siquiera.

La Criatura se inclinó sobre ella, admirando su belleza. La Criatura era una figura oscura cuyo perfil monstruoso iluminaban de cuando en cuando los fulgores de los relámpagos. Tendió la mano y la acercó a la muchacha con reverencia, sintiendo unos deseos que no había experimentado nunca hasta aquel momento, anhelando fervientemente acariciar aquellos pechos blanquísimos y jóvenes que asomaban por el escote. Pero no la tocó. Lo que hizo, en cambio, fue dejarle un obsequio en muestra de gratitud por haberle dispensado el regalo de su belleza y, como ya no necesitaba el medallón con el retrato de Victor, se lo puso suavemente en el brazo.

Mientras contemplaba a Justine, a la Criatura se le ocurrió una nueva idea. De pronto, la sed de sangre que antes sentía pareció desaparecer; ahora ya no tenía deseos de matar. Comenzó a ver bajo una nueva luz las revelaciones que había encontrado en el diario de Victor. Había nuevas posibilidades a explorar. Permaneció pensativo un instante, se puso de pie y salió del granero.

La lluvia caía, persistente, sobre los alrededores de Ginebra y fuertes ráfagas de viento, procedentes de los Alpes, traían un frío cortante e implacable. Hacía horas que duraba la búsqueda y por el momento nadie había localizado todavía a Willie. Victor y Henry estaban terminando la inspección concienzuda de la zona que les había sido asignada y, como el niño seguía sin aparecer, se disponían a volver a casa para informar y saber si alguien había tenido más suerte. El doctor Frankenstein y la señora Moritz seguían esperando en la puerta, ya que era imposible convencer al anciano de que fuera a la cama sin saber qué había sido de William.

—He inspeccionado el cerro que hay hacia el este y allí no está —gritó Victor tratando de dominar con la voz el ruido de la lluvia, que se llevó sus palabras.

De pronto, a través de la oscuridad entrevieron una figura que se acercaba. Era Elizabeth, cubierta únicamente con una capa con la que envolvía su ropa interior de seda blanca. Se detuvo en el extremo del jardín, bajo la lluvia que arreciaba, empapada, con la ropa chorreando e iluminada de pronto por los fulgores del relámpago. Llevaba en los brazos un bulto oscuro.

—¿Elizabeth? ¡Elizabeth!

Victor echó a correr hacia ella seguido de cerca por Henry, Claude y la señora Moritz y, más lentamente, por el doctor

Frankenstein. Elizabeth se tambaleaba y las rodillas le flaquea-
ban bajo la carga. Lo que llevaba en los brazos era el cuerpo del
pequeño Willie, la ropa manchada de barro, los brazos colgando
y la cabeza balanceándose de un lado a otro. Era evidente que
tenía el cuello roto.

–Lo he encontrado... lo he encontrado... –sollozó Elizabeth, desolada.

Victor fue el primero en acercarse a ella mientras los demás
se arremolinaron a su alrededor, empujándose y forcejeando
hasta que ya no pudo más y se dejó caer en brazos de Victor,
después de haber dejado a William con sumo cuidado en la tierra embarrada. Los rizos dorados del niño estaban oscuros debido a la lluvia y tenía el rostro empapado no sólo por la lluvia
sino también por las lágrimas de Elizabeth.

El anciano doctor Frankenstein consiguió por fin abrirse
paso hasta el niño. Al ver su cuerpecillo inerte lanzó un grito y,
llevándose la mano al pecho, cayó desvanecido. Henry, la señora Moritz, Claude y los demás criados lo rodearon enseguida, lo
levantaron en brazos y lo trasladaron a la casa. Desde la noche
de la muerte de Caroline aquél fue el peor día que la familia
Frankenstein había vivido.

Llevaron al doctor Frankenstein al gran dormitorio que en
otro tiempo había compartido con su querida Caroline y lo
tendieron en la cama. Estuvo mucho rato sin recuperar el conocimiento. Cuando por fin abrió los ojos sólo fue para gemir débilmente al recordar a su precioso hijito muerto, tendido en el
suelo bajo la lluvia. Después volvió a cerrarlos y ya sólo murmuró palabras incoherentes. Se encontraba muy grave. En el
imponente silencio de la habitación, roto únicamente por el
leve tictac del reloj, Henry Clerval atendía, solícito, a su pa-
ciente.

–Hemos hecho lo que hemos podido, señor. Ahora descanse, lo único que debe hacer es descansar. Hemos hecho lo que
hemos podido...

Pero el doctor Frankenstein se encontraba demasiado enfermo para atender a sus palabras.

En la planta baja se encontraba Elizabeth, pálida y desfigu-
rada como un cadáver. Estaba bajo los efectos de la conmoción

sufrida y apenas si podía mantenerse despierta. El hallazgo en el bosque del cadáver de su hermanito adoptivo había sido para ella una pesadilla de la que le costaría muchísimo recuperarse. ¿Quién era capaz de matar a un niño inocente como Willie? No le cabía en la cabeza que pudiera cometerse un acto tan brutal como aquél.

Victor estaba de pie a su lado tratando de infundirle todo el aliento posible y procurando superar el trance. Durante todo el largo viaje de Alemania a Suiza no había pensado en otra cosa que en su felicidad, en su inminente boda con Elizabeth y en dedicarse a la práctica de la medicina junto con su padre y su mejor amigo. Se había figurado que el futuro sólo podía depararle alegría y felicidad. Sin embargo, no había hecho más que llegar y se había encontrado con aquella tragedia: su familia estaba sumida en la desesperación, destrozada, su hermano acababa de morir y su padre probablemente no tardaría en seguirlo. ¿Dónde estaba aquella felicidad tan esperada?

Lo único que podía hacer era coger con fuerza la mano de Elizabeth y demostrarle de ese modo que estaba a su lado.

La señora Moritz entró en el salón con los ojos anegados en lágrimas.

–¡Señor! ¡Oh, señor! Estoy muy asustada. Mi hija ha salido en busca de William y todavía no ha vuelto. –Hablaba atropelladamente, las palabras le salían de la boca como un torrente–. Usted sabe que Justine adoraba a Willie... pero nos hemos separado de mala manera... he sido muy cruel con ella. No era mi intención, pero a veces me resulta imposible refrenarme. Sé que ahora ella lo está pasando muy mal... debido a la proximidad de la boda... ¡Lo quiere a usted tanto! Si algo le pasara, yo no lo soportaría. ¡Ella es todo lo que tengo en este mundo! ¡Ayúdeme, por favor se lo pido...!

–Como ya empieza a haber luz suficiente, organizaremos otra búsqueda –replicó Victor con voz suave–. La encontraremos, señora Moritz, se lo prometo.

Henry acababa de bajar de la habitación del doctor Frankenstein y se llevó a Victor aparte para hablar con él. Elizabeth se volvió hacia los dos.

–¿Cómo está papá? –preguntó con voz llena de ansiedad.

–El corazón ha empezado a fallarle –se limitó a responder Henry.

Se oyeron unos golpes muy fuertes e insistentes en la puerta y Victor acudió a ver quién era. Henry se acercó y cogió la mano de Elizabeth entre las suyas como testimoniándole su solicitud. Ella seguía temblando debido a todo aquel cúmulo de desgracias.

Un criado abrió la puerta y Victor vio a un hombre uniformado y muy serio esperando fuera.

–Señor Frankenstein, hemos detenido a la persona culpable. Estaba escondida en un granero, a unos ocho kilómetros de aquí.

El agente se metió la mano en el bolsillo de la chaqueta y sacó el medallón.

–Tenía esto en su poder y creemos que les pertenece a ustedes. Venga, señor, porque la gente está furiosa...

Victor, Elizabeth –que insistió en acompañarlos– y el agente se marcharon al momento. Sólo tardaron unos minutos en llegar al centro de Ginebra y se pararon en la plaza de la ciudad. Junto a ellos pasaba una enorme multitud que lanzaba gritos de indignación.

–¡Dios mío! ¿Qué quieren? –exclamó Elizabeth, casi sin aliento.

El agente que los acompañaba explicó con voz grave:

–Seguramente han entrado en la cárcel.

–¡Por el amor de Dios! ¿Es que no puede impedirlo? –exclamó Victor.

–Han perdido los estribos y quieren tomarse la justicia por su mano –respondió el agente, sacudiendo la cabeza.

De pronto, se abrió una puerta y salió un grupo de hombres que llevaba a rastras a Justine, que no paraba un momento de gritar. La muchacha estaba tan aterrorizada como el ciervo cuando se enfrenta con el cazador con el arco en la mano.

–¡Justine! –gritaron al unísono Elizabeth y Victor, y corrieron hacia ella.

Los acompañaba el ministro calvinista, que procuraba proteger a la muchacha y dominar con su voz la furia de la multitud.

–¡No, no! ¡Os lo imploro! ¡Esto es ilegal! –rogó el ministro, pero la multitud no le hizo caso alguno y lo apartó a empujones.

Mientras Victor y Elizabeth trataban de acercarse a Justine, el gentío se abrió paso a empellones. Varias manos levantaron a la chica y la transportaron por encima de la multitud pasándosela de unos a otros. Se oyeron gritos indignados: «¡Asesina de niños!» «¡Colgadla!, ¡colgadla!» Mientras Justine era llevada a rastras, otras personas de la multitud intentaron llegar hasta ella y propinarle puñetazos y puntapiés. Elizabeth y Victor se acercaron desesperadamente a la muchedumbre e intentaron aproximarse a Justine.

–¡Justine! –la llamó Victor.

Ella oyó su voz y sus ojos aterrados lo buscaron entre la gente. Así que lo descubrió, Justine se puso a lanzar gritos histéricos y estalló en sollozos:

–¡Victor, ayúdame! Quería encontrarlo, lo he buscado por todas partes porque quería que estuviera presente en la boda. Me he acercado al lago pero estaba oscuro. Es un niño, ¡es tan pequeño! Perdonadme, por favor...

La muchedumbre la había llevado a rastras hasta los peldaños excavados en el muro. Un minuto después estaba en lo alto del mismo, sostenida por dos hombres fornidos. Entre gritos y forcejeos, fue obligada a arrodillarse y le pasaron una cuerda alrededor del cuello.

–¡No! –gritó Elizabeth–. ¡Victor, no se lo permitas! ¡Haz algo, por favor!

Pero Victor se sentía impotente, la gente le impedía acercarse.

La señora Moritz y Claude se dirigieron corriendo a la plaza. Al ver a su hija, la mujer la llamó por su nombre:

–¡Justine, Justine! ¡Mi querida hija!

Los hombres que se habían encaramado en lo alto del muro empujaron a Justine y, sin más preámbulos ni dejar pronunciar una palabra a la condenada ni permitirle que contara siquiera con la reconfortante presencia de un representante de Dios, la empujaron.

–¡No! –gritó Victor.

—¡Justine! —exclamó Elizabeth entre sollozos, después de lo cual se desplomó, casi inconsciente, en los brazos de Victor.

La muchacha estaba suspendida en el aire, moribunda, mientras la multitud gritaba enloquecida. Un zapato cayó del pie de Justine y la gente se puso a gritar y a arrojar piedras al zapato y al cuerpo de la muchacha.

La señora Moritz se acercó al cuerpo de su hija, que se balanceaba en el aire, e intentó inútilmente asirlo. Había desesperación en su rostro y un brillo enloquecido en sus ojos.

—¡Justine, baja enseguida! ¡Ahora mismo volveremos a casa! Anda, sé buena chica. ¡Dejadla! Baja enseguida y volvamos a casa.

La chusma, entre bromas y silbidos, parecía disfrutar de aquella desatinada exhibición de dolor y continuaba arrojando piedras a la señora Moritz y al cuerpo de Justine. Existía un auténtico peligro de que la mujer pudiera sufrir serias heridas. Claude se precipitó hacia la señora Moritz con intención de alejarla, pero la multitud rodeaba el cadáver y se apoderó de él.

—Es mi niña —sollozaba la pobre mujer dirigiéndose a Claude—, es todo lo que tengo.

Mientras Elizabeth lloraba con la cabeza apoyada en el hombro de Victor Frankenstein éste no podía apartar los ojos de la escena que se desarrollaba ante ellos. No entendía por qué Justine podía querer matar a Willie después de haber cuidado de él como una hermana mayor desde el día de su nacimiento. ¿Sería verdad lo que afirmaba la señora Moritz? ¿Era cierto que estaba enamorada de él? ¿Era posible que hubiera matado a su hermanito en un acceso de celos por haberse casado con otra? ¿Tendría él la culpa de la locura homicida que padecía Justine? Victor pensó que se trataba de un misterio sin solución. Suspiró profundamente y apretó con fuerza el brazo de Elizabeth porque no quería que presenciase una escena tan espantosa como aquélla.

Se avecinaba otra tormenta. Los fulgores de los relámpagos que se divisaban a distancia presagiaban el prolongado y grave fragor del trueno. Victor cruzó el jardín con el corazón cargado de negros presentimientos. ¿Tendrían realmente final todos aquellos horrores que se iban acumulando sobre su familia? Claude lo estaba aguardando.

–Claude... –dijo Victor a modo de saludo.

–Hemos cortado las cuerdas y la hemos bajado –dijo Claude con voz contrita–. Podemos enterrarla por la mañana.

¡Pobre Justine! Al menos sus pesares habían terminado.

–Gracias, Claude. Ya puedes acostarte.

Se dirigió lentamente, arrastrando los pies en dirección a la casa cuando una mano fuerte y pesada lo agarró por el hombro.

–¡Frankenstein! –su nombre había sido pronunciado claramente en su oído.

Victor se volvió y el repentino resplandor de un relámpago iluminó el espacio durante un segundo. Contempló una cara espantosa cubierta de cicatrices, una cara que no esperaba volver a ver en su vida, la cara del ser que había creado. Clavó en aquella cara los ojos con indecible horror. ¿Estaba vivo? ¿Estaba allí? ¿Cómo era posible?

La Criatura levantó el brazo.

–Te espero allí arriba –dijo con voz tranquila indicando la cumbre.

El resplandor de un relámpago iluminó el Mont Blanc con un resplandor eléctrico y al instante lo dejó sumido en la oscuridad. La Criatura se desvaneció.

Victor estaba sin aire, un torbellino de preguntas daba vueltas en su mente; las respuestas a ellas eran tan terribles como inexorables. ¿Willie? ¿Justine? Ahora se daba cuenta de lo ocurrido, se sentía invadido por una oleada de vergüenza y remordimiento. Se arrodilló, bajó la cabeza y dijo con tono implorante:

–¡Dios mío! ¡Mi hermano, Justine! ¡Oh, perdóname!

Todas aquellas cosas tan espantosas que habían ocurrido eran culpa suya. Sabía que él era el único responsable de la muerte de dos personas inocentes a las que tanto quería. Y si ahora moría su padre, sería responsable de tres muertes, la muerte de tres personas que habrían vivido si no hubiese sido por su porfía y su empecinamiento. ¿Cómo había podido pensar que la Criatura estaba muerta si no existía prueba alguna que lo demostrara? ¿Cómo podía haberse alejado de su laboratorio destruido sin volver la vista atrás?

Sin prever en ningún momento las consecuencias de sus actos, Victor Frankenstein había llevado adelante sus proyectos con una sola idea en la cabeza: la reanimación. Lo que deseaba por encima de todo era conquistar lo desconocido, ser el primero en mostrar al mundo las altísimas cimas que la ciencia podía alcanzar. Ahora tenía ante sí las consecuencias de sus actos, y había visto que eran terribles. ¿Cuántas personas tendrían que morir como consecuencia de los desatinos que Victor Frankenstein había querido convertir en realidad? Resolvió que no moriría nadie más y que pondría término a aquel asunto en el Mont Blanc como habría debido hacer muchos meses atrás en Ingolstadt.

A primera hora de la mañana siguiente, Victor cogió un par de pistolas de cuatro cañones. Cargó los ocho cañones con pólvora y balas y colgó de la perilla de la montura un cuerno de pólvora y una bolsa de municiones. No dijo nada a Elizabeth ni a Henry acerca del plan que tenía entre manos; lo único que sabían era que Victor pensaba abatir al hombre responsable de las muertes de Justine y de Willie.

Pero no se contentaron con sus explicaciones, lo siguieron fuera de la casa y lo vieron cruzar el jardín en dirección a su caballo.

—Pero ¿quién es? ¿Cómo sabes que es el verdadero culpable? —preguntó Elizabeth.

—Os lo diré cuando haya acabado con él —replicó Victor con aire distraído e impaciente.

—Si tienes razón en lo que dices, es un asunto que compete a la policía —dijo Henry.

Pero Victor negó enérgicamente con la cabeza.

—No, la policía no lo entendería —dijo. Y volviéndoles la espalda, revisó las cinchas del caballo.

—Tampoco yo lo entiendo —exclamó Elizabeth, exasperada.

Victor montó a caballo y miró a Elizabeth con rostro hermético, como de piedra.

—Acéptalo entonces.

Hasta entonces Victor jamás le había hablado de aquella manera tan brusca y tajante. Sintiéndose herida hasta la médula de los huesos, Elizabeth contempló a su prometido mientras se alejaba. ¿Por qué la excluía? ¿Por qué no confiaba en ella? Se sentía ofendida e indignada, pero también profundamente preocupada. Nunca había visto a Victor tan decidido, pese a lo cual se veía obligada a contemplarlo mientras se dirigía, solo, hacia peligros desconocidos.

Victor Frankenstein dejó su caballo al pie del Mont Blanc y, con la mochila a la espalda, comenzó la ascensión a pie de la helada montaña. Mientras ascendía tuvo tiempo de pensar y formularse preguntas. ¿Habría sido una alucinación la imagen de la Criatura que había creído ver? ¿Sería verdad que le había oído pronunciar su nombre? ¿Cómo era posible que supiese hablar y por qué razón la había encontrado allí, en Ginebra?

El aire era frío y cortante. Victor hizo una breve pausa para recobrar el aliento y continuó subiendo la montaña con el zapapico en la mano. Cuando se encontró en lo alto del glaciar, se detuvo y pensó: «¿Dónde estás?»

Pero al mirar alrededor no vio más que una pared de hielo que se levantaba delante de él y las huellas de sus propias pisadas en la nieve. De su enemigo no había ni rastro. Victor sabía que debía continuar adelante, no podía retroceder hasta que la Criatura —o ella o ambos— estuviese muerta. Siguió escalando lentamente por la escarpada pared del glaciar. La marcha era trabajosa y exigía toda la habilidad que había adquirido tras años de escalar los Alpes. Se volvió de nuevo pero, aunque sus ojos exploraron los alrededores, no vio más que un desierto de hielo.

—¿Dónde estás? —gritó Victor, y su voz arrancó ecos de los hielos.

Nadie respondió. No quiso volver a gritar por miedo a provocar un alud. Con grandes precauciones reanudó la lenta ascensión de la cara más escarpada del glaciar. Por fin llegó a la parte más alta del peñasco y se encontró en un extraño mundo de hielo. Estaba rodeado de paredes heladas semejantes a los parapetos de una fortaleza. Nunca hasta entonces había alcanzado un punto tan alto del Mont Blanc. Trepó a un risco y miró a su alrededor.

Al principio no vio nada, pero al cabo de un rato percibió un movimiento con el rabillo del ojo y se volvió hacia él. ¡Sí, allí estaba! Vio la figura de la Criatura, agazapada detrás de un muro de hielo. Victor recorrió el muro tratando de seguirla, pero había desaparecido.

Súbitamente Victor dio un paso en falso, perdió el equilibrio y resbaló por la cara de hielo hasta ir a parar a la capa de nieve blanda situada en el fondo. Mientras trataba de ponerse de pie le pareció oír algo, pero al mirar a su alrededor no vio nada. Sacó las armas de su mochila, dejó ésta donde estaba y siguió su camino.

De pronto, volvió a oír aquel ruido; esta vez Victor estaba seguro de que no se equivocaba. Aguzó el oído. Sí, era una voz. Seguramente la Criatura lo había estado vigilando y ahora lo llamaba, trataba de atraerlo a su perdición.

—Victor... ven aquí... Frankenstein... estoy aquí.

Intentó seguir la dirección de la voz, pero no pudo. A aquella altitud el aire era poco denso y, por lo tanto, mal conductor del sonido. Dondequiera que Victor se volviese, se encontraba siempre delante de una pared de hielo. Parecía que las paredes se cerraban sobre él. Al oír la voz que seguía llamándolo, comenzó a ponerse nervioso. Debía encontrar al ser que había creado.

De pronto, vio una figura agachada detrás de una pared, que desapareció al instante para volver a aparecer poco después en otro resquicio del hielo. Victor levantó una de sus pesadas pistolas y disparó, pero la Criatura se apartó de un salto de la trayectoria del proyectil. Como un gato que jugase con un ratón, la figura del monstruo volvió a aparecer en otro boquete entreabierto en el hielo. Victor volvió a disparar y una vez más falló el tiro. Daba la impresión de que la Criatura estaba en todas partes a un mismo tiempo, enfrente de Victor, detrás de él... Victor vio ahora que la Criatura se encontraba debajo de él. Echó a correr hacia ella deslizándose por la nieve.

Al llegar al sitio donde había visto al monstruo, éste ya se había ido, como si se hubiese desvanecido en el aire. Victor escudriñó, enloquecido, el espacio a su alrededor, sobre él, detrás de él. No estaba en ninguna parte. Súbitamente, Victor oyó un ruido a sus espaldas y se volvió justo a tiempo para ver cómo la Criatura, que parecía haber surgido de la nada, saltaba sobre él y lo empujaba con fuerza colosal. Victor perdió pie y cayó dando tumbos por una empinada ladera, golpeando con el cuerpo y la cabeza los peñascos hasta que desapareció por una hendidura y fue a parar a un neblinoso estanque helado situado en una cueva de hielo. La caída lo dejó inconsciente.

La Criatura estudió a Victor durante largo rato, luego se acercó a él y lo arrastró fuera del estanque librándolo de una muerte segura. Cuando Victor Frankenstein despertó, dirigió una mirada a su alrededor y se sorprendió de estar vivo, pero le sorprendió aún más encontrarse en compañía de la Criatura, que estaba sentada y lo observaba tranquilamente desde el otro lado de una pequeña hoguera. A Victor le resultó familiar la prenda que llevaba aquel ser; se trataba del abrigo que había perdido en Ingolstadt, y daba la impresión de que aquella cueva de hielo era su casa, a juzgar por las pertenencias que veía diseminadas por el suelo, entre las que reconoció con estupefacción un instrumento musical y algunos libros.

—Ven a calentarte junto al fuego —le dijo el monstruo.

—¿Sabes hablar? —preguntó Victor, maravillado.

La Criatura lo miró impertérrita.

—Sí, sé hablar y sé leer y sé pensar. Sé hacer las mismas cosas que saben hacer los hombres. —Hizo una pausa y luego añadió—: Hace tiempo que te espero.

Victor intentó ponerse de pie, pero había sufrido tantos golpes en el cuerpo y le dolía tanto la cabeza que volvió a desplomarse en el suelo.

—¿Cómo has conseguido encontrarme?

La Criatura indicó los libros que tenía al lado.

—Con un libro de geografía. Y con tu diario, claro.

¡El diario! De pronto, Victor lo recordó: se había guardado el diario en el bolsillo del abrigo, el mismo abrigo raído y sucio que llevaba la Criatura.

—¡Oh, Dios mío! —exclamó, y lanzó un suspiro—. Entonces tú lo tienes todo, las notas de Waldman, mi diario...

—Elizabeth me parece maravillosa... —dijo la Criatura como embelesada.

Victor sentía una especie de vértigo ante todas aquellas revelaciones. Al principio no supo qué pensar, pero había algo que quería saber y que no dudó en preguntar.

–¿Tienes intención de matarme?

El horrible rostro cubierto de espantosas cicatrices se retorció.

–¿Matarte? ¡No! –respondió la Criatura mirando fijamente a su creador.

–Entonces, ¿qué hago aquí? –preguntó Victor–. ¿Qué quieres de mí?

–¿Qué hago aquí? ¿Qué quieres de mí? Esas preguntas me parecen más acertadas –dijo la Criatura eludiendo la respuesta.

–Has sido tú quien ha matado a mi hermano, ¿verdad?

La Criatura hizo un gesto con la mano como queriendo indicar que aquella pregunta estaba fuera de lugar.

–¿Te figuras que soy la encarnación del mal?

–Sí –respondió Victor con amargura.

–¿Te figuras que los gemidos de tu hermano moribundo eran como música para mis oídos?

–Sí –volvió a responder Victor con voz quebrada por el dolor.

La Criatura levantó la mano delante de los ojos de su creador y sus dedos huesudos se curvaron como si se cerraran en torno a un cuello invisible.

–Lo agarré por el cuello con una mano… lo levanté del suelo… y lentamente le machaqué la garganta.

Victor dejó escapar un gemido que la Criatura, absorta en la violencia de su pasión, no percibió siquiera. El monstruo continuó con su relato, aunque con lágrimas en los ojos.

–Y mientras lo mataba lo miré a la cara. Más tarde, cuando salisteis en su busca, seguí a esa muchacha tan bonita que se perdió en el bosque. ¡Qué hermosa era! Me moría de ganas de tocarla, pero me limité a devolverle el objeto que había sido la razón de mi crimen, con la esperanza de compensarla en cierto modo…

Al escuchar aquella exposición de horrores, lo único que pudo hacer Victor fue contemplar, aterrado, su creación y dar rienda suelta a su amargura. Ahora veía claramente lo que había hecho, ahora podía juzgar la magnitud de sus actos irresponsables, los sufrimientos que había causado a pesar de haber estado guiado por las mejores intenciones. Había sido vanidoso, orgu-

230

lloso, imprudente... ¡qué precio tan alto debía pagar por todo ello!

El monstruo volvió ahora su odioso rostro desfigurado hacia Victor y éste vio que le temblaban las comisuras de los labios.

—Me diste la capacidad de sentir pero no me enseñaste a servirme de mis emociones —dijo como reprochándoselo—. Ahora, por tu culpa y por la mía han muerto dos personas.

¡Por la culpa de ambos! Sí, tenía razón. Atormentado por los remordimientos, Victor bajó la cabeza. No podía soportar la mirada acusadora de la Criatura y se le escapó un sollozo.

—¿Por qué? ¿Por qué? Di qué piensas —dijo la Criatura con voz tan triste que parecía que estuviera llorando.

—No sé —confesó Victor, llorando—. Que Dios se apiade de mi alma.

—¿Y de la mía? —preguntó la Criatura con amargura—. ¿O es que no tengo alma? ¿Te olvidaste de dármela? —Tendió hacia Victor sus manos desparejadas para que las observara con atención—. ¿Cómo eran esos hombres con cuyos miembros montaste mi cuerpo? ¿Eran buenos? ¿Eran malos?

—No eran más que... materiales —dijo Victor con voz apagada.

—Te equivocas. —La Criatura cogió la flauta—. ¿Sabes que he aprendido a tocarla? —Volvió a dejarla—. ¿En qué parte de mi persona se encuentra este conocimiento? ¿Está en esas manos? ¿En esa mente? ¿En ese corazón? Y también he aprendido a leer y a hablar... cosas que no me han enseñado... que he tenido que recordar.

El científico que había en Victor respondió de manera automática a las preguntas.

—Restos de recuerdos que subsisten en el cerebro, quizá. —No se le había ocurrido pensarlo. ¿No estarían en conflicto, dentro de aquel ser montado a base de miembros, el genio del profesor Waldman y la naturaleza brutal de su asesino?

La Criatura observó con atención a su creador.

—¿Sopesaste el alcance de tus actos? Me diste la vida, pero después me dejaste morir. ¿Qué soy yo?

¿Cómo podía contestar aquella pregunta? Victor contempló a su creación y por primera vez no la vio como a un objeto material, sino como a una persona, una persona que le preguntaba lo que tenía derecho a saber, aunque él no tuviera respuesta para sus preguntas.

—Tú... tú... no sé —tartamudeó Victor.

—Y me consideras la encarnación del mal —dijo la Criatura, y en su rostro espantoso se dibujó una sonrisa irónica y amarga. Era innegable que tenía razón al decir lo que decía.

El reconocimiento de su error pesaba como una insoportable losa en el pecho de Victor. Ahora sentía remordimientos no sólo por lo ocurrido a Willie y a Justine, sino también por lo que había hecho a su propia creación. Muy lentamente, le preguntó:

—¿Qué puedo hacer por ti?

—Quiero una cosa —respondió la Criatura—. Necesito compañía.

—¿Compañía? —repitió Victor como un eco, sin comprender del todo lo que le pedía.

—Sí, necesito una compañera, una hembra —prosiguió la Criatura—. Un ser que sea como yo, para que no me aborrezca.

Al oír aquellas palabras, Victor se quedó estupefacto.

—¿Como tú? ¡Oh, Dios mío! ¡No sabes lo que pides!

Pero la Criatura no quería aceptar un no por respuesta.

—Sé que si contara con la comprensión de un ser humano, haría las paces con todos. Hay más amor y odio en mí de lo que ni siquiera puedes imaginar. Si no puedo satisfacer uno, me entregaré plenamente al otro. De ti depende.

Al oír aquella amenaza, Victor sacudió la cabeza.

—Eres tú quien lo ha puesto todo en marcha, Frankenstein —le indicó la Criatura en tono acusador.

Victor cerró los ojos para borrar de ellos el rostro de la Criatura. La sola idea de crear otro ser como aquél le causaba una repugnancia indecible. Y más aún tratándose de una hembra. Había algo de obsceno y de grotesco en el hecho de que un hombre como aquél, construido con trozos de cadáveres, desease la compañía de una mujer semejante a él. De no haber sido trágico, aquel deseo podía haber resultado incluso divertido. Sí, tristemente divertido, como un teatro de marionetas salido del mismísimo infierno.

Sin embargo, Victor sabía que la Criatura hablaba muy en serio, recordó con un estremecimiento la malévola violencia de que ya se había mostrado capaz. Su fuerza y su brutalidad eran incalculables.

—¿Y si consiento? —preguntó Victor con gran serenidad.

La expresión de la Criatura se dulcificó ante la sola posibilidad del hecho.

—Mi esposa y yo huiríamos al norte, nos iríamos hasta los parajes más remotos del polo, lugares en los que ningún hombre ha estado jamás. Viviríamos los dos juntos. Ningún ojo humano volvería a vernos nunca más.

Victor y la Criatura se miraron fijamente a los ojos. Por fin, ésta dijo:

—Lo juro. Tienes que ayudarme, por favor.

Victor se sintió derrotado. ¿Qué otra opción le quedaba más que hacer lo que aquel monstruo le pedía?

Capítulo 15

LOS MATERIALES

Cariacontecido y lleno de preocupación, Victor Frankenstein bajó del Mont Blanc. La carga que la Criatura había depositado en sus hombros era la más pesada que ningún hombre había soportado jamás, y en ella se mezclaban sentimientos de culpabilidad y de remordimiento con muchas dudas y la sensación de que iba a llevar a cabo un acto abominable. En el supuesto de acceder al acto moralmente reprobable de volver a dar vida a otro ser semejante a la Criatura, ¿podía confiar en que ésta cumpliría con su palabra, huiría con su repugnante novia y no volvería a entablar contacto con ningún ser humano? ¿Redimiría esto los pecados de Victor o haría que se condenase eternamente?

¿O acaso era mejor apostarse a la espera de la Criatura, matarla y luego suicidarse? De todos modos estaba condenado, y puesto que lo estaba, ¿por qué no librar al mundo de aquel flagelo?

Pero no, no era tan sencillo como esto. Después del encuentro con la Criatura, después de hablar con ella y de ver que se expresaba de manera inteligible, Victor no podía evitar sentir una profunda lástima por aquel ser. La Criatura no tenía ninguna culpa de lo ocurrido, ella no había pedido que la creara, no merecía ser tan detestable ni tan poderosa físicamente ni poseer aquella naturaleza violenta.

El encuentro con su creación había causado una serie de inolvidables impresiones en Victor. Al darle vida en su laboratorio de Ingolstadt, Victor Frankenstein no había pensado en el futuro de aquel ser hecho con miembros muertos. Al concentrarse únicamente en dar vida a su creación, no se había detenido a pensar en los resultados ni en cómo evolucionaría ni en cuáles podían ser las «consecuencias», según las propias palabras de la Criatura.

En esto no se diferenciaba en nada de esas parejas jóvenes que quieren tener un hijo y que lo imaginan, con sus hoyitos en la carne, sus encantadores balbuceos y sus monerías, sin parase a pensar que el niño tendrá que vivir muchos años con ellos, que deberán darle cobijo, alimentarlo, vestirlo y educarlo y que después se transformará en un adolescente adusto y rebelde que se enfrentará a ellos y exigirá unos derechos. En resumen, que se transformará en otra persona.

La Criatura ya era esa otra persona, si bien estaba dotada de habilidades que los hombres no poseían. Victor estaba impresionado por su capacidad para razonar, leer, interpretar música, advertir cuándo algo era injusto, así como por la agilidad con que se movía. La Criatura de la que Victor había huido en Ingolstadt era un ser torpe, un recién nacido indefenso. La Criatura que había visto en el Mont Blanc era, en cambio, un ser dotado de una gran seguridad, rápido, inteligente y terriblemente fuerte. ¡Y tan impresionante cambio había tenido lugar en apenas tres meses! ¡Quién sabía qué otras facultades podía desarrollar aún! Victor jamás había pensado en la futura educación de aquel ser, pero todo indicaba que se había educado por sí solo y no lo había hecho del todo mal.

Victor Frankenstein siempre había sido una persona tremendamente ansiosa y por eso mismo se había convertido en científico. ¿Y si la Criatura tenía razón? ¿Y si la elección de los «materiales» era el elemento decisivo y determinante de la naturaleza del ser reanimado? ¿Y si, en lugar de escoger a un asesino sin brazo o sin pierna, Victor le hubiera dado un cuerpo intacto y perfecto, por ejemplo el de un artista que hubiera muerto siendo joven? ¿Qué habría ocurrido si en ese cuerpo se hubiera puesto el cerebro de un matemático, de un filósofo o, incluso, el de un santo? ¿Era posible que la creación resultante fuese un superhombre? ¿Y si en realidad Victor había creado al precursor de una raza humana superior?

Victor había hablado de «restos de recuerdos», pero era probable que hubiese algo más. Se preguntaba qué habría ocurrido de haber podido operar inmediatamente después de la muerte en lugar de dejar que los «materiales» comenzaran a corromperse. Si hubiera podido implantar el cerebro de Waldman a las pocas horas de su muerte, ¿habría podido infundir en la Criatura un elevado sentido moral y un sentimiento de horror a la violencia? Victor procuró apartar aquellos pensamientos, puesto que había renunciado a seguir experimentando en esa dirección. Había visto las consecuencias y había vuelto la espalda a todas aquellas pruebas. Entraría por última vez en el laboratorio para reanimar a una «compañera» de la Criatura: luego dejaría que ésta se la llevara y que los dos se fueran juntos muy lejos. A pesar de ello, no podía evitar las elucubraciones...

¿Y si fuera posible crear una raza de seres humanos que poseyeran únicamente determinados atributos deseables, como por ejemplo cerebros excelsos, cuerpos sanos, un talante bondadoso, un espíritu puro? ¿Y si fuera posible combinar los mejores cerebros del siglo con los mejores corazones y los mejores cuerpos y reanimar inmediatamente después de la muerte la combinación resultante, dotándola de poderes superiores? ¿Si se creara, por ejemplo, una raza superior que librase a la raza humana de la maldad y alcanzara cotas más altas en el campo de los descubrimientos y del arte, de la música y de la literatura, de la química y de la medicina, y se convirtiera en orgullo de la humanidad?

No, Victor se obligó a desechar de sus pensamientos aquella idea que tanto lo seducía. ¿Acaso no había aprendido la lección? Si algo sabía ahora era que los seres humanos no son tan superiores como para arrogarse las prerrogativas de Dios.

Otro pensamiento que quería extirpar, negarse a considerar siquiera, era la respuesta a aquella pregunta que la Criatura le había formulado con voz quejumbrosa: «¿Tengo alma?» Porque sabía que, si se detenía a meditarlo, su responsabilidad se multiplicaría por mil.

Mientras Victor se dirigía a Ginebra a lomos de su caballo, sentía que en su mente se agolpaban tantas ideas contradictorias que apenas podía discurrir con claridad. Mantendría la promesa hecha a la Criatura y crearía una compañera para ella. Era una deuda que había contraído. Incluso le debía algo más. De pronto, pensó que no había dado nombre a la Criatura, aunque también sabía que era demasiado tarde...

Debía volver a montar su laboratorio cuanto antes. Para ello le bastaría con disponer del desván desocupado de su casa. Por fortuna había decidido enviar a Ginebra todo su equipo; había estado a punto de dejarlo y de renunciar a la idea de volver a practicar la reanimación, pero su prudencia y austeridad típicamente suizas le habían impedido tanto despilfarro. Por otra parte, casi todo el equipo había sido fabricado por encargo y había costado mucho dinero, y podía ser utilizado para otros experimentos de medicina convencional. Victor sacudió la cabeza y no pudo dejar de pensar, con amargura, en la utilidad que ahora les daría.

Necesitaba más cubetas, más retortas, más baterías voltaicas, porque la Criatura las había destruido junto con el laboratorio. De todos modos, no eran cosas difíciles de encontrar en una ciudad como Ginebra, donde vivían tantos científicos. Afortunadamente, todo el material —las máquinas para generar electricidad, el tubo de vidrio para las anguilas y, por encima de todo, el sarcófago— estaba intacto.

En cuanto al preciado líquido biogénico, podía conseguirse fácilmente en la facultad de medicina de la misma manera que lo había adquirido en Ingolstadt. En lo tocante a los demás «materiales», la Criatura se había ofrecido a suministrarlos.

Mientras el caballo enfilaba el camino de entrada de la casa, Victor tomó la decisión de no alarmar a Elizabeth ni despertar las sospechas de Henry. Ya lo estaban esperando en la puerta llenos de ansiedad; junto a ellos estaba Claude. En cuanto vieron a Victor corrieron a recibirlo mientras lo llamaban por su nombre. Victor se apeó al verlos y tendió las riendas al mozo de cuadra. Elizabeth se arrojó en sus brazos y él la abrazó con ternura y le besó el rostro y los cabellos.

—Está bien… está bien… me encuentro perfectamente —dijo Victor, obligándose a sonreír.

—¿Qué ha ocurrido? —preguntó Henry.

—Cuéntanoslo, cuéntanoslo todo, Victor —le rogó ella.

Pero Victor se limitó a sacudir la cabeza y se encaminó hacia la entrada de la casa.

Elizabeth lo siguió, empeñada en que la pusiera al corriente de lo ocurrido.

—Victor, tienes que decirnos qué ha pasado —le preguntó con gran insistencia.

Claude sacó las pistolas de las alforjas y percibió un fuerte olor a pólvora.

—Esas pistolas han sido disparadas… y más de una vez —dijo mientras intercambiaba unas miradas significativas con Henry Clerval.

Elizabeth siguió rápidamente a Victor, lo alcanzó y se enzarzaron en una conversación animada a medida que se iban acercando a la casa. No estaba dispuesta a que su prometido la excluyera de secretos tan importantes como aquellos. ¿Qué papel tendría en la vida en común si no participaba de todo lo que incumbía a Victor? Ya habían podido comprobar lo que había ocurrido en Ingolstadt. Victor la había despedido, pero si ella no hubiera desobedecido sus órdenes y hubiera vuelto a su lado, él habría muerto de neumonía.

Sin embargo, Victor no estaba dispuesto a que Elizabeth interviniera para nada en lo que se avecinaba. Una vez que hubo decidido que lo mejor para todos era que accediera a las peticiones de la Criatura, sabía que cuanto antes pusiese manos a la obra, antes se verían libres de los peligros. Victor dijo a Elizabeth que estaba trabajando en un experimento y que a partir de aquel momento tendría que pasar algunas horas del día en el laboratorio que pensaba instalar en el desván de la casa. Se trataba de un experimento que había iniciado en Ingolstadt pero que estaba por terminar. Le aseguró, sin embargo, que aquel trabajo no requeriría mucho tiempo, aunque le rogaba que se lo concediera.

—Mira, todo lo que te pido es un mes como máximo —le dijo

muy seriamente. Después nos casaremos y nos olvidaremos para siempre de todo este asunto. ¡Te lo prometo!

Elizabeth se detuvo y se volvió hacia él. Aunque en sus ojos negros surgió el brillo de la pasión, no pudo evitar una expresión de disgusto.

—¡Promesas, promesas! No te atrevas a volver a pronunciar esta palabra. Una vez me prometiste que me dirías de quién se trataba, me prometiste que abandonarías ese trabajo de una vez por todas... Tus promesas no significan nada.

—Elizabeth...

—Debo irme de esta casa —dijo ella con tono decidido. Tenía los labios apretados y los puños cerrados.

—¿Qué dices? ¿Dónde quieres ir? —exclamó Victor, sorprendido ante anuncio tan repentino.

Elizabeth sacudió la cabeza.

—No lo sé. Iré a alguna parte donde pueda recuperarme.

—¡No digas tonterías! —farfulló Victor—. Ahora no tengo tiempo para discutir contigo.

Las palabras de Victor y, de manera especial su actitud ofensiva, irritaron a Elizabeth.

—¿Quieres decir que no te interesa? ¿Que no cabe dentro de tus planes? —le preguntó, indignada—. ¿Por qué no puedes pensar en nadie más que en ti? —Apartándose de él con la indignación pintada en el rostro, huyó escaleras arriba dejando a su prometido aturdido e inquieto.

Victor entró en el dormitorio de su padre. Desesperado, se sentó junto a la cama en la que éste yacía y estrechó las manos huesudas del anciano. No era más que una sombra del que había sido en otro tiempo. Victor le oprimió una mano con ternura y murmuró:

—Ahora ya estamos a salvo. ¡Te lo prometo!

Su padre se aferró con fuerza a su mano, esbozó una débil sonrisa, y dijo:

—Mejor la tranquilidad que la seguridad, hijo mío. Cásate con ella. ¡Ahora!

¡Ojalá hubiera sido posible!

Victor inició de inmediato la instalación del laboratorio en el desván de la mansión, que se encontraba absolutamente vacío. Lo primero que hizo Claude fue trasladar las pesadas cajas y dejarlas alineadas. Victor fue recorriendo la fila y abriendo las cajas una por una con una palanca a fin de comprobar su contenido de acuerdo con la lista que había hecho antes de salir de Alemania.

Al encontrarse delante de una caja enorme se detuvo, porque su sola visión le trajo espantosos recuerdos.

–¡Que Dios me perdone! –murmuró Victor por lo bajo, al tiempo que hacía una seña a Claude, que levantó la tapadera y dejó al descubierto la brillante cubierta del sarcófago.

Victor tiró de la cuerda, que levantó la tapadera, y los dos hombres sacaron las diferentes piezas del sarcófago.

Poco a poco, gracias a la ayuda de Claude, el laboratorio comenzó a cobrar forma. Victor comprobó las puntas de las agujas de acupuntura y colocó en un caballete toda una colección de frascos de fluido galvánico. Montó el sarcófago atornillando sus diferentes piezas y lo colocó en su plataforma. Claude y Victor pasaron las cuerdas que movían la máquina que generaba la electricidad. Instalaron los rieles del techo para la parrilla del cuerpo, unieron las cadenas a la reja y Victor comprobó todo el montaje para que el funcionamiento fuese impecable. Luego buscaron baterías voltaicas e hicieron las conexiones correspondientes. La red de cables estaba terminada y entre las vigas del techo se había hecho un tendido de cables de cobre. Victor se puso unas gafas protectoras y comprobó el circuito eléctrico; una lluvia de chispas le indicó que todo estaba en orden.

El pescadero trajo un barril enorme de anguilas eléctricas vivas y el carnicero sirvió veinte kilos de carne cruda que chorreaba sangre. Por fin, Victor encendió el fuego debajo del sarcófago. Era hora de que Claude se marchase, ya que a partir de ahora Victor debía trabajar solo y con la puerta del laboratorio cerrada con llave.

Entretanto, dos pisos más abajo, Elizabeth, furiosa, hacía el equipaje sin que le ayudase ninguna sirvienta. Arrojó un montón de libros en un baúl sin pararse siquiera a leer los títulos, sacó unos vestidos del armario sin mirarlos y los puso encima de los libros, metió las partituras de música para piano en una maleta. Se paró ante una partitura, vaciló un momento y le temblaron los labios: *Así pues, nunca más ya de noche...* Era la canción favorita de Victor.

Pero se encogió de hombros y arrojó la partitura con las demás. Al fin y al cabo, no era más que una canción.

La señora Moritz había encargado a uno de los criados que cubriera con fundas la delicada tapicería de satén para resguardarla del polvo y, mientras lo hacía, también Elizabeth cubrió su amado vestido de boda con un trozo de tela negra.

Ése era el fin de todo. Elizabeth dirigió una última mirada a la habitación para contemplar los muebles cubiertos de tela blanca, y salió cerrando la puerta detrás de ella.

En la buhardilla de la mansión se estaban realizando los últimos preparativos. El laboratorio se parecía muchísimo al de Ingolstadt. Victor se paseaba de un lado a otro y echaba un postrer vistazo al equipo. Al detenerse delante del dibujo anatómico de Leonardo, oyó detrás de él la voz de Henry Clerval.

—Había rogado a Dios que no tuviera que ver todo esto otra vez.

Victor se volvió. Su amigo estaba de pie en lo alto de las escaleras observando el laboratorio con una mirada de tristeza mezclada de repugnancia. Tenía los ojos clavados en el dibujo, en el cual los puntos de acupuntura aparecían rodeados de un círculo de sangre.

—¿No lo comprendes? —dijo Victor con amargura—. No tengo otra alternativa.

—¡Claro que tienes otra alternativa! —le espetó Henry con una expresión de sombría tristeza en su rostro normalmente alegre—. Siempre la has tenido; se trata de la posibilidad de elegir entre el bien y el mal.

Victor negó con la cabeza.

—No es tan sencillo como crees —dijo sin levantar la voz.

—Pues haz que lo sea —dijo Henry dulcificando un poco el rostro, aunque con la voz todavía preñada de inquietud—. Piensa en lo que le ha ocurrido a tu familia, piensa en Elizabeth y en si existe todavía la posibilidad de que pueda permanecer a tu lado. Sal ahora mismo de aquí, ve con ella. ¡Pero ahora mismo!

El único recurso que le quedaba a Victor era negar con la cabeza sin decir palabra. No podía marcharse hasta que todo aquel espantoso asunto quedara solucionado.

Henry se volvió y bajó lentamente las escaleras. Victor lo observó con tristeza. Henry Clerval era el mejor amigo que había tenido en su vida. ¡Ojalá hubiese podido explicárselo! Pero Henry no tenía la culpa de conocer solamente una parte de la verdad, ni tampoco era culpa de Victor que no se la pudiera confiar totalmente.

Aquella noche, en un cementerio de la afueras de Ginebra, había una figura fantasmagórica agachada sobre una de las tumbas, escarbando frenéticamente la tierra. Al golpear la madera, la pala de hierro produjo un fuerte ruido. Presa de intenso frenesí, la Criatura arrancó la tapadera del ataúd y miró el interior. Al ver el cadáver, se echó hacia atrás y en su rostro deforme se dibujó una horrible sonrisa.

La Criatura metió el cadáver en un saco, salió del cementerio y caminó por las callejas de los arrabales de la ciudad hasta donde comenzaban a verse elegantes mansiones. Con el cuerpo encorvado echó a correr hasta que vio aparecer la casa de los Frankenstein. Aun cuando cargaba con el cadáver, escaló fácilmente el muro de la mansión hasta el desván, cuya ventana Victor Frankenstein había dejado abierta tal como habían convenido previamente. Entró en el laboratorio y depositó la carga en el suelo. Victor ya le estaba esperando. Desataron el saco, quitaron la mortaja y el sudario que envolvían el cadáver y, para sorpresa de Victor dejaron al descubierto el rostro sucio y manchado de... Justine Moritz.

—La quiero a ella —dijo la Criatura.

Victor fijó su mirada aterrada en el rostro frío y muerto de Justine. Los gusanos habían comenzado a hacer su siniestro trabajo y los labios azulados se habían encogido dejando los dientes al descubierto. Los ojos hundidos y amoratados parecían devolver la mirada a Victor en un mudo reproche, como si le dijeran: «Yo te amaba, y ahora estoy muerta. Tú eres el culpable.»

—¿Por qué... ella? —preguntó Victor, que apenas podía articular las palabras.

—Su cuerpo me gusta.

Victor sintió un acceso de náuseas y se apartó de la muerta para no seguir mirándola. La visión superaba lo que él podía soportar. Se sentía físicamente enfermo al pensar en lo que iba a hacer, especialmente al imaginar a aquellos dos cadáveres reanimados apareándose en una macabra danza del amor, juntos la Criatura y su «compañera», la en otro tiempo hermosa y dulce Justine.

La Criatura dirigió una mirada sardónica a su creador.

—No son más que materiales, ¿no lo recuerdas? Sólo materiales. Eso dijiste tú.

Victor asintió con la cabeza.

—Sí, eso dije —murmuró en voz baja. Tratando de reaccionar, se volvió hacia Justine y se obligó a examinar aquel cuerpo y a no considerar a la muchacha difunta como otra cosa que como fuente de «materiales». Cogió la cabeza con la mano y palpó la nuca con los dedos.

—Tiene la base del cerebro rota y eso ha dañado el cerebro —dijo a la Criatura—. Necesitaremos otro. Al parecer, el resto del cuerpo servirá, aunque las extremidades están muy descompuestas y probablemente será preciso sustituir alguna. Cuanto más frescas, mejor.

La Criatura asintió en silencio y se dirigió a la ventana, a la que se encaramó para esfumarse seguidamente en la noche. Victor Frankenstein la observó con repugnancia y con los ojos de la imaginación la vio corriendo entre las tumbas recientes en busca de materiales «más frescos».

Pero no, no era al cementerio a donde se dirigía la Criatura, puesto que ahora ya sabía como solían proceder los humanos.

Oculto entre las sombras, el monstruo contempló a la prostituta y a su cliente mientras ponían término torpemente a sus asuntos apoyados en el muro, ella con las faldas levantadas y él con los pantalones desabrochados. Vio que una exigua cantidad de dinero cambiaba de manos y que el hombre volvía a abotonarse los pantalones y se alejaba mientras la prostituta le gritaba:

–¡Cabrón!

Después vio que la prostituta se arreglaba las faldas, se atusaba los cabellos con los dedos y echaba a andar por la calle, debajo de unas antorchas de tea, en busca de más clientes. Dio un paso y salió de las sombras, se había adelantado lo suficiente para que se dieran cuenta de su presencia sin que le vieran. Al acercarse a la prostituta vio en su rostro una sonrisa ávida y maquinal.

–¿Quieres algo? ¿O prefieres mirar? –le preguntó ella con descaro al tiempo que se acercaba un poco más–. ¿Qué me dices, cielo? –continuó, zalamera.

La Criatura se inclinó a la luz del farol para que la mujer le viera la cara; la prostituta abrió la boca para gritar y en su rostro apareció una expresión de horror. Pero él la miró con una sonrisa y le tapó la boca con su poderosa mano disfrutando al comprobar cómo se debatía, rodeándole el cuello con el otro brazo y apretando su cuerpo hasta fracturale la columna vertebral.

Luego la Criatura cargó el cuerpo al hombro y emprendió el camino de regreso a la mansión de los Frankenstein, escaló el muro hasta llegar a la buhardilla y entró en el laboratorio por la ventana abierta.

–Pero ¿qué es esto? –exclamó Victor, jadeante, clavando los ojos en la mujer muerta.

Por las comisuras de los labios resbalaba un reguero de sangre fresca, los ojos, fijos y desorbitados, aún no habían empezado a hundirse en las cuencas. No debía hacer ni una hora que había muerto, probablemente bastante menos.

–¿Que qué es esto? –repitió como un eco la Criatura–. Pues un cerebro, unas extremidades.

–Pero ese cuerpo no lo has sacado de la tumba.

La Criatura se encogió de hombros.

–¿Qué más da? Tú puedes hacer que vuelva a vivir.

¡Un nuevo horror se sumaba a los anteriores! ¿Cuando terminaría aquella pesadilla? Victor sintió que se le helaba la sangre en las venas y todo su cuerpo quedó aterido al percatarse de que aquel ser no estaba regido por imperativos morales y jamás sabría distinguir la diferencia entre el bien y el mal. Una cosa era matar bajo el impulso de la pasión y arrepentirse después de cometido el acto, y otra muy diferente matar con premeditación, no sentir remordimiento alguno y limitarse a encogerse de hombros. Era evidente que la Criatura era capaz de las dos cosas y que no podía poner una hembra a su disposición ya que existía la posibilidad de que engendraran una raza de monstruos asesinos.

—¡No! —exclamó Victor—. ¡Esto es demasiado!

Y dando media vuelta, se apartó de la Criatura, pero ésta, furiosa, se lanzó tras él, lo agarró con fuerza y lo acercó a la mesa donde yacía el cadáver de Justine. Sus poderosos dedos se estrecharon en torno a la garganta de Victor.

—¡Vas a cumplir la promesa que me has hecho! —rugió.

Victor Frankenstein experimentó una sensación de infinita repugnancia, la idea de servirse del cuerpo de aquella desgraciada en beneficio del asesino le resultaba odiosa. Con los dientes apretados, dijo:

—¡No lo haré! ¡Aunque me mates!

Pero Victor ignoraba toda la maldad que podía albergar la Criatura. En su inocencia, había sido incapaz de sondear los confines de la ira desatada de que era capaz aquel cuerpo mutilado y cubierto de cicatrices.

—¿Matarte? —dijo el monstruo con una sonrisa despectiva—. Matarte no es nada comparado con lo que pienso hacer contigo. Si me niegas la noche de bodas… estaré presente en la tuya. —Aflojó la presión que ejercía su mano en el cuello de Victor, saltó por la ventana abierta y desapareció, dejando a su creador jadeando y con la boca abierta junto al cuerpo medio putrefacto de Justine.

Victor se apartó de la mesa y corrió, tambaleándose, hacia la escalera del desván, cerró la puerta del laboratorio y le puso el candado. Ahora todos sus pensamientos estaban centrados en Elizabeth… tenía que encontrarla. Sabía que no estaba segura. La Criatura había lanzado una amenaza contra ella. Henry había estado en lo cierto al decirle que tenía otra alternativa. Debía buscar a Elizabeth y llevársela muy lejos, a un sitio donde la

Criatura nunca los pudiera localizar. Debían huir, esconderse.

Elizabeth no se encontraba en su habitación y todos los muebles estaban cubiertos con fantasmagóricas telas que parecían sudarios. Era como una reunión de fantasmas. ¿Acaso la había perdido para siempre? Mientras bajaba las escaleras como una exhalación, Victor rogó a Dios que no fuera así. Topó con uno de los criados, quien le dijo que la señorita Elizabeth acababa de salir de casa, aunque se detendría un momento en la capilla para decir una última oración antes de emprender el viaje.

¡La capilla! Victor cruzó corriendo el salón de baile, ya que la capilla de la familia estaba en el otro extremo. A través de una ventana vio a Elizabeth que, envuelta en su capa de viaje y con sombrero de plumas, entraba por una de las puertas. Victor quiso entrar en la capilla por alguna de sus puertas e intentó abrirlas una tras otra, pero todas estaban cerradas con llave. Por fin consiguió entrar por una situada junto al altar. Elizabeth, después de haber dicho unas breves plegarias por la recuperación de su padre adoptivo y por la salud y felicidad de Victor, se encontraba en el extremo opuesto y a punto de abandonar la capilla.

–¡Elizabeth! ¡Espera, no te vayas! ¡Por favor, tengo que hablar contigo!

Elizabeth se volvió y preguntó fríamente:

–¿Qué quieres decirme?

–¡No te vayas! –le imploró Victor–. ¡Te pido por favor que no te vayas! ¡Tengo mucho miedo!

¿Que Victor tenía miedo? Elizabeth no había oído nunca aquella palabra de labios de él. Lo miró a los ojos y se dio cuenta de que, efectivamente, parecía asustado. Jamás lo había visto tan alterado.

–¿De qué tienes miedo?

–He hecho una cosa terrible... una cosa muy mala... y ahora tengo miedo... si... si te digo la verdad... entonces te perderé para siempre...

–Me perderás si no lo haces –se limitó a decir Elizabeth.

Victor cayó de rodillas delante de ella, inclinó la cabeza y, entre sollozos, murmuró:

–No sé qué hacer.

Su actitud habría ablandado a las piedras y el corazón de

Elizabeth no era de piedra. Ni por un instante había dejado de amar a Victor, jamás podría amar a otro hombre. Lo que había deseado siempre era su confianza total, ser su esposa, compartir con él tanto los malos momentos como los buenos. Si había decidido romper su compromiso se debía a que le parecía que él no confiaba en ella.

Ahora, sin embargo, le pedía que confiara en él, que no lo abandonara. Victor la necesitaba y ella necesitaba que él la necesitase. No le cabía en la cabeza que Victor pudiera haber hecho nada malo porque la maldad no formaba parte de su naturaleza, pero, cualquiera que fuera el delito que hubiera cometido o el problema en que se encontrara metido, ella estaba decidida a que lo afrontaran y lo resolvieran juntos.

Elizabeth también cayó de rodillas delante de Victor. Éste levantó su rostro bañado en lágrimas y la miró intensamente. Aquella chispa que tan a menudo había saltado entre los dos volvió a producirse. La solemnidad del lugar donde se encontraban propició la comunión de sus almas y en aquel momento Victor casi llegó a creer que todo se arreglaría.

–¿Te casarás conmigo, Victor? –le preguntó Elizabeth con voz tranquila–. Casémonos hoy y mañana me lo cuentas todo –dijo mirándolo seriamente–, pero tienes que decirme toda la verdad, ya verás como juntos encontramos una solución. Te amo, y no me importa lo que hayas hecho ni lo que haya podido ocurrir. No temas, amor mío.

Aquellas palabras quitaron un enorme peso del corazón de Victor. Creía haber perdido a Elizabeth y ahora se daba cuenta de que no era así. Elizabeth continuaba a su lado, lo amaba y quería convertirse en su esposa. ¿Cómo había podido dudar de ella un solo instante? Pese a las lágrimas, Victor consiguió sonreír.

–Si tú no quieres, yo tampoco –bromeó, recordando la ocasión en que se habían conocido cuando eran pequeños. Era una broma familiar entre los dos–. Te quiero, Elizabeth.

Habían hecho un pacto. Mañana él se lo contaría todo, pero hoy se casarían, y luego de la ceremonia pasarían la noche juntos.

Elizabeth se puso enseguida el traje de novia y una corona

de flores frescas en la cabeza. No lucía más joyas que su belleza y su radiante juventud. Aquélla no sería la boda con la que hacía tantos años que soñaba, no habría una fiesta con muchos invitados y un gran baile en el salón, un banquete con las mesas ricamente cubiertas de faisanes, venados, jabalí asado, delicados pasteles y frutas exóticas, con madeira y champán y un brindis a la salud de los novios. No, en su boda no habría invitados ni música ni baile, no habría festejos ni brindis, pero se casaba con Victor y era lo único que importaba.

Victor, en su habitación, se lavó y se puso el frac azul con botones dorados, se peinó los cabellos rubios y la barba, pero al atarse el corbatín alrededor del cuello y hacerse el lazo, sintió que sus pensamientos vagaban muy lejos y que se sentía nuevamente angustiado. Partirían inmediatamente después de la boda y estarían viajando toda la tarde, irían muy lejos, muy deprisa. No había tiempo para preparar un coche, harían el viaje a caballo.

Victor sabía que la Criatura era tan peligrosa como impredecible, y que trataría de cumplir sus amenazas. Debían partir antes de que volviera.

Se dispuso que la ceremonia, rápida y sencilla, se celebraría delante de la cama donde yacía el doctor Frankenstein. Sólo habría otras dos personas presentes: Henry, que actuaría de padrino, y Claude, que haría el papel de testigo. El frágil cuerpo del anciano tembló de felicidad al ver a Victor y Elizabeth mientras se hacían las mutuas promesas. Su hijo y su hija adoptiva se unían en matrimonio tal como siempre había esperado. ¡Si Caroline hubiera podido verlo! Aquél era el único pensamiento que ensombrecía la felicidad del padre de Victor.

El sacerdote juntó las manos de los novios e inició la enumeración de las sagradas promesas.

–... decirse la verdad y toda la verdad... estar juntos en la alegría y en la tristeza, en la riqueza y en la pobreza, en la salud y en la enfermedad... hasta que la muerte los separe...

Sí, estarían juntos hasta que la muerte los separase. Se miraron profundamente a los ojos y sus almas se unieron en una sola. Victor y Elizabeth habían hecho aquella promesa y habían sellado su amor para siempre. Aquél sería el último momento de felicidad que disfrutarían.

Capítulo 16

LA NOCHE DE BODAS

Una vez que la breve ceremonia hubo tocado a su fin, se iniciaron de inmediato los preparativos para el viaje. Como Victor tenía muchísima prisa, Elizabeth no se quitó el vestido de novia y se limitó a ponerse encima una capa roja y a cubrirse los cabellos con un pañuelo. Entretanto, Victor seleccionó los guardias que los acompañarían, tres de ellos entre los mejores de sus criados por su juventud, su fuerza física y su sensatez, y dio las órdenes oportunas para que se proveyesen de las armas necesarias.

Claude iba al frente del destacamento, armado con escopeta. Los demás criados también llevaban escopetas y pistolas, procedentes de la excelente armería de la mansión.

—¿Cómo es el individuo, señor? —preguntó un mozo de cuadra—. ¿Cómo lo reconoceremos?

Victor vaciló. ¿Cómo podía hacer una descripción de la Criatura sin aterrar a sus hombres?

—Os aseguro que lo reconoceréis —se limitó a responder.

—Mató al señorito William, y Justine Moritz murió por su culpa —explicó Claude—. ¡No vaciléis un momento, amigos! ¡Disparad en cuanto lo veáis!

Hubo exclamaciones y vocerío. Todos se habían dado por enterados.

Se ensillaron los caballos y se cargaron las alforjas. Victor cogió una escopeta y dos pistolas Collier de cuatro cañones. Elizabeth ya estaba esperando al lado de Henry cuando Victor fue a su encuentro. Aun cuando estaba impaciente por partir, no deseaba por nada del mundo abandonar su casa, su padre y su mejor amigo.

—Henry... —dijo Victor, pero se calló de pronto.

¿Cómo podía expresarle su gratitud? Victor Frankenstein no había conocido a un hombre más valiente ni más sincero que Henry Clerval. Se había quedado al margen de una situación que no comprendía, pese a lo cual no había hecho ninguna pregunta y estaba dispuesto a hacer frente a los peligros que pudiera haber sólo con que Victor se lo pidiese.

—No te preocupes por nada —dijo Henry con una sonrisa—. Ocupaos de vosotros y dejad que yo me ocupe de vuestro padre. —Abrazó a Elizabeth y la besó en ambas mejillas, luego dio un fuerte abrazo a su amigo.

Después, sin que mediaran más palabras, Victor y Elizabeth montaron a caballo y salieron al galope.

El doctor Frankenstein estaba profundamente dormido en su cama y las pocas fuerzas que le quedaban lo abandonaban rápidamente. Pero oyó un ruido en algún lugar de la habitación y exclamó:

—¿Quién es? ¿Henry?

Apostada en la ventana, desde donde había contemplado a Victor y Elizabeth alejándose acompañados por los guardianes, la Criatura se volvió y se acercó lentamente a la cama. Los ojos del anciano se fijaron en la figura hasta que por fin consiguió distinguir los rasgos de su cara. Sintió que el corazón le daba un vuelco. ¡Qué rostro aquél! El doctor Frankenstein no había visto en toda su vida nada parecido, nunca había contemplado una máscara tan siniestra como aquélla, cubierta de cicatrices y reflejando tanta maldad. ¿Quién era aquel demonio que se acercaba cautelosamente hacia él con la intención de arrebatarle el alma?

El anciano abrió la boca decidido a gritar pero, antes de que pudiera hacerlo, la mano de la Criatura se la cerró de un golpe. El enfermo todavía se debatió unos momentos, resistiéndose a puntapiés y empellones, pero era imposible que su fuerza pudiera contrarrestar la del monstruo. Su corazón débil acabó por rendirse. Al cabo de unos segundos estaba inmóvil.

La Criatura permaneció un rato observando el rostro del padre de su enemigo. Sus sentimientos eran contradictorios. Sentía rabia y satisfacción a la vez, y también una especie de afinidad con el cadáver, como si entre los dos existiese un parentesco de algún tipo, en lo que no andaba en absoluto equivocado. En cualquier caso, no podía demorarse, ya que tenía otras cosas importantes que hacer.

De pronto, la Criatura oyó un ruido que la obligó a volverse. Acababa de entrara en la habitación un hombre totalmente vestido de negro con una taza de té en la mano. Era el sacerdote que solía visitar al doctor Frankenstein. Al ver el rostro de la Criatura, el sacerdote dio un respingo y retrocedió, lo que hizo que la taza de té se estrellara en el suelo dejando una mancha oscura en la alfombra.

–¡Eres el mismo demonio! –exclamó el sacerdote, casi sin aliento, al tiempo que levantaba un brazo para protegerse.

La Criatura lo miró con una sonrisa malévola.

–Sí, y he venido para arrebatarte el alma. –Cruzó la habitación y acorraló contra la pared al aterrado sacerdote, acercando a las pálidas mejillas de éste su rostro desfigurado–. A menos que me digas dónde han ido.

Victor y Elizabeth Frankenstein cabalgaban algunos metros por delante de Claude y de los otros guardianes que los acompañaban. Hacía horas que cabalgaban y, por imposición de Victor, ni siquiera se paraban a comer ni a dormir. La tarde iba muriendo cuando recorrían la orilla oeste y norte del lago de Ginebra. Tenían la intención de cruzar el lago en un bote y seguir después a caballo hacia el norte, hasta Alemania, donde la familia de Victor tenía unos primos lejanos.

Detrás de ellos, el sol bañaba de púrpura y oro las montañas; por el este se acercaban nubes de tormenta. Iban siguiendo su camino y los cascos de los caballos marcaban un rítmico tamborileo en el empedrado al acercarse al pontón a la orilla opuesta del gran lago. No tardaría en hacerse de noche. Cabalgaban a gran velocidad, decididos a pillar el pontón antes de que abandonara el embarcadero. Sin embargo, al llegar a éste se encontraron con que el pontón ya había salido y sólo pudieron observar la estela de espuma que había dejado sobre la superficie del agua.

Se apearon con semblante contrito y Claude fue a averiguar a qué hora salía el siguiente pontón.

—Lo siento —dijo a Victor al volver—, pero el último pontón ya ha salido y hasta mañana no habrá otro.

—¡Maldita sea! —masculló Victor por lo bajo, sintiendo escalofríos en todo el cuerpo, ya que sabía que cada minuto transcurrido aumentaba el peligro.

Era una carrera contra el tiempo, pues la Criatura podía moverse con la rapidez del viento. Victor ignoraba a qué distancia se encontraba su enemigo, pero sabía que no podía quedarse toda la noche en el embarcadero aguardando la salida del siguiente pontón. Se acercaba una tormenta y Elizabeth debía de estar agotada y hambrienta. Tenían que encontrar un sitio donde cobijarse, cosa que Victor aceptó a regañadientes pues lo que quería era seguir adelante.

—Me adelantaré y buscaré un lugar donde pasar la noche —dijo Claude.

Cuando llegaron al pabellón de pesca, ya estaba arreciando la tormenta. Los recibió la lluvia y las ramas les azotaban el rostro a causa del fuerte vendaval. Se alegraron cuando vieron la casa; era un lugar espacioso, cálido y acogedor, situado junto a la orilla del lago y amparado por el bosque. Antes de subir a la planta superior en compañía de su mujer, Victor ordenó a sus hombres que se apostasen en los puntos de acceso a la casa.

—Y aseguraos de mantener secas las pistolas —les ordenó.

—Secas lo están —replicó uno de los guardianes—, y si fallan, tenemos otras de repuesto. Y si también fallan éstas, no nos faltan buenas manos para atrapar a ese hijo de puta. —Al decir estas palabras dio un puñetazo al aire como para demostrar su fuerza. Victor no pudo por menos de pensar que ignoraban quién era el enemigo.

—¡A vuestros puestos! —ordenó Claude—. No se preocupe,

señor, que estará bien guardado. ¿Por qué no sube a hacer compañía a su esposa? Eso de la noche de bodas no es cosa de todos los días.

Victor sonrió.

—Gracias, Claude —dijo. Claude era una buena persona, noble y valiente. Con él Victor se sentía en buenas manos.

¡La noche de bodas! Era la noche en que Victor y Elizabeth unirían por fin sus cuerpos como marido y mujer. En cuanto a sus almas, hacía muchos años que estaban unidas. Ahora finalmente podría besar sus hermosos pechos, acariciar su suave piel. Había imaginado miles de veces aquel momento, y ahora finalmente su sueño se convertiría en realidad.

En la gran habitación de la planta superior, que sería su cámara nupcial, Elizabeth cantaba en voz baja mientras se quitaba el vestido de novia y lo colgaba cuidadosamente en el armario. Deslizó sobre su cuerpo desnudo un camisón blanco de seda, con el corpiño cubierto de cintas hasta el escote y en los codos. La delicada tela le acariciaba la piel antes de que Victor se la acariciase con las manos. Sólo de pensarlo las mejillas se le encendían y los pechos se le estremecían. ¡Cuántas veces había imaginado que hacían el amor, y que el cuerpo fuerte y viril de Victor se unía al suyo, suave y complaciente! Esta noche por fin vería cumplidos sus más anhelados deseos.

Retiró de la oscura cabellera los prendedores que la sujetaban y dejó que le cayera por la espalda como una negra cascada de perfumados rizos. A Victor le encantaba besarle los cabellos. Se los peinó lentamente, mientras esperaba a su amado e imaginaba sus besos, oyendo la lluvia que golpeaba las ventanas. Cuando hubo acabado de cepillarse el cabello, Elizabeth volvió a ceñirse en la frente la corona de flores frescas que se había puesto en la ceremonia. Con aquella corona y la ondeante túnica de seda parecía una ninfa de la antigüedad clásica, una especie de dríade, una joven diosa de los bosques.

Después recorrió la habitación encendiendo docenas de velas, hasta que toda la estancia resplandeció mientras que la cama de dosel, con sus postes embellecidos con magníficos relieves, quedaba sumida en una luz atenuada. Cuando Victor entró y se quitó la chaqueta empapada por la lluvia y se secó los cabellos con la toalla, le sorprendió toda aquella luz y la belleza de su esposa. Con su túnica de seda blanca y su corona de flores, Elizabeth tenía una imagen etérea, espiritual, como una novia llegada del país de las hadas.

Victor tocó el suave cuello de su esposa y ésta le puso una mano en el hombro, aunque la retiró al instante.

—Estás empapado —dijo con aire preocupado.

—Lo sé —dijo él con una sonrisa—, pero no importa.

La estrechó entre sus brazos y la besó apasionadamente. Elizabeth le devolvió el beso con toda la pasión acumulada en su corazón virginal.

Cuando por fin se separaron, ella dijo en voz baja:

—Ya no volveremos a ser hermanos.

—No, ahora somos marido y mujer —replicó Victor con voz ronca. No podía apartar los ojos del rostro de su esposa, más resplandeciente que la luz de todas las velas que iluminaban la habitación, más hermosa que nunca. Victor se dijo que ahora era suya y que debía amarla, protegerla, acariciarla, besarla y… poseerla.

Elizabeth apretaba su cuerpo contra el de su amado esposo y sus labios rojos se posaron sobre los de éste. Ambos comenzaron a acariciarse mutuamente; por fin estaban solos, por fin podían amarse… Victor se arrancó la camisa mojada y la arrojó a un lado. Buscó los lazos que cerraban el corpiño de Elizabeth y muy lentamente comenzó a desatarlos y a dejar al descubierto sus pechos blancos y delicados. Ardiente de pasión, hizo que Elizabeth se volviera y le diera la espalda, y entonces le besó la nuca y hundió el rostro en sus perfumados cabellos. Después buscó sus pechos y Elizabeth lanzó un gemido, Victor se ciñó apasionadamente contra su espalda y ella sintió su cuerpo musculoso junto al suyo. Las manos de él fueron bajando por el cuerpo de su amada, exploraron entre sus piernas y Elizabeth volvió a gemir y a estremecerse.

Estaban los dos en la cama, sus labios unidos en un largo beso, las lenguas entrelazadas. Elizabeth estaba tumbada boca arriba, temblando de deseo, mientras Victor recorría su cuerpo con una mano y lentamente le levantaba el blanco camisón. Se arrodilló en la cama y se lo quitó mientras ella, con dedos temblorosos, desabrochaba los botones de los pantalones de Victor.

A la luz de las velas, el cuerpo suave y voluptuoso de Elizabeth resplandecía como una estrella. Era su Elizabeth, su novia, su esposa.

Súbitamente, Victor oyó los sones de una melancólica melodía. Se le heló la sangre en las venas; conocía aquella música. «Oh, Dios mío, que no sea verdad», pensó. Sus hombres comenzaron a dar voces; seguramente habían visto algo. Así era, la Criatura estaba cerca, muy cerca.

Victor saltó de la cama, cogió la camisa y las pistolas y le dijo a Elizabeth:

–Cierra la puerta con llave.

Después bajó corriendo las escaleras y salió.

Los hombres que estaban de guardia se habían reunido delante de la casa y lanzaban gritos confusos para dominar el fragor de la tormenta.

–Lo he visto a la luz de un relámpago –gritó uno de los tres guardianes–. Ha desaparecido hacia la parte del lago.

–Vosotros dos quedaos aquí –ordenó Claude–. Johann, tú sitúate debajo de la ventana de la señorita Elizabeth... quiero decir de la señora Frankenstein, quédate en el balcón. ¡Y mantened los ojos bien abiertos!

Él y Victor echaron a correr en dirección al lago, dejando sola a Elizabeth.

Pero la Criatura no estaba en las proximidades del lago, sino subida a un árbol cuyas ramas se proyectaban hacia el tejado de la casa. Al ver que Victor se alejaba, en su rostro apareció una sonrisa maléfica.

En su dormitorio, Elizabeth había comenzado a atarse las cintas del corpiño. No sabía si estar enfadada o confundida. O asustada quizá. ¿Qué podía pensar de su esposo, que en un momento como aquel, precisamente cuando iban a consumar el matrimonio, había saltado de la cama y había desaparecido? En muy pocas ocasiones había visto aquella expresión de terror en el rostro de Victor y siempre había sido justificada. De pronto, sintió un estremecimiento involuntario, pero se echó a reír un poco nerviosa.

–Ganso, corre sobre mi tumba –se dijo, recordando un proverbio popular de su infancia.

Se había olvidado de cerrar la puerta con llave, y ahora le había parecido oír un ruido en el pasillo.

—Victor, ¿eres tú? —preguntó. Se levantó y salió al pasillo. Cuando advirtió que Victor no estaba sintió cierta inquietud. Tenía la impresión de que algo no iba bien.

En el balcón de la cámara nupcial la Criatura soltó al guardián que cayó con el cuello roto como si fuera una rama.

Elizabeth volvió al dormitorio. Esta vez se acordó de cerrar la puerta con llave. Lentamente, tensa, se dejó caer boca arriba en la cama. No habría sabido explicar por qué se encontraba tan alterada, pero tenía los nervios a flor de piel. Las cosas no funcionaban, presentía el peligro. Por primera vez se sintió aliviada al pensar que había guardianes apostados en la casa.

Levantó la vista y lanzó un suspiro. En el dosel se recortaba la oscura silueta de un cuerpo. Sin embargo, antes de que pudiese gritar, una mano enorme y terrible asomó a través de la tela que había rasgado como si fuese de papel y le tapó la boca.

—No te molestes en gritar —dijo la Criatura.

En ese mismo instante Victor Frankenstein se detuvo. De pronto había sabido, sin ningún tipo de dudas, que la Criatura no estaba en el lago. Lo que había hecho era engañar a los guardianes, pues, en realidad, no se había movido de la casa. La unión mística existente entre el alma de Victor y la de Elizabeth le dijo que ésta corría un grave peligro.

—¡Volvamos! —le ordenó a Claude—. ¡Tenemos que volver enseguida! ¡Deprisa! No podemos perder ni un segundo.

Cuando se acercaban al pabellón, uno de los guardianes les salió al encuentro y dijo:

—Lo hemos perdido.

Victor miró de inmediato la ventana de la cámara nupcial y de pronto se quedó sin aliento: en el balcón no se veía ningún guardián y... y... la ventana estaba abierta. Las cortinas ondeaban agitadas por el viento. ¡Oh, cielos! Volvió a mirar y esta vez vio al guardián que debía estar en el balcón caído sobre el barandal, evidentemente muerto. Otro de los guardianes estaba desplomado frente a la puerta, la mano inmóvil empuñando la pistola. Pese a los centinelas colocados en puertas y ventanas, la Criatura se las había arreglado para penetrar en la casa.

«Debí darme cuenta de que era una añagaza para alejarme. No debería haberme apartado de su lado», pensó Victor.

–¡Elizabeth! –con el corazón palpitante de horror, se dirigió rápidamente hacia la casa, con Claude pegado a sus talones.

Los dos hombres sacaron las pistolas y las amartillaron.

Los ojos de Elizabeth estaban clavados en la Criatura y ésta se encontraba arrodillada sobre ella. Era una muchacha sensible y encantadora que había llevado una vida segura y protegida, ¿cómo iba a imaginar que un día se encontraría en presencia de un monstruo como aquél? ¿Cómo iba a imaginar que era posible sentir tal espanto y no morir a causa del mismo? En el brevísimo instante en que aquel ser le tapó la boca con su enorme mano comprendió de qué huía Victor, de qué intentaba protegerla. Pero ¿cómo era posible? Pese al horror que sentía, necesitaba saber y comprender qué le ocurría.

Lentamente, la Criatura retiró la mano de su boca.

–Por favor, te ruego que no me hagas daño –le imploró Elizabeth.

Pero aquel ser ni la escuchó siquiera. Tenía los ojos clavados en ella, como fascinado por su belleza. La miraba con una expresión reverencial mezclada con un deseo ardiente.

–Eres más hermosa de lo que creía –dijo el monstruo con un suspiro.

Pese al miedo y a la repugnancia que le producía, Elizabeth observó atentamente la piel llena de bultos y los costurones irregulares que cubrían el rostro de la Criatura.

–¿Quién eres? –le preguntó en un murmullo.

Era algo que necesitaba saber. Sin embargo, antes de que la Criatura tuviera tiempo de responder, se oyó ruido de pasos que subían por la escalera y luego los empujones que daban los hombres en la puerta cerrada del pasillo.

–¡Elizabeth! –gritó Victor desde el corredor.

La puerta interior también estaba cerrada con llave, ya que Elizabeth había obedecido al pie de la letra las instrucciones que él le había dado.

Al oír la voz de su creador, la Criatura profirió un gruñido bronco e irracional que dejaba traslucir todo su odio. Cualquier otro sentimiento que pudiera abrigar –respeto, deseo, lástima incluso– se desvaneció, y lo único que subsistió en la Criatura fue una rabia arrolladora, un odio implacable. Levantó el brazo y, con la fuerza bruta de una máquina, descargó el puño cerrado en el pecho de Elizabeth Frankenstein. La fuerza del puñetazo destruyó la carne, los músculos, los tendones y los huesos, desgarró venas y arterias.

El cuerpo de Elizabeth se sacudió en un espasmo de agonía y luego quedó inerte, sin vida, en la cama. Antes de morir todavía tuvo tiempo de lanzar un grito que la mano de la Criatura truncó al arrancarle el corazón, todavía palpitante.

Los hombres seguían golpeando frenéticamente la puerta. Finalmente consiguieron abrirla. Victor entró a toda prisa en la estancia con los ojos que parecían querer saltársele de las órbitas. Lo que vio le bastó para desear haber sido ciego.

Elizabeth estaba tendida en la cama y tenía los ojos fijos en el techo. Novia y virgen, todavía llevaba puesta la corona de flores, pero en su blanco camisón de seda había oscuras manchas de sangre, la sangre de su corazón. Y allí donde éste debería haber palpitado, sólo se veía un hueco enorme y rojo.

La Criatura sostenía el corazón en la mano y con una sonrisa desafiante, espantosa y aviesa se lo ofreció a Victor como si de un regalo se tratara.

–Yo mantengo mis promesas –dijo.

Victor quedó paralizado durante un instante, incapaz de comprender la magnitud de aquel horror. De pronto, al captar plenamente la situación, profirió un largo grito de dolor y desesperación y sólo pudo pronunciar un nombre:

–¡Elizabeth!

Al oír el grito, la Criatura cogió el cuerpo muerto de Elizabeth, lo sacó de la cama y lo arrojó sobre la mesa iluminada por las velas que ella había encendido con tanta ilusión hacía menos de una hora. El rostro de Elizabeth se estrelló contra la madera y el cristal y de la cabeza brotó un río de sangre. Las velas cayeron sobre su negra y espléndida cabellera, que se incendió al momento.

La Criatura cruzó corriendo la estancia en dirección a la ventana. Los hombres abrieron fuego de inmediato, pero los proyectiles se incrustaron en la pared. La Criatura era demasiado rápida para ellos. Con la fuerza del martillo que cae sobre el yunque, el monstruo golpeó con la cabeza la ventana de cristales emplomados y salió proyectada hacia el vacío en medio de una cascada de cristales astillados. Agarrándose a una rama baja, se descolgó sobre la hierba desde más de diez metros de altura y desapareció con la celeridad del viento.

Victor se acercó al cuerpo sin vida de su esposa y después de apagar con las manos desnudas las llamas que devoraban sus negros cabellos, lo acunó entre sus brazos al tiempo que rompía a llorar de pena y desesperación.

–¡Oh, Dios mío, le ha arrancado el corazón... y a mí también!

No habría sido peor para Victor contemplar su propio corazón en las manos repugnantes del monstruo que ver el corazón de Elizabeth. En un brevísimo instante como aquél el monstruo se había burlado salvajemente de su creador y de los sueños, el talento y las aspiraciones de éste; todo había sido burlado y envilecido, y Victor había sido despojado del último vestigio de esperanza y de ilusión que le quedaba. Ningún mortal, ni siquiera un semidiós inmortal como Prometeo, había sido castigado con tamaña crueldad por haber hollado tierras prohibidas.

Ya no le quedaba otra cosa que el don de la manzana que recibiera Adán en el jardín del Edén –conocer la diferencia entre el bien y el mal– y la comprobación terrible de que las buenas intenciones no sirven para nada cuando se valoran de acuerdo con la balanza de la justicia eterna. Y también la rabia. Sí, le quedaba la rabia, la rabia y el odio que cubrían su alma de costurones y cicatrices tan horribles como los que surcaban el rostro de la Criatura.

Aunque él no lo sabía, se había vuelto loco. ¿Cómo iba a ser de otro modo después de ser testigo de tales abominaciones y de sufrir una pérdida tan inmensa? ¿Qué hombre en su sano juicio podía conservar su cordura en circunstancias como aquéllas? Envolvió a su esposa muerta en la capa roja y, con ella en brazos, bajó la escalera en pos de la noche, indiferente a la lluvia. La sentó en la silla delante de él, como había hecho tantas veces cuando ella vivía, y cabalgó locamente, cada vez más deprisa, azotando al caballo con creciente frenesí, todos sus pensamientos fijos en el único propósito que lo guiaba.

La tormenta iba en aumento. El rayo, con sus grietas de fuego, hendía el espacio. El fragor del trueno retumbaba en sus oídos. Victor Frankenstein, sin embargo, era indiferente a todo. Ante él sólo había un destino: su casa y, en ella, su laboratorio. Al llegar a la mansión, saltó del caballo, cogió el cuerpo de Elizabeth, subió corriendo la escalera y cerró la puerta de golpe detrás de él.

Henry lo siguió a través del salón hacia la escalera, atónito al ver a su mejor amigo empapado y con el cuerpo inerte de la preciosa Elizabeth en sus brazos.

–¿Qué ha ocurrido? Dime qué ha ocurrido... –le pedía desesperadamente.

–No serviría de nada –respondió Victor con voz tensa–. Sé lo que debo hacer.

Henry Clerval acababa de comprender cuál era la intención de su amigo y, presa del pánico, gritó:

–¡No, Victor! ¡No puedes hacerlo! –Se interpuso en el camino de su amigo y extendió el brazo para cortarle el paso, pero Victor lo miró y vio una resolución tan firme en su rostro que retrocedió aterrado.

–Primero tendrías que matarme –dijo Victor, aunque enseguida su rostro se contrajo con toda la angustia que llevaba dentro–. Henry, no tengo otra alternativa. Ella se ha ido y yo la amaba. ¿Qué otra cosa pudo hacer?

–Dejar que descanse en paz –dijo Henry.

–Paz... –repitió Victor con amargura–. ¿A esto lo llamas paz? ¿Crees que mi padre no habría hecho lo mismo por mi madre?

–Tu padre ha muerto.

Victor cerró los ojos un momento despidiéndose silenciosamente de su padre y volvió a mirar a Henry.

–Bueno, entonces no tengo nada que perder.

–Nada salvo tu alma –dijo Henry Clerval muy seriamente.

Victor sacudió la cabeza con expresión de pesar.

–Hace tiempo que perdí el alma, Henry.

Apartó a su amigo y éste ya no hizo nada para detenerlo.

No podía añadir nada más; la voluntad de Victor era inquebrantable y nada lo haría desistir de su empeño. Con lágrimas en los ojos, Henry contempló a su amigo subir la escalera que conducía al desván, cargado con el cadáver de su esposa. La capa de color rojo sangre se arrastraba por los peldaños y la oscura cabellera de la infortunada Elizabeth se derramaba como un torrente sobre el brazo de su esposo, brillante y rizada. Henry vio que, por debajo de la capa, asomaba un pie pequeño y delicadamente arqueado, y sintió que se le encogía el corazón.

Aquélla era la noche de bodas de la desdichada pareja. Henry pensó que en esos momentos Victor y Elizabeth desearían haber estado unidos en el lecho matrimonial. Si un desconocido los hubiera visto en aquel instante se habría figurado que el marido llevaba amorosamente en sus fuertes brazos a su querida esposa. Victor, en cambio, llevaba a Elizabeth a un lecho tan monstruoso que Henry se negaba siquiera a nombrarlo. Henry Clerval sabía ahora sin lugar a dudas que Victor se había vuelto loco, absolutamente loco.

Capítulo 17

LA REANIMACIÓN

A través de los altos ventanales de la cúpula se veían fulgurar los relámpagos mientras Victor recorría el pasillo llevando en brazos el cuerpo de Elizabeth en dirección al desván. Con mano torpe abrió el candado y entró en el oscuro laboratorio con el cadáver de su amada en brazos. Barrió con una mano los libros de una mesa y depositó sobre la misma el cuerpo de su esposa. Después, de manera rápida y decidida, inició el abominable proceso de la reanimación.

El laboratorio y todo el equipo estaba a punto. ¿Gracias a qué? ¿Gracias al cielo? ¿Gracias a Dios? ¿O gracias a la Criatura, que le había pedido una compañera? Si todo estaba preparado para que Victor Frankenstein pudiera trabajar era porque éste había decidido violar las leyes de Dios por segunda vez. Incluso se había procurado el líquido amniótico, con el que ya había llenado el sarcófago. Y gracias al cadáver de Justine... disponía también de los «materiales». Lo único que le faltaba era el diario, ya que aún seguía en poder de la Criatura. Pero Victor ya no necesitaba sus notas. Tenía grabados a fuego en la mente los pasos a seguir en el proceso de reanimación.

Apartó los lienzos que cubrían los dos cadáveres y puso en

marcha los generadores, hizo girar las ruedas que almacenaban la electricidad generada en las botellas de Leiden y conectó las pilas voltaicas. Debajo del sarcófago de cobre, encendió el fuego y accionó el fuelle con el pie hasta que el carbón se convirtió en brasa viva.

Ahora debía pasar a la comprobación de los «materiales». Dio la vuelta al cadáver de Elizabeth y lo examinó luchando contra la sensación de náusea y el remordimiento, tratando de envolverse en la capa de la objetividad científica. Debía proceder con celeridad, no había tiempo para pensar en aquel cuerpo como en el de su amada, sino que debía verlo como algo que tenía que ser reanimado mientras el cerebro aún estaba en buenas condiciones.

Tendría que aprovechar el cadáver y el corazón de Justine. El cuerpo de la prostituta estaba más fresco que el de ésta, pero a Victor le resultaba intolerable pensar que su virginal esposa, tan pura y radiante, pudiera apropiarse de la carne mancillada de una ramera. Utilizaría el cuerpo de Justine, si bien tendría que sustituir una de las manos por estar ya en fase de putrefacción. La otra todavía era aprovechable.

La mano de Elizabeth, la cabeza de Elizabeth... La cuchilla y la sierra hicieron el trabajo sucio; Victor Frankenstein trabajaba febrilmente, como un poseso, en una solitaria carrera contra el tiempo.

Juntó las diferentes partes de los cuerpos de las dos mujeres y con ellas hizo una. Cortó las puntas de los cabellos chamuscados y recortó y rebañó las horribles quemaduras. No pudo reprimir un sollozo. ¡Qué hermosa cabellera la de Elizabeth! Siempre había fascinado y atraído a Victor. Era rebelde, salvaje, se rizaba formando desobedientes zarcillos que le caían sobre la frente. ¡Cuántas veces la había recogido en sus manos, había sumergido el rostro, la nariz, los labios... en aquella mata de pelo exuberante y perfumada! Anhelaba repetir aquella misma experiencia.

En cuanto hubo completado el cuerpo y lo tuvo tendido en la parrilla sujeta por cadenas, lo elevó con ayuda de la polea. Tenía los brazos y las piernas extendidos como en el dibujo de Leonardo y lentamente levantó hasta el techo aquel cuerpo para situarlo en los raíles. Luego la parrilla se deslizó en medio de una lluvia de chispas hasta que se detuvo, balanceándose, sobre el sarcófago.

Victor tiró de la cadena para que fuese bajando hasta el útero de cobre y antes de sumergir el cuerpo en el líquido amniótico, retiró el lienzo que cubría su desnudez. Volvió a accionar el fuelle y el fuego se activó y creció, creció... Victor situó el sarcófago encima de las brasas.

Ahora era el turno de aplicar las agujas, y debía actuar con rapidez. Colocó en su sitio la primera aguja de acupuntura y seguidamente fue poniendo todas las demás, hincándolas a través del sarcófago e introduciéndolas en el cuerpo. Victor actuaba de una manera maquinal, sin pensar en lo que hacía, dejando que las manos obraran por sí solas. No era consciente de nada salvo del paso de los minutos, de la necesidad urgente de acabar el trabajo a tiempo.

Después de colocar la bolsa de las anguilas sobre el sarcófago, Victor aseguró la tapadera y puso el tubo de vidrio en la posición adecuada. Presa de frenesí, situó los conectores en la fuente principal de energía y los fijó a los terminales. Al establecerse el contacto, saltaron chispas, pero Victor no les prestó atención. Lo único que indicaban era que el circuito estaba en marcha. La energía circulaba a través de los cilindros y de los cables de cobre. Las ruedas giraban locamente, las máquinas generaban el voltaje, todo el desván rebosaba electricidad, que circulaba por los cables y penetraba en las baterías y de éstas, a través de las agujas, iba a desembocar en el sarcófago. Victor Frankenstein saltó sobre éste y soltó las anguilas eléctricas, que bajaron por el tubo de vidrio y penetraron en el líquido amniótico, donde clavaron los dientes en la carne de la mujer. A través del líquido circulaba, poderosa y de manera constante, la electricidad.

En el interior del sarcófago, el cadáver se agitaba y arqueaba con movimientos convulsivos y la cabeza golpeaba la lumbrera.

–¡Vive! –le gritó Victor.

Fuera del laboratorio, Henry estaba sentado con la cabeza entre las manos, en uno de los peldaños de la escalera que conducía al desván. La muerte de Elizabeth, ocurrida inmediatamente después de la del padre de Victor, la enormidad de los actos cometidos por Victor, la dimensión de su locura, también lo habían contaminado a él. Temblaba, sudaba, lloraba, se encontraba a punto de desmoronarse. Henry sabía muy bien qué estaba haciendo su amigo en aquel laboratorio cerrado con llave, y también sabía que se trataba de algo monstruoso. Al oír gritar a Victor, Henry no pudo impedir exclamar:

–¡No!

Todo había terminado. Victor Frankenstein desconectó la corriente y retiró el conector principal. Después se acercó al sarcófago y lo abrió, levantó la tapadera del depósito y atisbó dentro del mismo. Luego se acercó al líquido humeante y suavemente, como si cogiera en brazos a un recién nacido que acabara de abandonar el útero de su madre, sacó del sarcófago su creación.

Acunando suavemente su cabeza entre las manos, le ordenó en un murmullo:

–Vive…

El cuerpo abrió la boca para aspirar una bocanada de aire, pero tenía líquido en los pulmones y le era imposible respirar. Victor la estrechó con fuerza y volvió a dejarla en el sarcófago con un fuerte golpe para que los pulmones, con la violencia del impacto, expulsaran el líquido. El cuello estaba recorrido por visibles suturas y lo mismo la clavícula, donde se juntaban las piezas. Aquel ser era una odiosa amalgama formada por la cabeza de Elizabeth y el cuerpo de Justine Moritz.

Pero a ojos de Victor no era un monstruo y el estado demencial en que se encontraba hacía que la viera hermosa, ya que por algo era la única mujer que había amado en su vida. Tras acariciarle la cabeza y darle unos golpecitos más en la espalda, se dispuso a sacarla del sarcófago.

El cuerpo se estremecía entre toses y escalofríos mientras Victor, suavemente, tiernamente, con amor infinito, iba retirándole de la cara el moco viscoso que la cubría. Seguidamente la vistió con el traje de novia, le puso con grandes esfuerzos el anillo de boda en el dedo… el dedo de Justine. La condujo hasta una caja y la sentó en ella. Aquella cosa que era Elizabeth pero que al mismo tiempo no lo era, se sentó torpemente y permaneció con la cabeza caída. Victor seguía delante de ella, temblando de ansiedad.

–¿Cómo me llamo? –le preguntó con tono implorante–. ¿Cómo me llamo?

Elizabeth estaba como aturdida, impávida y en su mirada en blanco no había ni el menor atisbo de reconocimiento. Victor se arrodilló a sus pies.

–Di cómo me llamo, por favor te lo pido. Tienes que recordarlo. ¡Elizabeth! ¡Elizabeth!

Elizabeth levantó la cabeza y lo miró. ¿Había, quizá, una cierta chispa en sus ojos? ¿Acaso el hecho de que Victor pronunciara su nombre, Elizabeth, había despertado algún recuerdo en ella? ¿No sería, tal vez, que en su cerebro, muerto hacía pocos momentos, aún había residuos de recuerdos de la vida que los dos habían compartido? ¿Y de su amor inmortal?

Victor descubrió aquella chispa y su corazón dio un brinco de alegría.

–Sí, ya recuerdas! –exclamó–. Muy bien, muy bien. Yo te ayudaré a recordar. No te asustes. Yo no quiero, si tú no quieres. *No moriremos nunca. Hace muchísimo tiempo que nos prometimos que no moriríamos nunca.*

Elizabeth levantó un brazo lentamente, lo tendió hacia Victor y le tocó la cara. Victor la ayudó a ponerse de pie mientras seguía implorándole:

–¡Recuerda, por favor, recuerda! –Se daba cuenta de que había restos de recuerdos que empezaban a aflorar a su memoria–. Ya empiezas a recordar… –murmuró con ternura.

En el cerebro de Victor aleteó de pronto una melodía, la del vals que los dos habían bailado tantas veces en el salón. ¿Qué era aquello que solía decir la señora Moritz? ¿No decía acaso que las parejas de baile acaban por convertirse en parejas en la vida? Pues había tenido razón.

–Ponte de pie, cariño, ponte de pie. Sí, sí, sigue, sigue –la incitó al tiempo que le sonreía alentándola a hacerlo.

Con muchas precauciones, muy lentamente, Victor ayudó a Elizabeth a ponerse de pie. Y también muy lentamente ella levantó la mano blanca y huesuda y se la puso delante de los ojos. Miró fijamente la mano, tratando de desentrañar su misterio, tal vez intentando averiguar su utilidad o quizá reconociéndola vagamente. La mano siguió levantándose hasta que fue a posarse lentamente en el hombro de Victor. La lámpara de queroseno arrancó un destello en el anillo de boda que Elizabeth llevaba en el dedo.

Primero sus movimientos eran casi imperceptibles, apenas un leve vaivén, un ligero balanceo, pero de pronto el movimiento se convirtió en paso, que después fue seguido de otro y de otro más. De los ojos de Victor resbalaron unas lágrimas mientras Elizabeth se movía, insegura, vacilante.

Victor sonrió. Acunando a Elizabeth en sus brazos, comenzó a bailar con ella en el laboratorio al compás de una música imaginaria que sólo él oía.

¡Sí, oh, sí! Aquélla era su Elizabeth, que había regresado de entre los muertos. En su delirio, Victor Frankenstein llegó a imaginar incluso que se encontraban en el salón azul, con todas las velas encendidas y los músicos tocando sólo para ellos. Se negaba a admitir el horror de la situación, no quería ver las cicatrices, las marcas de las quemaduras, la mirada hueca, aquellos movimientos bruscos semejantes a los de un autómata, el laboratorio y... lo peor de todo...

Desde uno de los estantes, la cabeza cercenada de Justine, metida en un gran frasco de formaldehído, los miraba a través del cristal con ojos muertos y ciegos. Los miraba bailar. ¿Seguía sin pareja? No, por lo menos ahora bailaba con Victor, ya que quien bailaba el vals con él era el cuerpo de Justine, aunque no su cabeza ni sus manos.

Los bailarines seguían balanceándose y girando y el vals continuaba y continuaba sin parar, cada vez más enloquecido, describiendo gloriosos círculos, en una macabra parodia de todos los valses que se habían bailado desde la invención de esta danza. Elizabeth echaba la cabeza hacia atrás y reía, mientras Victor la alzaba en sus brazos y la llevaba por toda la habitación sumándose a sus risas.

Era su baile de boda, el vals que habrían bailado si hubieran podido. En la cabeza de Victor la música alocada iba subiendo de volumen en un crescendo que, cuando superara el ápice de su intensidad, señalaría el momento en que él la convertiría en su auténtica esposa...

De pronto, revelado por el repentino fulgor de un relámpago, Victor descubrió a la Criatura, que de pie junto al sarcófago los observaba mientras bailaban. La música cesó bruscamente en el cerebro de Victor. Ahora ya no oía más que el martilleo de la lluvia y el distante fragor de los truenos.

—¡Qué hermosa es! —dijo la Criatura con su voz grave y gutural, incapaz de apartar la mirada de Elizabeth.

—Pero no es para ti —dijo Victor con tono desafiante.

El monstruo sonrió.

—Estoy seguro de que ella sabe lo que quiere. —Levantó una mano e indicó a Elizabeth que se le acercara. Elizabeth dio un paso vacilante hacia él, como obedeciendo a una atracción irreprimible.

Victor sintió que una sensación de pánico le oprimía el pecho. ¡No podía ser! ¡No era posible! ¡No quería perderla dos veces! ¡Elizabeth era suya!

—¿Cómo me llamo...? Elizabeth... di cómo me llamo —le rogó con voz implorante.

Elizabeth se paró en el centro de la habitación y se volvió hacia Victor como si no supiera qué camino tomar.

—¡Elizabeth, qué hermosa eres... qué hermosa eres...! —seguía murmurando, fascinada, la Criatura—. Hace mucho tiempo que te espero. Acércate, ven...

—Tú no le perteneces, eres mía —le gritó Victor, desesperado—. Di cómo me llamo... sé que lo recuerdas... confía en mí, Elizabeth, confía en mí...

Elizabeth permanecía inmóvil y miraba tan pronto a uno como al otro, mientras su rostro reflejaba horror y vergüenza al mismo tiempo. Sabía que tenía algo que recordar, pero había olvidado qué significaba recordar.

Los dos hacían señas tratando de atraerla. Querían conquistarla con lisonjas, imploraban su atención. Elizabeth estaba prisionera de los dos, era un trozo de cuerda tirada por sus dos extremos.

—Por favor... ven conmigo —insistía uno.

—Por favor, recuerda... —era la insistente letanía del otro.

Por fin Elizabeth se dirigió hacia la Criatura.

—¡No! —gritó Victor—. ¡Es un asesino, Elizabeth, es un asesino!

Pero Elizabeth se acercó lentamente al monstruo como si éste ejerciera una fuerza hipnótica sobre ella. Lo miraba a los ojos, escrutaba su rostro. Con las yemas de los dedos recorrió su carne llena de cicatrices y frunció el entrecejo, como si quisiera preguntarle algo. ¿Se acordaba acaso de que las últimas palabras que había pronunciado estando viva las había dirigido a él? «¿Quién eres?», le había preguntado. ¿Acaso ahora volvía a preguntárselo en silencio, tocándolo con las yemas de los dedos? Era como si el aspecto de la Criatura la desconcertara. Allí había algo que fallaba, los seres humanos no tenían aquel aspecto, las personas no están montadas a base de piezas sueltas, como los rompecabezas.

Se miró las manos: una era la suya, pero la otra era una mano muy blanca, una mano muerta añadida al brazo mediante puntos de sutura que formaban una cicatrices en la muñeca. Sus ojos recorrieron su cuerpo. Aquél no era su cuerpo. ¿Cómo era posible? Elizabeth trató de pensar, de recordar. Poco a poco pareció tomar conciencia de aquella horrorosa situación. Se volvió hacia Victor como si esperara que éste le diera la respuesta a tantos interrogantes.

«¿Por qué soy así? ¿Qué me ha ocurrido? ¡Oh, Dios mío! ¿Qué me ha ocurrido?», parecía decirle.

—¿Vic... tor?

—Lo siento, Elizabeth, ahora todo irá bien... Sí, soy Victor, ya veo que lo recuerdas... –dijo Victor. En su rostro había asomado una expresión de insensata alegría.

—¡No! –gruñó la Criatura–. Tú eres mía... mía... –Se acercó a Elizabeth, la cogió entre sus brazos y volvió su rostro hacia su creador y se puso a bailar con ella como había visto que lo hacía Victor, en una horrible parodia del vals de los enamorados.

—¡No! –gritó Victor–. ¡No la toques!

Aquella visión le resultaba insoportable. Se arrojó sobre el monstruo y forcejearon un momento, durante el cual Victor trató desesperadamente de liberar a Elizabeth del brazo de la Criatura, que le rodeaba la cintura.

—¡Apártate de ella! ¡Es mía! –rugió la Criatura, furiosa.

—¡Nunca podrá ser tuya! ¡Ha pronunciado mi nombre! ¡Se acuerda de mí! –replicó Victor gritando como un loco.

De pronto, Elizabeth empezó a recordar, no lo recordaba

todo, pero sí lo suficiente para sentir horror y asco. Supo que había estado muerta y que ahora era una persona… no muerta. Pero aquélla revelación le resultaba insoportable. Lanzó un grito estridente, porfió para desasirse de los dos, lo consideró por fin y echó a correr.

—¡No! —gritó mientras cruzaba la estancia y retiraba la tela que cubría las enormes y curvas agujas de sutura.

Después miró a su alrededor como poseída, observando con atención el laboratorio y todos los extraños objetos que había en él: el sarcófago, las baterías voltaicas, la gran rueda del generador de electricidad. Vio la cabeza cortada de Justine sumergida en formaldehído dentro de un frasco. Y entonces lo comprendió todo, todo. Ella no era Elizabeth sino una criatura deforme hecha con trozos de ella misma y de Justine, reanimada mediante electricidad. No estaba viva, pero tampoco totalmente muerta. Era uno de los horripilantes experimentos de Frankenstein, uno más de aquellos experimentos de los que tanto se reía cuando era niña. Pero lo más repugnante de todo era que ahora su marido y aquella asquerosa Criatura se disputaban su cuerpo y lo reclamaban como suyo.

No, aquello no podía ser. Elizabeth se volvió hacia Victor por última vez al tiempo que se pasaba una mano por la cara y por la otra mano, cubiertas de cicatrices. Después, sin que les diera tiempo a cortarle el paso, se dirigió a la lámpara de queroseno y la cogió.

—¡No! —gritó Victor.

Elizabeth giró en redondo y se enfrentó a los dos, los mantenía a raya gracias a la lámpara. Pero no era ésta lo que había paralizado a Victor y a la Criatura, sino aquella mirada de asco que les dirigía a ambos. Un asco que era fruto de lo que habían hecho con ella, asco de ver en lo que la habían convertido.

Se sentía acabada; no quería ser de aquella manera, no quería saber nada de ellos. De pronto, estrelló la lámpara y se bañó en una cascada de ardiente queroseno. Al momento, el delicado tejido del traje de novia quedó convertido en una tea. Elizabeth lanzó un grito de dolor cuando las llamas alcanzaron su carne, salió corriendo al pasillo y bajó la escalera. Victor corría tras ella seguido de la Criatura.

En el salón del piso superior Elizabeth ardió como una antorcha humana, sin dejar de gritar ni de correr, arrancándose desesperadamente trozos de carne muerta y arrojándolos por todos los lugares por los que pasaba, sembrando fuego en todas las habitaciones de la casa.

Victor la seguía, pero la Criatura no llegó más que a la escalera del desván, donde permaneció a la espera, observándolo todo.

El sufrimiento de Elizabeth era insoportable. Corría alocadamente, chillando para que terminase de una vez aquel tormento. Al llegar a la barandilla desde la cual se contemplaba el gran vestíbulo, saltó sobre ella y se estrelló contra el suelo levantando una columna de fuego. Por fin, quedó inmóvil.

Justo en el momento en que caía, Henry y Claude irrumpían en el vestíbulo, a tiempo para presenciar la horrorosa escena.

—Elizabeth... —murmuró Henry como si no creyera lo que veían sus ojos. Corrió hacia el pie de la escalinata.

Claude se volvía y echaba a correr a través del salón en busca de ayuda.

—¡Agua! ¡Buscad agua!... ¡Fuego! —gritó.

En el piso de arriba, Victor y la Criatura se encontraron frente a frente, uno a cada extremo del corredor en llamas.

—¡Tú la has matado! —gritó Victor entre lágrimas de desesperación y de dolor.

—No, la hemos matado los dos —replicó fríamente la Criatura. Levantó después los brazos, agitó el diario y desapareció entre el humo y las llamas en dirección a la escalera que conducía al desván.

—¡Te encontraré! —le prometió Victor desde lo más profundo de su corazón herido.

Elizabeth estaba muerta y él estaba solo, tan solo como aquel monstruo que había creado con materiales de desecho y con el deseo de salvar el mundo. ¡Pobre Victor! No podría salvar a ninguna de las personas que amaba, ni siquiera a sí mismo. Lo había perdido todo, salvo el ansia de venganza.

Y aún había algo más. Se sentía acosado por el miedo terrible que le producía el que hubiera creado un ser capaz de destruir la raza humana. En sus pesadillas, el profesor Krempe le había dicho que el nombre de Frankenstein sería siempre sinónimo del mal. ¿Por qué el monstruo había blandido el diario como riéndose de él? ¿No sería que tenía la intención de servirse de sus notas para crear una compañera con los «materiales» frescos que tenía a su disposición y que él había recogido para aprovechar sus diferentes partes? Bien sabía Dios que poseía inteligencia y voluntad suficientes para llevar a cabo sus propósitos. Y cuando tuviera una compañera, ¿no se le ocurriría crear a otros seres semejantes a él? Tal vez un día el mundo se poblara de una raza de monstruos, seres que no conocían el remordimiento ni la fe ni la piedad ni el amor.

No, aquello no podía ocurrir. Victor era el culpable y tenía la obligación de encontrar una solución. Bajó corriendo la escalera para librarse de las llamas y reunirse con Henry Clerval. Después se dirigió a la puerta principal de la mansión. Detrás de ellos, en el extremo opuesto del que fuera el salón de baile, acababa de levantarse una columna de fuego.

–¿Adónde vas? –le gritó Henry tratando de dominar con la voz el fragor del incendio.

–A buscarlo –respondió Victor.

–¿Adónde?

–Donde sea, y no me importa cuánto tiempo me lleve encontrarlo.

–Estás loco, Victor –dijo Henry con amargura.

Victor se detuvo en la puerta. Ahora la locura lo había abandonado y parecía tranquilo, aunque su rostro era grave.

–Tienes razón, Henry, tú siempre has tenido razón. Deberías haber sido el hijo de mi padre, habría estado orgulloso de ti. Que Dios te bendiga, Henry.

–Que Dios te perdone, Victor –dijo Henry entre sollozos. Sabía que nunca más en la vida volvería a ver a Victor Frankenstein.

Victor sacudió tristemente la cabeza.

–No, no puede perdonarme, no lo hará… –dijo. Salió de la casa de su padre y de sus antepasados y desapareció bajo la lluvia después de cerrar la puerta a sus espaldas.

Detrás quedaba la casa de los Frankenstein, ahora pasto de las llamas. Nada podía salvarla de su destrucción total.

Capítulo 18

QUIEN SABE MUCHO, SUFRE MUCHO

Victor Frankenstein se desplomó pesadamente en la litera del camarote que el capitán Walton ocupaba en el *Alessandr Nevsky*. El agotamiento que sentía había dejado totalmente exhaustos su alma y su cuerpo. Era como si la larga exposición de aquella extraordinaria historia le hubiera arrebatado la poca vida que le quedaba, porque, al contarla y revisar sucesivamente el horror de sus diferentes momentos, la había revivido: la creación del monstruo, la muerte cruel de todas las personas que tanto amaba, el espantoso final de sus esperanzas y aspiraciones... había revivido todas aquellas cosas al contarlas. Su locura se había desvanecido y sólo había quedado en él el caparazón externo y deteriorado del Victor Frankenstein que fuera en otro tiempo.

—Y ahora que lo he encontrado, sé muy bien lo que debo hacer —concluyó.

Victor estaba tendido en la litera con los ojos cerrados y Walton tuvo la impresión de que no respiraba. ¡Pobre loco! Lo mejor sería que aquel loco muriese y que todo aquello terminara de una vez. Estaba demasiado perturbado, demasiado torturado por la locura para seguir viviendo. Sin embargo, ¡qué historia aquélla! Mientras la escuchaba, fascinado, Robert Walton había sentido que se le helaba la sangre en las venas. Era una historia increíble, por supuesto, tramada por la imaginación extraviada de Victor Frankenstein, aunque los acontecimientos que en ella se referían eran realmente monstruosos. ¡Bien, por fin había terminado todo! ¡Aquel hombre ya descansaba en paz!

—¡Reposa! —dijo Walton a Frankenstein y, levantándose, abandonó el camarote.

Salió a cubierta armado con la pistola para enfrentarse con Grigori y la tripulación al borde del motín. Los hombres esperaban noticias, pero al ver a Walton se tranquilizaron.

—¿Qué ocurre, señor? ¿Qué ha dicho? —preguntó Grigori lleno de ansiedad.

—Ha muerto mientras deliraba. Me ha contado una historia sobre un fantasma que… no puede ser verdad. Creo que… estaba loco.

Sobre los obenques sopló una ligera brisa.

—Es una brisa cálida —dijo el capitán con un gesto de la cabeza—. El hielo no tardará en fundirse.

—¿Qué ocurrirá entonces? —preguntó Grigori mientras algunos miembros de la tripulación lanzaban gritos de amenaza.

—Nos dirigimos al norte —dijo Walton con decisión.

—No —dijo el segundo oficial con igual firmeza.

Hubo un momento de tensión glacial. Los marineros intercambiaron miradas de inquietud. Ninguno quería amotinarse, pero a nadie le gustaba la idea de seguir hacia el norte obedeciendo las órdenes insensatas del capitán a fin de encontrar el Paso del Nordeste. De pronto, todos pudieron oír el ruido de un portazo. En las profundidades del barco había alguien.

—¡Hombres, seguidme! —ordenó Walton y, con el arma en la mano, llevó a algunos miembros de la tripulación a la bodega, en dirección a su camarote y al lugar de donde procedía el ruido.

Ya en su camarote, el capitán Walton hizo callar a sus hombres con un gesto.

—¡Esperad! ¡Escuchad!

Al oír los sonidos que salían del interior, los hombres se quedaron helados. Lo primero que oyeron fue el llanto de una persona. Walton amartilló entonces la pistola y entró con sus hombres en el camarote. Se acercaron en silencio a la cama. Victor yacía inmóvil y con los ojos cerrados. Junto a la cabecera de la litera había una figura oscura y encorvada de alguien que estaba llorando y que sostenía en la mano un diario encuadernado en cuero. Todos, Walton y la tripulación, quedaron estupefactos.

A buen seguro que aquella persona que lloraba debía de ser la Criatura que había despedazado toda una jauría de musculosos perros de trineo con la única ayuda de sus manos. Aun cuando la tripulación no había tenido noticia de la historia contada por Victor Frankenstein, todos sentían suficiente respeto hacia aquel ser como para mantener la debida distancia.

El capitán dio un atrevido paso al frente.

—¿Quién eres? —preguntó.

La figura levantó los ojos y mostró su cara bajo la tenue luz que reinaba en la estancia. Era un rostro espantosamente deforme, recorrido por una maraña de cicatrices. Los hombres retrocedieron hasta la puerta, nerviosos. Se oyeron respiraciones entrecortadas e incluso algún tripulante se persignó para alejar el demonio.

—Nunca me puso nombre —respondió la Criatura.

La tripulación estaba estupefacta. ¡Hablaba como una persona! Apuntaron a la Criatura con sus armas pero ésta no pareció inquietarse en absoluto.

—¿Por qué lloras? —le preguntó Walton.

—Era mi padre.

Walton quedó perplejo. Aquello quería decir que la historia de Frankenstein era verdad. Aunque increíble, era verdad. Aquella cosa que estaba en su camarote era realmente un ser... reanimado.

El capitán Walton estaba profundamente impresionado. De pronto, sintió pena por la Criatura, un ser que no tenía nombre, odioso, solitario, aunque si había que dar crédito a la historia contada por Frankenstein, capaz de asesinar y de cometer actos abominables. En cuanto a Frankenstein, Walton también sentía una profunda lástima por él. Sus intenciones habían sido buenas, pero el resultado había resultado catastrófico. Lo había perdido todo: familia, fortuna, el amor de una mujer maravillosa, una carrera prometedora, sus esperanzas y sus sueños. Posiblemente hasta su alma.

—Déme el arma —dijo de pronto alguien con voz débil.

Era Victor. Estaba vivo, o casi vivo. Se apoyó en un codo y tendió una mano temblorosa hacia la pistola del capitán.

Walton estaba tan sorprendido que ni siquiera atinó a moverse. Había creído que Frankenstein estaba muerto, y haberlo oído hablar y ver que se movía le había causado una profunda impresión.

—Déme el arma —repitió Victor y súbitamente, a gritos, insistió—: ¡El arma!

Robert Walton tendió la pistola a Victor, quien la cogió y apuntó directamente a la cabeza de la Criatura. Ésta no vaciló ni se apartó, sino que permaneció donde estaba, mirando a su creador.

—Es lo último que voy a hacer —declaró Frankenstein.

El final estaba allí, en el camarote de un barco solitario, embarrancado en los hielos del techo del mundo.

Siguió una larga pausa durante la cual Victor y la Criatura —padre e hijo— se miraron fijamente a los ojos. Ninguno de los dos necesitaba hablar para saber que su larga y terrorífica historia pronto acabaría y que era preciso que hubiera paz entre ambos. Aquel monstruo era el único hijo que tendría Victor Frankenstein. Jamás había asumido ninguna responsabilidad respecto a él, pero ahora, al final de su vida, lo aceptaba. La pistola tembló en su mano.

—No puedo...

Lentamente fue bajando el arma. Sin decir palabra, la Criatura tendió el diario a Victor, que tomó en sus frágiles manos aquel precioso libro encuadernado en cuero y lo abrazó en un esfuerzo supremo. Sabía lo que la Criatura, su Criatura, quería decirle. Todo había terminado para los dos, ya no habría más experimentos.

Victor escrutó los ojos de la Criatura y por vez primera vio en ellos la chispa de una humanidad divina. ¡Cómo lamentaba la forma en que habían ido las cosas! Si todo hubiese ocurrido de otra manera, si Victor hubiera estado a la altura de sus responsabilidades, si el miedo no lo hubiera hecho huir de Ingolstadt, si hubiese permanecido junto a aquel ser para ayudarlo y comprenderlo, tal vez la Criatura habría sido una persona diferente, capaz de amar y de entender, no de odiar y destruir. Y ahora, quizá, todos seguirían vivos: el pequeño Willie, la pobre Justine, su padre, Elizabeth, su ángel adorado, y sólo Dios sabía cuántas personas más. ¿Cómo no había de odiar su Criatura? Había aprendido a odiar en el momento en que aprendió a ser hombre. Y su modelo había sido un hombre tan cobarde como Victor Frankenstein.

—Yo no quería hacer daño a nadie. Sólo quería el bien...

Era una oración, la defensa de Victor delante de su Dios, el último pensamiento que le quedaba.

—¡Perdonadme! —dijo Victor con voz entrecortada, y exhaló el último suspiro.

Hubo un momento en que todo se detuvo, un momento en que se rindió honor a Victor. La Criatura tendió la mano y tocó el rostro muerto de su padre, Victor Frankenstein, y sus ojos se llenaron de lágrimas.

Walton ordenó que el funeral se celebrara de inmediato y, puesto que no podían arrojar el cadáver al mar debido al hielo, decidieron hacer una pira e inmolarlo. Trasladaron, pues, a Frankenstein hasta el témpano, dejaron su cuerpo tendido sobre el hielo y tres hombres comenzaron a hacer astillas con el mástil roto. Era el crepúsculo, el largo crepúsculo ártico que no es noche ni es día, del mismo modo que tampoco la Criatura era hombre ni animal.

El cuerpo de Victor Frankenstein, envuelto en una gruesa lona, fue colocado sobre una enorme pira. Su cara era tan blanca como el hielo que los rodeaba, tenía los brazos cruzados sobre el pecho y en su rostro curtido por los vientos había una expresión de paz. Volvía a ser joven, se habría dicho que no tenía más de veinticinco años.

El capitán Robert Walton y su tripulación estaban delante de la pira funeraria. Walton sabía que ahora se había integrado en una historia mucho más amplia y que posiblemente jamás llegase a valorar totalmente su alcance. Estaba bien que Victor Frankenstein hubiera encontrado allí su final, lejos de toda morada humana, ya que sus proyectos de beneficiar a la humanidad se habían malogrado de manera tan trágica. Los marineros escucharon con atención el pasaje del Eclesiastés que su capitán les leyó en voz alta.

—«Sí, empeñé mi corazón en el conocimiento de la sabiduría y en el conocimiento de la locura y del delirio y supe que todo es vanidad y degradación del espíritu. Porque quien mucho sabe, sufre mucho, y quien más quiere saber, más acrecienta su dolor. Ya que Dios someterá a juicio toda obra y todo secreto para determinar si es bueno o malo.»

Un humo negro y untuoso se levantó de una pequeña hoguera y se deshizo en jirones. La Criatura estaba a una cierta distancia, con la cabeza baja y gimiendo tristemente. Al oír aquellos sollozos tan poco humanos, los hombres se agitaron inquietos y murmuraron unas palabras en voz baja. Walton y Grigori intercambiaron unas miradas y aquél hizo un gesto con la cabeza. Había llegado el momento de encender la pira.

Grigori transmitió la orden a los hombres, que se adelantaron y echaron a la pira un cubo de aceite que impregnó el cadáver y la madera. Walton cogió la antorcha de manos del segundo oficial y encendió una tea.

La Criatura seguía sollozando, profiriendo lamentos desolados de bestia abandonada que producían una congoja capaz de helar la sangre en las venas de quien los escuchara. Grigori, aterrado por aquellos gemidos, se acercó por detrás a Walton:

—Capitán…

Walton negó con la cabeza.

—No, él tiene derecho a estar presente —dijo con decisión.

El segundo oficial dudó un momento, pero enseguida desistió de persuadir a su capitán. ¿Quiénes eran ellos para emitir juicios en relación con el dolor que pudiera sentir aquel ser? Pese a todo, mostró una cierta inquietud al ver que la Criatura se acercaba al barco, y pareció que la tripulación también empezaba a dar muestras de un cierto nerviosismo. Había cuchicheos que dejaban traslucir el miedo y algunos hombres retrocedieron hacia la nave. ¿Qué quería de ellos aquel ser diabólico?

—¡Todos en su sitio! ¡He dicho en su sitio! —ordenó el capitán.

Los hombres obedecieron la orden a regañadientes y permanecieron en su sitio. También la Criatura se detuvo a unos pocos metros de distancia. Era una imagen muda, con el hielo como telón de fondo, la de aquellos hombres aterrados frente a aquel ser monstruoso e impredecible. ¿Qué quería? ¿Qué pensaba hacer? Walton se adelantó con la antorcha en la mano. La pira esperaba el beso de las llamas. Por un instante el capitán clavó los ojos en el cadáver. La Criatura permanecía en silencio, mirando sin perder detalle.

Una enorme grieta hendió de pronto el témpano y su curso zigzagueante se proyectó hacia el barco, situado a distancia. También el silencio quedó hendido por un fragor que parecía el trueno del juicio final. Los hombres volvieron la cabeza y vieron que una gigantesca placa de hielo salía despedida y empezaba a girar en el aire a unos cincuenta metros de distancia del lugar donde se encontraban para volver a derrumbarse en el hielo. Como placas tectónicas que fueran acumulando presiones hasta producir un terremoto, la grieta iba avanzando con fuerza y velocidad aterradoras directamente hacia ellos.

De pronto, hubo otra erupción. Y otra más. Y otra. El hielo salió proyectado por los aires en fragmentos gigantescos.

—¡Jesús, el maldito hielo viene a por nosotros! Capitán, ¿qué hacemos? —gritó uno de los marineros.

Con impresionante estruendo, el hielo se levantó delante mismo de Walton, que perdió el equilibrio. La antorcha voló de sus manos y se precipitó sobre el témpano. Walton cayó para atrás y el hielo situado entre la Criatura y la pira funeraria estalló con fuerza y proyectó a aquélla por los aires lanzándola a las aguas heladas.

Casi toda la tripulación se había dispersado con un único propósito: salvar la vida. En un espacio de varios kilómetros a la redonda el hielo se quebraba emitiendo estampidos que parecían descargas de artillería.

—¡Todos al barco! —gritó Walton con toda la fuerza de sus pulmones.

La tripulación se dispuso a obedecer, pero la inestabilidad del hielo dificultaba la marcha.

La antorcha había caído delante mismo del capitán, pero cuando éste se agachó para recogerla, las potentes ráfagas de viento la apartaron de sus manos y la lanzaron a un iceberg. Se dispuso a ir en su busca, pero el segundo oficial le señaló con el dedo la grieta que tenían junto a los pies, que se ensanchaba por momentos. Debajo de ella se veía la rápida e impetuosa corriente de los mares árticos.

—¡Deje esa condenada antorcha de una vez! ¡Sígame!

La antorcha, encendida aún, iba alejándose sobre el iceberg.

Con un espantoso crujir de madera, el *Aleksandr Nevsky* pudo liberarse por fin de su cárcel helada, fue ladeándose lentamente e irradió en todas direcciones una serie de enormes erupciones. Era el caos total.

La tripulación corrió hacia el barco tratando de subir a él por una de las bordas, en un intento desesperado por aferrarse a la vida. Los que ya habían conseguido subir ayudaban a sus compañeros a hacer lo propio. Varios hombres resbalaron y cayeron a las aguas heladas, otros iban dando tumbos sobre las oscilantes placas de hielo.

La pira sobre la que yacía el cadáver de Victor Frankenstein flotaba en las aguas y se alejaba lentamente, girando a impulsos de la corriente. De pronto, la Criatura apareció en el agua y, al ver que la antorcha también se alejaba, nadó con ímpetu hacia ella y consiguió llegar al iceberg donde había ido a parar, todavía encendida. Se volvió para mirar a Walton con profunda tristeza. El capitán seguía de pie en su sitio haciéndole señas con la mano. «Ven, dame la mano», parecía decirle.

—¡Ven con nosotros! —le gritó.

La Criatura negó con un lento movimiento de la cabeza.

—He terminado con el Hombre —dijo en actitud de renuncia definitiva. Después cogió la antorcha y nadó hacia la pira, que seguía girando en las heladas aguas.

Walton y Grigori avanzaban trabajosamente sobre el hielo que se desintegraba con rapidez. A su alrededor, los pocos hombres que todavía no estaban a bordo se sentían presa del pánico. Un marinero cayó al agua y entre Walton y Grigori lo sacaron, salvándolo de una muerte segura. Por fin llegaron al barco, que estaba muy escorado mientras el hielo se cuarteaba debajo y las corrientes ya empezaban a arrastrarlo. Los marineros se habían agolpado en la borda, desde donde ayudaron a Grigori a dejar el hielo ártico y lo ayudaron a subir a la nave.

El capitán fue el último en subir a bordo, después de asegurarse de que todos los miembros de la tripulación estaban a salvo. Walton saltó al barco, perdió pie y se deslizó hacia el hielo que iba fragmentándose. Sus botas arañaron el costado del barco, pero tenía las manos ateridas y no conseguía sujetarse. Finalmente, cuando ya iba a hundirse en las frías aguas, consiguió afirmar los pies y subir a cubierta.

Así que estuvo a salvo, Walton se asomó por la regala y observó a la Criatura, que estaba en el agua. Los hombres se apiñaron a su alrededor y escrutaron el atardecer ártico. ¡Sí, allí estaba!

La Criatura seguía nadando, asomando apenas la cabeza sobre la superficie, con la antorcha levantada para que no se apagara. Era un esfuerzo agotador, el agua estaba tan fría que era imposible resistir con vida mucho tiempo; además, el abrigo que llevaba la Criatura estaba empapado y su peso la arrastraría hacia el fondo. Sin embargo, aquel ser monstruoso siguió nadando sin darse tregua. Jadeando y hundiéndose a veces bajo las aguas, siempre volvía a emerger como si del ave fénix se tratara.

Por fin los helados dedos de la Criatura se aferraron al témpano en el que yacía Victor, tendido en la pira funeraria. Salió del agua, fue desplazándose poco a poco hasta situarse detrás de la cabeza de su creador y levantó la antorcha. La expresión de Victor era de serenidad suprema, todas sus angustias habían quedado atrás. La Criatura levantó al cielo su cara llena de costurones, aspiró una bocanada de aire y abrió los brazos en actitud de sublime triunfo.

Miró la antorcha, que apenas si ardía. La brea se había consumido casi por completo. La Criatura contempló a su creador, que yacía envuelto en la lona empapada de aceite.

A bordo del *Nevsky*, Walton y su tripulación contemplaban, horrorizados, la escena. De pronto, se dieron cuenta de cuáles eran las intenciones de la Criatura.

—No lo hagas —dijo Grigori en voz baja, pero de inmediato gritó—: ¡Por el amor de Dios, no lo hagas!

La Criatura, sin embargo, ya no lo oía o, si lo oía, no quería hacerle caso. Elevó por última vez los ojos y en aquellos últimos instantes encontró la comprensión que tanto había anhelado. Estaba satisfecha. Hundió la antorcha en la pira y el combustible prendió enseguida formando una bola de fuego. La pira fue engullida por un círculo de llamas, entre las cuales un enorme puño se levantó hacia el cielo. Las llamas arreciaban, se enfurecían, extendían sus dedos largos y rojos.

Los hombres del *Aleksandr Nevsky* contemplaban maravillados y horrorizados a la Criatura que, con la cabeza de Victor apretada contra su cuerpo, quemaba ahora el diario. Juntos, el monstruo y su creador, en medio de un círculo de fuego, eran como un padre y un hijo que se reúnen por fin después de mucho tiempo. Sí, por fin podrían descansar. La Criatura no cedió cuando las llamas comenzaron a devorar su carne. Serían incinerados juntos, que era lo que él quería, y sus cenizas permanecerían unidas por toda la eternidad.

Robert Walton estaba junto a la regala del barco, contemplando desde lejos cómo ardía la pira, mientras el acto final de aquel terrible drama iba avanzando hacia su conclusión inevitable. La aurora boreal bailaba misteriosamente en el horizonte y en el cielo fulguraban los resplandores distantes de algunos relámpagos.

—¿Adónde vamos ahora, capitán? —preguntó Grigori con voz contrita.

—A casa —respondió Walton en voz baja—. Volvemos a casa.

Renunciaba a su obsesión, lo único que ahora deseaba era un poco de paz.

La llameante pira, cargada con su moderno Prometeo y su hijo, desapareció en la niebla, arrastrada por las olas hasta perderse de vista en la oscuridad y la distancia. En cuanto al diario de Victor Frankenstein, fue consumido por las llamas.

ÍNDICE